हिन्द पॉकेट बुक्स

मम्मी

सआदत हसन मंटो उर्दू लेखक थे, जो अपनी लघु कथाओं, *बू*, *खोल दो*, *ठंडा गोश्त* और चर्चित *टोबा टेकसिंह* के लिए प्रसिद्ध हुए। कहानीकार होने के साथ-साथ वे फिल्म और रेडियो पटकथा लेखक और पत्रकार भी थे। अपने छोटे से जीवनकाल में उन्होंने बाइस लघुकथा संग्रह, एक उपन्यास, रेडियो नाटक के पांच संग्रह, रचनाओं के तीन संग्रह और व्यक्तिगत रेखाचित्र के दो संग्रह प्रकाशित किए। कहानियों में अश्लीलता के आरोप की वजह से मंटो को छह बार अदालत जाना पड़ा था, जिसमें से तीन बार पाकिस्तान बनने से पहले और तीन बार बनने के बाद, लेकिन एक भी बार मामला साबित नहीं हो पाया। इनके कुछ कार्यों का दूसरी भाषाओं में भी अनुवाद किया गया है।

मम्मी

मंटो

तथाकथित बुरे लोगों की चौंका देनेवाली अच्छाइयों
पर प्रकाश डालनेवाली अत्यंत रोचक कहानियां

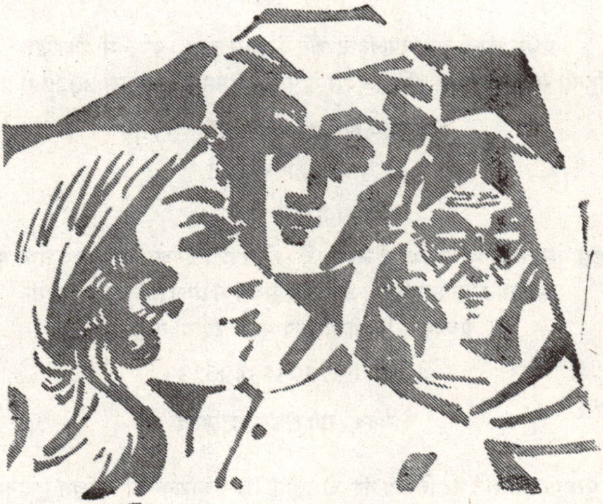

हिन्द पॉकेट बुक्स
पेंगुइन रैंडम हाउस इम्प्रिंट

हिन्द पॉकेट बुक्स

यूएसए। कनाडा। यूके। आयरलैंड। ऑस्ट्रेलिया। सिंगापुर
न्यू ज़ीलैंड। भारत। दक्षिण अफ़्रीका। चीन

हिन्द पॉकेट बुक्स, पेंगुइन रैंडम हाउस ग्रुप ऑफ़ कम्पनीज़ का हिस्सा है,
जिसका पता global.penguinrandomhouse.com पर मिलेगा

पेंगुइन रैंडम हाउस इंडिया प्रा. लि.,
चौथी मंजिल, कैपिटल टावर -1, एम जी रोड,
गुड़गांव 122 002, हरियाणा, भारत

पेंगुइन
रैंडम हाउस
इंडिया

प्रथम हिन्दी संस्करण हिन्द पॉकेट बुक्स द्वारा 1976 में प्रकाशित
यह हिन्दी संस्करण हिन्द पॉकेट बुक्स में पेंगुइन रैंडम हाउस द्वारा 2022 में प्रकाशित

10 9 8 7 6 5 4 3 2

इस पुस्तक में व्यक्त विचार लेखक के अपने हैं, जिनका यथासंभव तथ्यात्मक
सत्यापन किया गया है, और इस संबंध में प्रकाशक एवं सहयोगी
प्रकाशक किसी भी रूप में उत्तरदायी नहीं हैं।

ISBN 9789353496333

मुद्रकः रेप्रो इंडिया लिमिटेड

www.penguin.co.in

FSC www.fsc.org MIX Paper from responsible sources FSC® C047271

This is a legitimate digitally printed version of the bock and therefore might not
have certain extra finishing on the cover.

क्रम

मम्मी

•

मोज़ेल

त्रिलोचन ने पहली बार, चार वर्षों में पहली बार, रात को आकाश देखा था और वह भी इसलिए कि उसकी तबीयत बहुत घबराई हुई थी और वह केवल खुली हवा में कुछ देर सोचने के लिए अडवानी चैम्बर्ज़ के टैरेस पर चला आया था।

आकाश बिलकुल साफ था और बहुत बड़े खाकी तम्बू की तरह पूरी बम्बई पर तना हुआ था। जहां तक दृष्टि जा सकती थी, बत्तियां ही बत्तियां नज़र आती थीं। त्रिलोचन को ऐसा महसूस होता था कि आकाश से बहुत-से तारे झड़कर बिल्डिंगों में, जो रात के अंधेरे में बड़े-बड़े पेड़ लगती थीं, अटक गए थे और जुगनुओं की तरह टिमटिमा रहे थे।

त्रिलोचन के लिए यह एक बिलकुल नया अनुभव, एक नई स्थिति थी—रात को खुले आकाश के नीचे सोना। उसने अनुभव किया कि वह चार वर्ष तक अपने फ्लैट में कैद रहा तथा प्रकृति की एक बहुत बड़ी देन से वंचित। लगभग तीन बजे थे। हवा बड़ी हलकी-फुलकी थी। त्रिलोचन पंखे की कृत्रिम हवा का आदी था, जो उसके पूरे शरीर को बोझिल कर देती थी। सुबह उठकर वह सदा ऐसा अनुभव करता था, मानो उसे रातभर मारा-पीटा गया हो। लेकिन अब सुबह की प्राकृतिक हवा में उसके शरीर का रोमरोम तरोताज़गी चूसकर तृप्त हो रहा था। जब वह ऊपर आया था तो उसका दिल बेहद बेचन था। लेकिन आधे घंटे में ही जो बेचैनी और घबराहट उसे कष्ट दे रही थी, किसी हद तक दूर हो गई थी। अब वह स्पष्ट रूप से सोच सकता था।

कृपाल कौर और उसका सारा परिवार मुहल्ले में था, जो कट्टर

मुसलमानों का केन्द्र था। यहां कई घरों में आग लग चुकी थी। कई जानें जा चुकी थीं। त्रिलोचन उन सबको वहां से ले आया होता, लेकिन मुसीबत यह थी कि कर्फ्यू लग गया था और वह भी न जाने कितने घंटों के लिए। शायद अड़तालीस घंटों के लिए। और त्रिलोचन विवश था। आसपास सब मुसलमान थे, वे भी बड़े भयानक किस्म के मुसलमान। पंजाब से धड़ाधड़ खबरें आ रही थीं कि वहां सिख मुसलमानों पर बहुत जुल्म ढा रहे हैं। कोई भी हाथ—मुसलमान हाथ—बड़ी आसानी से नरम व नाज़ुक कृपाल कौर की कलाई पकड़कर उसे मौत के मुंह की तरफ ले जा सकता था।

कृपाल की मां अंधी थी और बाप अपाहिज। भाई था, लेकिन कुछ समय से वह देवलाली में था और उसे वहां नये-नये लिए हुए ठेके की देखभाल करनी थी।

त्रिलोचन को कृपाल के भाई निरंजन पर बहुत गुस्सा आता था। उसने, जो रोज़ अखबार पढ़ता था, उपद्रवों की तीव्रता के बारे में एक सप्ताह पहले चेतावनी दे दी थी और स्पष्ट शब्दों में कह दिया था, 'निरंजन, ये ठेके-के अभी रहने दो, हम एक बहुत ही नाज़ुक दौर से गुज़र रहे हैं। अगरचे तुम्हारा वहां रहना बहुत ज़रूरी है, लेकिन वहां मत रहो और मेरे यहां आ जाओ। इसमें कोई शक नहीं कि जगह कम है, लेकिन मुसीबत के दिनों में आदमी जैसे-तैसे गुज़ारा कर लिया करता है, लेकिन वह न माना। उसका इतना बड़ा लेक्चर सुनकर केवल अपनी घनी मूंछों में मुस्करा दिया, 'यार, तुम बेकार फिक्र करते हो! मैंने यहां ऐसे कई फिसाद देखे हैं। यह अमृतसर या लाहौर नहीं, बौम्बे है, बौम्बे! तुम्हें यहां आए सिर्फ चार साल हुए हैं और मैं बारह बरस से यहां रह रहा हूं, बारह बरस से!'

न जाने निरंजन बम्बई को क्या समझता था। उसका खयाल था कि यह ऐसा शहर है कि अगर उपद्रव हों भी तो उनका असर अपने-आप खत्म हो जाता है, मानो उसके पास छूमंतर हो—या वह कहानियों का कोई ऐसा किला हो, जिसपर कोई आपत्ति नहीं आ सकती। लेकिन त्रिलोचन प्रातःकालीन वायु में साफ देख रहा था कि...मुहल्ला बिलकुल सुरक्षित नहीं। वह तो सुबह के अखबारों में यह भी पढ़ने को तैयार था कि कृपाल कौर और

उसके मां-बाप कत्ल हो चुके हैं।

उसको कृपाल कौर के अपाहिज बाप और उसकी मां की कोई परवाह नहीं थी। वे मर जाते और कृपाल कौर बच जाती तो त्रिलोचन के लिए अच्छा था। वहां देवलाली में उसका भाई निरंजन भी मारा जाता तो और भी अच्छा था, क्योंकि इस तरह त्रिलोचन के लिए मैदान साफ हो जाता। खासकर निरंजन उसके रास्ते में रोड़ा ही नहीं, बहुत बड़ा पत्थर था। और इसीलिए जब कभी कृपाल कौर से उसके बारे में बातें होती तो वह उसे निरंजनसिंह के बजाय अलख निरंजनसिंह कहा करता था।

सुबह की हवा धीरे-धीरे बह रही थी और त्रिलोचन का पगड़ीरहित सिर बड़ी प्रिय ठंडक महसूस कर रहा था; लेकिन उसमें अनेकों अन्देशे एक-दूसरे से टकरा रहे थे। कृपाल कौर नई-नई उसकी ज़िन्दगी में आई थी। यों तो वह हट्टे-कट्टे निरंजनसिंह की बहन थी, लेकिन बहुत ही नरम, नाज़ुक और लचकीली थी। वह देहात में पली थी। वहां की कई गर्मियां-सर्दियां देख चुकी थी, फिर भी उसमें वह सख्ती और मरदानापन नहीं था, जो देहात की आम सिख लड़कियों में होता है, जिन्हें कड़े से कड़ा परिश्रम करना पड़ता है।

उसके नैन-नक्श कच्चे-कच्चे थे, मानो अभी अधूरे हों। आम देहाती सिख लड़कियों की अपेक्षा उसका रंग गोरा था, मगर कोरे लठे की तरह, और बदन चिकना था, मर्सराइज्ड कपड़े की तरह। और वह बहुत लजीली थी। त्रिलोचन उसीके गांव का था, लेकिन वह अधिक दिन वहां नहीं रहा था। प्राइमरी से निकलकर जब वह शहर के हाई स्कूल में गया तो बस, फिर वहीं का होकर रह गया। स्कूल से छुट्टी पाई तो कॉलेज की पढ़ाई शुरू हो गई। इस बीच वह कई बार—अनेकों बार अपने गांव गया, लेकिन उसने कृपाल कौर नाम की किसी लड़की का नाम न सुना। शायद इसलिए कि हर बार वह इस अफरा-तफरी में रहता था कि शीघ्र से शीघ्र शहर लौट जाए।

कॉलेज का ज़माना बहुत पीछे रह गया था। अडवानी चैम्बर्ज के टैरेस और कॉलेज की इमारत में शायद दस वर्ष का फासला था, और यह फासला त्रिलोचन के जीवन की विचित्र घटनाओं से भरा हुआ था। बर्मा, सिंगापुर, हांगकांग, फिर बम्बई, जहां वह चार वर्ष से रह रहा था। इन चार

वर्षों में उसने पहली बार रात को आकाश की शक्ल देखी थी, जो बुरी नहीं थी—खाकी रंग के तम्बू में हजारों दीये टिमटिमा रहे थे और हवा ठंडी और हलकीफुलकी थी।

कृपाल कौर के विषय में सोचते-सोचते वह मोज़ेल के बारे में सोचने लगा। उस यहूदी लड़की के बारे में, जो अडवानी चैम्बर्ज़ में रहती थी। उससे त्रिलोचन को गोडे-गोडे[1] इश्क हो गया था। ऐसा इश्क, जो उसने अपनी पैंतीस वर्ष की ज़िन्दगी में कभी नहीं किया था।

जिस दिन उसने अडवानी चैम्बर्ज़ में अपने एक ईसाई मित्र की सहायता से दूसरे माले पर फ्लैट लिया, उसी दिन उसकी मुठभेड़ मोज़ेल से हुई, जो पहली नजर में उसे खौफनाक हद तक दीवानी मालूम हुई थी। कटे हुए भूरे बाल उसके सिर पर बिखरे हुए थे—बेहद बिखरे हुए। होंठों पर लिपस्टिक ऐसे जमी थी, जैसे गाढ़ा खून, और वह भी जगह-जगह से चटखी हुई थी। वह ढीलाढाला सफेद चोगा पहने हुए थी, जिसके खुले गिरेबान से उसकी नीली पड़ी बड़ी-बड़ी छातियों का लगभग चौथाई भाग नज़र आ रहा था। बांहें जो कि नंगी थीं, उनपर महीन-महीन बालों की तह जमी हुई थी, जैसे वह अभी-अभी किसी सैलून से बाल कटवाकर आई हो और उसकी नन्ही-नन्ही हवाइयां उनपर जम गई हों।

होंठ अधिक मोटे नहीं थे, लेकिन गहरे उन्नाबी रंग की लिपस्टिक कुछ इस तरीके से लगाई गई थी कि वे मोटे और भैंसे के गोश्त के टुकड़े जैसे मालूम होते थे।

त्रिलोचन का फ्लैट उसके फ्लैट के बिलकुल सामने था। बीच में एक तंग गली थी, बहुत ही तंग। जब त्रिलोचन अपने फ्लैट में घुसने के लिए आगे बढ़ा तो मोज़ेल बाहर निकली। खड़ाऊं पहने थी। त्रिलोचन उसकी आवाज़ सुनकर रुक गया। मोज़ेल ने अपने बिखरे बालों की चिकों में से अपनी बड़ी-बड़ी आंखों से त्रिलोचन की ओर देखा और हंसी—त्रिलोचन बौखला गया। जेब से चाबी निकालकर वह जल्दी से दरवाज़े की ओर बढ़ा। मोज़ेल की एक खड़ाऊं सीमेंट के चिकने फर्श पर फिसली और वह उसके ऊपर आ गिरी।

1. घुटने-घुटने

जब त्रिलोचन संभला तो मोज़ेल उसके ऊपर थी, कुछ इस तरह कि उसका लम्बा चोगा ऊपर चढ़ गया था और उसकी दो नंगी-बड़ी तगड़ी टांगें उसके इधर-उधर थीं और 'जब त्रिलोचन ने उठने की कोशिश की तो वह बौखलाहट में कुछ इस तरह मोज़ेल-सारी मोज़ेल से उलझा, जैसे वह साबुन की तरह उसके सारे बदन पर फिर गया हो।

त्रिलोचन ने हांफते हुए बड़े शिष्ट शब्दों में उससे क्षमा मांगी। मोज़ेल ने अपना चोगा ठीक किया और मुस्करा दी, 'यह खड़ाऊं एकदम कंडम चीज़ है।' और वह उतरी हुई खड़ाऊं में अपना अंगूठा और उसके साथ वाली उंगली फंसाती हुई कॉरीडोर से बाहर चली गई।

त्रिलोचन का खयाल था कि मोज़ेल से दोस्ती पैदा करना शायद मुश्किल हो, लेकिन वह बहुत ही थोड़े समय में उससे घुलमिल गई। हां, एक बात थी कि वह बहुत उद्दण्ड और मुंहज़ोर थी और त्रिलोचन की कुछ परवाह नहीं करती थी। वह उससे खाती थी, उससे पीती थी, उसके साथ सिनेमा जाती थी। सारा-सारा दिन उसके साथ जुहू पर नहाती थी, लेकिन जब वह बांहों और होंठों से कुछ आगे बढ़ना चाहता तो वह उसे डांट देती। कुछ इस तरह उसे घुड़कती कि उसके सारे मन्सूबे दाढ़ी और मूंछों में चक्कर काटते रह जाते।

त्रिलोचन को पहले किसीके साथ प्रेम नहीं हुआ था। लाहौर में, बर्मा में, सिंगापुर में वह लड़कियां कुछ समय के लिए खरीद लिया करता था। उसे कभी स्वप्न में भी खयाल न था कि बम्बई पहुंचते ही वह एक बहुत ही अल्हड़ किस्म की यहूदी लड़की के प्रेम में गोडे-गोडे धंस जाएगा। वह उससे कुछ विचित्र प्रकार की विमुखता बरतती थी। उसके कहने पर तुरन्त सज-धजकर सिनेमा जाने के लिए तैयार हो जाती थी, लेकिन जब वे अपनी सीट पर बैठते तो इधर-उधर वह निगाहें दौड़ाना शुरू कर देती। यदि कोई उसका परिचित निकल आता तो ज़ोर से हाथ हिलाती और त्रिलोचन से पूछे बिना उसकी बगल में जा बैठती।

होटल में बैठे हैं। त्रिलोचन ने मोज़ेल के लिए विशेष रूप से उमदा खाने मंगवाए हैं, लेकिन उसे अपना कोई पुराना दोस्त दिखाई पड़ गया है और वह अपना निवाला छोड़कर उसके पास जा बैठी है और त्रिलोचन की

छाती पर मूंग दल रही है।

त्रिलोचन कभी-कभी भिन्ना जाता था, क्योंकि वह उसे अकेला छोड़कर अपने उन पुराने दोस्तों और परिचितों के साथ चली जाती थी और कई-कई दिन तक उससे मुलाकात नहीं करती थी। कभी सिर-दर्द का बहाना, कभी पेट की खराबी, जिसके बारे में त्रिलोचन को अच्छी तरह मालूम था कि वह फौलाद की तरह कड़ा था और कभी खराब नहीं हो सकता था।

जब उससे मुलाकात होती तो वह उससे कहती, 'तुम सिख हो—ये नाज़ुक बातें तुम्हारी समझ में नहीं आ सकतीं।'

यह सुनकर त्रिलोचन जल-भुन जाता और पूछता, 'कौन-सी नाज़ुक बातें—तुम्हारे पुराने यारों की?'

मोज़ेल दोनों हाथ अपने चौड़े-चकले कूल्हों पर लटकाकर अपनी तगड़ी टांगें चौड़ी कर देती और कहती, 'यह तुम मुझे उनके ताने क्या देते हो! हांए, वे मेरे यार हैं—और मुझे अच्छे लगते हैं। तुम जलते हो तो जलते रहो।'

त्रिलोचन एक कुशल वकील की तरह पूछता, 'इस तरह तुम्हारी-मेरी कैसे निभेगी?'

मोज़ेल ज़ोर का कहकहा लगाती, 'तुम सचमुच सिख हो! इडियट, तुमसे किसने कहा है कि मेरे साथ निभाओ? अगर निभाने की बात है तो जाओ अपने देश में, किसी सिखनी से ब्याह कर लो। मेरे साथ तो इसी तरह चलेगा।'

त्रिलोचन नरम पड़ जाता। वास्तव में मोज़ेल उसकी बड़ी कमज़ोरी बन गई थी। वह हर हालत में उसके सामीप्य का इच्छुक था। इसमें कोई सन्देह नहीं कि मोज़ेल की वजह से उसकी प्रायः बेइज्जती होती थी। मामूली-मामूली क्रिश्चियन छोकरों के सामने, जिनकी कोई हस्ती नहीं थी, उसे लज्जित होना पड़ता था। लेकिन दिल से मजबूर होकर उसने यह सब कुछ सहने का निश्चय कर लिया था।

आम तौर पर तोहीन और बेइज्जती की प्रतिक्रिया प्रतिशोध होता है, लेकिन त्रिलोचन के मामले में ऐसा नहीं था। उसने अपने दिल और दिमाग की बहुत-सी आंखें मींच ली थीं और कानों में रुई ठूस ली थी। उसको मोज़ेल पसन्द थी। पसन्द ही नहीं, जैसाकि वह अकसर अपने दोस्तों से कहा करता

था, गोडे-गोडे उसके प्रेम में धंस गया था। अब इसके सिवा और कोई चारा नहीं था कि उसके शरीर का जितना भाग शेष रह गया था, वह भी इस प्रेम की दलदल में चला जाए और किस्सा खत्म हो।

दो वर्ष तक वह इसी तरह बेइज्जती का जीवन बिताता रहा, लेकिन सुदृढ़ रहा। आखिर एक दिन जबकि मोज़ेल मौज में थी, उसने अपनी भुजाओं में उसे समेटकर पूछा, 'मोज़ेल, क्या तुम मुझसे प्रेम नहीं करती हो?'

मोज़ेल उसकी भुजाओं से निकल गई और कुर्सी पर बैठकर अपने फ्रॉक का घेरा देखने लगी, फिर उसने अपनी मोटी-मोटी यहूदी आंखें उठाई और घनी पलकें झपकाकर कहा, "मैं सिख से प्रेम नहीं कर सकती।"

त्रिलोचन ने ऐसा महसूस किया कि उसकी पगड़ी के नीचे किसीने दहकती चिनगारियां रख दी हों। उसके तन-बदन में आग लग गई, 'मोज़ेल, तुम हमेशा मेरा मज़ाक उड़ाती हो-यह मेरा मज़ाक नहीं, मेरे प्रेम का मज़ाक है।'

मोज़ेल उठी और उसने अपने भूरे कटे हुए बालों को एक दिलफरेब झटका दिया, 'तुम शेव करा लो और अपने सिर के बाल खुले छोड़ दो तो मैं शर्त लगाती हूं कि कई छोकड़े तुम्हें आंख मारेंगे—तुम सुन्दर हो।'

त्रिलोचन के केशों में और भी चिनगारियां पड़ गई। उसने आगे बढ़कर ज़ोर से मोज़ेल को अपनी ओर खींचा और उसके उन्नाबी होंठों में अपने मूंछों-भरे होंठ गाड़ दिए।

मोज़ेल ने एकदम 'फूं-फूं' की और उससे अपने को छुड़ा लिया। 'मैं सुबह ही अपने दांतों पर ब्रश कर चुकी हूं—तुम कष्ट न करो।'

त्रिलोचन चिल्लाया, 'मोज़ेल!'

मोज़ेल वैनिटी बैग से छोटा-सा आईना निकालकर अपने होंठ देखने लगी, जिनपर लगी गाढ़ी लिपस्टिक पर खराशें पड़ गई थीं। 'खुदा की कसम, तुम अपनी मूंछों और दाढ़ी का सही इस्तेमाल नहीं करते। इनके बाल ऐसे अच्छे हैं कि मेरा नेवी ब्ल्यू स्कर्ट अच्छी तरह साफ कर सकते हैं—बस, थोड़ा-सा पेट्रोल लगाने की ज़रूरत होगी।'

त्रिलोचन क्रोध की उस सीमा तक पहुंच चुका था, जहां वह बिलकुल

ठण्डा हो गया था। वह आराम से सोफ पर बैठ गया। मोज़ेल भी आ गई और उसने त्रिलोचन की दाढ़ी खोलनी शुरू कर दी। उसमें जो पिने लगी थीं, वे उसने एक-एक करके अपने दांतों में दबा लीं।

त्रिलोचन सुन्दर था। जब उसके दाढ़ी-मंछ नहीं उगी थीं तो लोग उसे खुले केशों में देखकर धोखा खा जाते थे कि वह कोई कम उम्र की सुन्दर लड़की है। मगर अब बालों के इस ढेर ने उसके नैन-नक्श साड़ियों की तरह अन्दर छिपा लिए थे और इस बात को वह स्वयं भी जानता था। लेकिन वह धार्मिक प्रवत्ति का एक सुशील युवक था। उसके दिल में धर्म के प्रति सम्मान था। वह नहीं चाहता था कि वह उन चीज़ों को अपने अस्तित्व से अलग कर दे, जिनसे उसके धर्म की पहचान होती थी।

जब दाढ़ी पूरी खुल गई और उसके सीने पर लटकने लगी तो उसने मोज़ेल से पूछा, 'यह तुम क्या कर रही हो?'

दांतों में पिनें दबाए वह मुस्कराई, 'तुम्हारे बाल बहुत मुलायम हैं। मेरा अनुमान गलत था कि इनसे मेरा नेवी ब्ल्यू स्कर्ट साफ हो सकेगा। त्रिलोचन! तुम ये मुझे दे दो, मैं इन्हें गोंधकर अपने लिए एक फर्स्ट क्लास बटुआ बनवाऊंगी।'

अब त्रिलोचन की दाढ़ी में फिर चिनगारियां भड़कने लगीं। वह बड़े गम्भीर स्वर में मोज़ेल से बोला, 'मैंने आज तक कभी तुम्हारे मज़हब का मज़ाक नहीं उड़ाया-तुम क्यों उड़ाती हो? देखो, किसीकी धार्मिक भावना से खेलना अच्छा नहीं होता। मैं यह कभी बर्दाश्त न करता, सिर्फ इसलिए करता रहा कि मुझे तुमसे अथाह प्रेम है-क्या तुम्हें इसका पता नहीं?'

मोज़ेल ने त्रिलोचन की दाढ़ी से खेलना बन्द कर दिया और बोली, 'मुझे मालूम है।'

'फिर?' त्रिलोचन ने अपनी दाढी के बाल बड़ी सफाई से तह किए और मोज़ेल के दांतों से पिनें निकाल लीं। 'तुम अच्छी तरह जानती हो कि मेरा प्रेम बकवास नहीं-मैं तुमसे शादी करना चाहता हूं।'

'मुझे मालूम है।' बालों को एक हलका-सा झटका देकर वह उठी और दीवार से लटकी हुई तस्वीर की तरफ देखने लगी। 'मैं भी लगभग यही फैसला कर चुकी हूं कि तुमसे शादी करूंगी।'

त्रिलोचन उछल पड़ा, "सच?"

मोज़ेल के उन्नाबी होंठ बड़ी मोटी मुस्कराहट के साथ खुले और उसके सफेद मज़बूत दांत एक क्षण के लिए चमके। "हां।"

त्रिलोचन ने अपनी आधी लिपटी दाढ़ी ही से उसको अपने सीने के साथ भींच लिया। 'तो...तो, कब?'

मोज़ेल अलग हट गई। 'जब तुम अपने ये बाल कटवा दोगे।'

त्रिलोचन उस समय 'जो हो सो हो' बन गया। उसने कुछ न सोचा और कह दिया, 'मैं कल ही कटवा दूंगा।'

मोज़ेल फर्श पर टेप डांस करने लगी। 'तुम बकवास करते हो त्रिलोचन! तुममें इतनी हिम्मत नहीं है।'

उसने त्रिलोचन के दिमाग से मज़हब के रहे-सहे खयाल को बाहर निकाल फेंका। 'तुम देख लोगी।'

'देख लूंगी।' और वह तेजी से आगे बढ़ी। त्रिलोचन की मूंछों को चूमा और 'फूं-फूं' करती बाहर निकल गई।

त्रिलोचन ने रात-भर क्या सोचा और वह किन-किन यातनाओं से गुज़रा, इसकी चर्चा व्यर्थ है, इसलिए दूसरे दिन उसने फोर्ट में अपने केश कटवा दिए और दाढ़ी भी मुड़वा दी। यह सब कुछ होता रहा और वह आंखें मींचे रहा। जब सारा मामला साफ हो गया तो उसकी आंखें खुली और वह देर तक अपनी शक्ल शीशे में देखता रहा, जिसपर बम्बई की सुन्दर से सुन्दर लड़की भी कुछ देर के लिए ध्यान देने पर मजबूर हो जाती।

इस समय भी त्रिलोचन वही एक विचित्र ठंडक महसूस करने लगा, जो सैलून से बाहर निकलकर उसको लगी थी। उसने टैरेस पर तेज़-तेज़ चलना शुरू कर दिया, जहां टंकियों और नलों की भरमार थी। वह चाहता था कि उस कहानी का शेष भाग उसके दिमाग में न आए, लेकिन वह आए बिना न रहा।

बाल कटवाकर वह पहले दिन घर से बाहर नहीं निकला। उसने अपने नौकर के हाथ दूसरे दिन एक चिट लिखकर मोज़ेल को भेजी कि उसकी तबीयत खराब है, थोड़ी देर के लिए आ जाए। मोज़ेल आई। त्रिलोचन को बालों के बगैर देखकर पहले वह क्षण-भर के लिए ठिठकी, फिर 'माई डार्लिंग त्रिलोचन!'

कहकर उसके साथ लिपट गई और उसका सारा चेहरा उन्नाबी कर दिया। उसने त्रिलोचन के साफ और मुलायम गालों पर हाथ फेरा, उसके छोटे अंग्रेज़ी किस्म के कटे हुए बालों में अपनी उंगलियों से कंघी की और अरबी भाषा में नारे लगाती रही। उसने इतना शोर मचाया कि उसकी नाक से पानी बहने लगा। मोज़ेल ने जब इसे महसूस किया तो उसने अपनी स्कर्ट का घेरा उठाया और उसे पोंछना शुरू कर दिया। त्रिलोचन शरमा गया। उसने जब स्कर्ट नीची की तो उसने डपटते हुए कहा, 'नीचे कुछ पहन तो लिया करो!' मोज़ेल पर इसका कुछ असर न हुआ। बासी और जगह-जगह से उखड़ी हुई लिपस्टिक लगे होंठों से मुस्कराकर उसने केवल इतना ही कहा, 'मुझे बड़ी घबराहट होती है—ऐसे ही चलता है।'

त्रिलोचन को वह पहला दिन याद आ गया, जब वह और मोज़ेल दोनों टकरा गए थे और आपस में कुछ अजीब तरह गड्ड-मड्ड हो गए थे। मुस्कराकर उसने मोज़ेल को अपने सीने से लगाया। 'शादी कल होगी?'

'ज़रूर।' मोज़ेल ने त्रिलोचन की मुलायम ठोढ़ी पर अपने हाथ की पुश्त फेरी।

तय यह हुआ कि शादी पूने में हो। क्योंकि सिविल मैरिज थी, इसलिए उनको दस-पन्द्रह दिन का नोटिस देना था। अदालती कार्रवाई थी, इसलिए उचित समझा गया कि पूना बेहतर है, पास है और त्रिलोचन के वहां कई मित्र भी हैं। दूसरे दिन उन्हें प्रोग्राम के अनुसार पूना रवाना हो जाना था। मोज़ेल फोर्ट के एक स्टोर में सेल्सगर्ल थी, उससे कुछ दूरी पर टैक्सी-स्टैण्ड था। बस, यहीं उसको मोज़ेल ने इन्तजार करने के लिए कहा था। निश्चित समय पर त्रिलोचन वहां पहुंच गया। डेढ़ घंटा इन्तज़ार करता रहा, लेकिन वह न आई। दूसरे रोज़ उसे मालूम हुआ कि वह अपने एक पुराने मित्र के साथ, जिसने नई-नई मोटर खरीदी थी, देवलाली चली गई थी और अनिश्चित समय तक वहीं रहेगी।

त्रिलोचन पर क्या गुज़री, यह एक बड़ी लम्बी कहानी है। सार इसका यह है कि उसने जी कड़ा कर लिया और उसको भूल गया। इतने में उसकी मुलाकात कृपाल कौर से हो गई और वह उससे प्रेम करने लगा, और कुछ ही समय में उसने अनुभव किया कि मोज़ेल बहुत वाहियात लड़की थी, जिसके दिल के साथ पत्थर लगे हुए थे, जो चिड़े के समान एक जगह से

दूसरी जगह फुदकता रहता था। उसे इस बात से बड़ा संतोष हुआ कि वह मोज़ेल से शादी करने की गलती न कर बैठा।

लेकिन इसपर भी कभी-कभी मोज़ेल की याद एक चुटकी की तरह उसके दिल को पकड़ लेती थी और फिर छोड़कर कुदकड़े लगाती गायब हो जाती थी—वह बेशरम थी, बदलिहाज़ थी। उसे किसीकी भावनाओं का खयाल नहीं था, फिर भी वह त्रिलोचन को पसंद थी। इसलिए वह कभी-कभी उसके बारे में सोचने पर मजबूर हो जाता था कि वह देवलाली में इतने दिनों से क्या कर रही है? उसी आदमी के साथ है, जिसने नई-नई कार खरीदी थी या उसे छोड़कर किसी दूसरे के पास चली गई है? उसको इस विचार से बहुत दुःख होता था कि वह उसके बजाय किसी दूसरे के पास थी, यद्यपि उसको मोज़ेल की प्रकृति का पूरा-पूरा ज्ञान था।

वह उसपर सैकड़ों नहीं, हजारों रुपये खर्च कर चुका था, लेकिन अपनी इच्छा से, वरना मोज़ेल महंगी नहीं थी। उसको बहुत सस्ती किस्म की चीजें पसन्द आती थीं। एक बार त्रिलोचन ने उसे सोने के टॉप्स देने का इरादा किया जो उसे बहुत पसन्द थे, लेकिन उसी दुकान में मोज़ेल झूठे भड़कीले और बहुत सस्ते आवेज़ों पर मर मिटी और सोने के टॉप्स छोड़कर त्रिलोचन से मिन्नतें करने लगी कि वह उन्हें खरीद दे।

त्रिलोचन अब तक न समझ सका कि मोज़ेल किस प्रकार की लड़की है। किस मिट्टी से बनी है। वह घंटों उसके साथ लेटी रहती थी, उसको चूमने की इजाजत देती थी। वह सारा का सारा साबुन की तरह उसके शरीर पर फिर जाता था, लेकिन इससे आगे वह उसको एक इंच बढ़ने नहीं देती थी। उसको चिढ़ाने के लिए इतना कह देती थी, 'तुम सिख हो, मुझे तुमसे घृणा है।'

त्रिलोचन अच्छी तरह जानता था कि मोज़ेल को उससे घृणा नहीं थी। यदि ऐसा होता तो वह उससे कभी न मिलती। सहनशक्ति उसमें तनिक भी नहीं थी। वह कभी दो वर्ष उसके साथ न गुज़ारती। दो ट्रक फैसला कर देती। अण्डरवीयर उसको नापसंद थे, इसलिए कि उनसे उसको उलझन होती थी। त्रिलोचन ने कई बार उसको इनकी अनिवार्यता के बारे में बताया था, शरम-हया का वास्ता दिया था, लेकिन उसने यह चीज़ कभी न पहनी।

त्रिलोचन जब उससे शरम-हया की बात करता तो वह चिढ़ जाती थी। 'यह हया-वया क्या बकवास है?—अगर तुम्हें उसका कुछ खयाल है तो आंखें बन्द कर लिया करो। तुम मुझे यह बताओ, कौन-सा ऐसा लिबास है, जिसमें आदमी नंगा नहीं हो सकता—या जिसमें से तुम्हारी नज़रें पार नहीं हो सकतीं—मुझसे ऐसी बकवास मत किया करो—तुम सिख हो—मुझे मालूम है कि तुम पतलून के नीचे एक सिली-सा अण्डरवीयर पहनते हो, जो नीकर से मिलता-जुलता होता है। यह भी तुम्हारी दाढ़ी और सिर के बालों की तरह तुम्हारे मजहब में शामिल है—शरम आनी चाहिए तुम्हें, इतने बड़े हो गए हो और अब तक यही समझते हो कि तुम्हारा मज़हब अंडरवीयर में छिपा बैठा है!'

त्रिलोचन को शुरू-शुरू में ऐसी बातें सुनकर क्रोध आया था, लेकिन बाद में सोचने-विचारने पर वह कभी-कभी लुढ़क जाता और सोचता कि मोज़ेल की बातें शायद गलत नहीं हैं। और जब उसने अपने केशों और दाढ़ी का सफाया करा दिया तो उसे सचमुच ऐसा लगा था कि वह बेकार इतने दिन बालों का बोझ उठाएउठाए फिरा, जिसका कुछ मतलब ही नहीं था।

पानी की टंकी के पास पहुंचकर त्रिलोचन रुक गया। मोज़ेल को एक मोटी गाली देकर उसने उसके बारे में सोचना बन्द कर दिया। कृपाल कौर एक पवित्र लड़की थी, जिससे उसको प्रेम हो गया था, और जो खतरे में थी। वह ऐसे मुहल्ले में थी, जिसमें कट्टर किस्म के मुसलमान रहते थे और वहां दो-तीन वारदातें भी हो चुकी थीं—लेकिन मुसीबत यह थी कि उस मुहल्ले में अड़तालीस घंटे का कर्फ्यू था। मगर कर्फ्यू की कौन परवाह करता। है? उस चाल के मुसलमान ही अगर चाहते तो अन्दर ही अन्दर कृपाल कौर और उसकी मां तथा उसके बाप का बड़ी आसानी से सफाया कर सकते थे।

त्रिलोचन सोचता-सोचता पानी के मोटे नल पर बैठ गया। उसके सिर के बाल अब काफी लम्बे हो गए थे। उसको विश्वास था कि वे एक वर्ष के अन्दर-अन्दर पूरे केशों में बदल जाएंगे। उसकी दाढ़ी तेजी से बढ़ रही थी, किन्तु वह उसे बढ़ाना नहीं चाहता था। फोर्ट में एक बारबर था, वह इस सफाई से उसे तराशता था कि तरशी हुई दिखाई नहीं देती थी।

उसने अपने नरम और मुलायम बालों में उंगलियां फेरी और एक ठंडी सांस ली। उठने का इरादा कर ही रहा था कि उसे खड़ाऊं की कर्कश आवाज़ सुनाई दी। उसने सोचा, कौन हो सकता है? बिल्डिंग में कई यहूदी औरतें थीं, जो सबकी सब घर में खड़ाऊं पहनती थीं। आवाज़ और करीब आती गई। एकाएक उसने दूसरी टंकी के पास मोज़ेल को देखा, जो यहूदियों के विशेष ढंग का ढीला-ढाला कुर्ता पहने बड़े ज़ोर की अंगड़ाई ले रही थी—इस ज़ोर की कि त्रिलोचन को महसूस हुआ कि उसके आसपास की हवा चटख जाएगी।

त्रिलोचन पानी के नल पर से उठा। उसने सोचा, यह एकाएक कहां से टपक पड़ी—और इस समय टैरेस पर क्या करने आई है? मोज़ेल ने एक और अंगड़ाई ली—अब त्रिलोचन की हड्डियां चटखने लगीं।

ढीले-ढाले कुर्ते में उसकी मजबूत छातियां धड़की-त्रिलोचन की आंखों के सामने कई गोल-गोल और चपटे-चपटे नील उभर आए। वह ज़ोर से खांसा। मोज़ेल ने पलटकर उसकी ओर देखा। कुछ विशेष प्रतिक्रिया नहीं हुई। वह खड़ाऊं घसीटती उसके पास आई और उसकी नन्ही-मुन्नी दाढ़ी देखने लगी। "तुम फिर सिख बन गए, त्रिलोचन?"

दाढ़ी के बाल त्रिलोचन को चुभने लगे।

मोज़ेल ने आगे बढ़कर उसकी ठोढ़ी के साथ अपने हाथ की पुश्त रगड़ी और मुस्कराकर कहा, "अब यह ब्रुश इस योग्य है कि मेरी नेवी ब्ल्यू स्कर्ट साफ कर सके। मगर वह तो वहीं देवलाली में रह गई है।"

त्रिलोचन चुप रहा।

मोज़ेल ने उसकी बांह की चुटकी ली। "बोलते क्यों नहीं सरदार साहब?"

त्रिलोचन अपनी पुरानी मूर्खताओं को दोहराना नहीं चाहता था, फिर भी उसने सुबह के धुंधले अंधेरे में देखा कि मोज़ेल में कोई खास परिवर्तन नहीं हुआ था, सिर्फ वह कुछ कमज़ोर नज़र आती थी।

त्रिलोचन ने उससे पूछा, "बीमार रही हो?"

"नहीं।" मोज़ेल ने अपने कटे हुए बालों को एक हलका-सा झटका दिया।

"पहले से कमज़ोर दिखाई देती हो?"

"मैं डाइटिंग कर रही हूं।" मोज़ेल पानी के मोटे नल पर बैठ गई और खड़ाऊं फर्श के साथ बजाने लगी। "तुम, मतलब यह कि अब फिर नये सिरे से सिख बन रहे हो?"

त्रिलोचन ने एक प्रकार की ढिठाई से कहा, "हां।"

"मुबारक हो!" मोज़ेल ने एक खड़ाऊं पैर से उतार ली और पानी के नल पर बजाने लगी। "किसी और लड़की से प्रेम करना शुरू कर दिया है?"

त्रिलोचन ने धीमे से कहा, "हां।"

"मुबारक हो—इसी बिल्डिंग की है कोई?"

"नहीं।"

"यह बहुत बुरी बात है।" मोज़ेल खड़ाऊं अपनी उंगलियों में उड़सकर उठी। "आदमी को हमेशा अपने पड़ोसियों का खयाल रखना चाहिए।"

त्रिलोचन चुप रहा। मोज़ेल ने उसकी दाढी को अपनी पांचों उंगलियों से छेड़ा। "क्या उसी लड़की ने तुम्हें ये बाल बढ़ाने की राय दी है?"

"नहीं।"

त्रिलोचन बड़ी उलझन में था, जैसे कंघा करते-करते उसकी दाढ़ी के बाल आपस में उलझ गए हों। जब उसने 'नहीं' कहा तो उसके कहने में तीखापन था।

मोज़ेल के होंठों पर लिपस्टिक बासी गोश्त की तरह मालूम होती थी। वह मुस्कराई तो त्रिलोचन को ऐसा लगा कि उसके गांव में झटके की दुकान पर कसाई ने छुरी से गोश्त के दो टुकड़े कर दिए हों।

मुस्कराने के बाद वह हंसी। "तुम अब यह दाढ़ी मुंडा डालो तो किसीकी भी कसम ले लो, मैं तुमसे शादी कर लूंगी।'

त्रिलोचन के जी में आई कि उससे कह दे कि वह एक बड़ी शरीफ, सुशील और लजीली क्वांरी लड़की से प्रेम कर रहा है और उससे ही शादी करेगा। मोज़ेल उसके मुकाबले में निर्लज्ज है, बदसूरत, बेवफा और कपटी है। लेकिन वह इस तरह का ओछा आदमी नहीं था। उसने मोज़ेल से केवल इतना ही कहा, "मोज़ेल, मैं अपनी शादी का फैसला कर चुका हूं। मेरे गांव

की एक सीधीसादी लड़की है, जो मज़हब की पाबंद है। उसीके लिए मैंने बाल बढ़ाने का फैसला कर लिया है।"

मोज़ेल सोच-विचार की आदी नहीं थी, लेकिन उसने कुछ देर सोचा और खड़ाऊं पर आधे दायरे में घूमकर त्रिलोचन से कहा, "अगर वह मजहब की पाबन्द है तो वह तुम्हें कैसे स्वीकार करेगी? क्या उसे मालूम नहीं कि तुम एक बार अपने बाल कटवा चुके हो?"

"उसको अभी मालूम नहीं—दाढ़ी मैंने तुम्हारे देवलाली जाने के बाद ही बढ़ानी शुरू कर दी थी, केवल प्रायश्चित्त के रूप में। उसके बाद मेरी कृपाल कौर से मुलाकात हुई। लेकिन मैं पगड़ी इस तरह से बांधता हूं कि सौ में से एक ही आदमी मुश्किल से जान सकता है कि मेरे केश कटे हुए हैं। लेकिन अब ये बहुत जल्दी ठीक हो जाएंगे।" त्रिलोचन ने अपने मुलायम बालों में उंगलियों से कंघी करना शुरू की। मोज़ेल ने लम्बा कुर्ता उठाकर अपनी गोरी सुडौल जांघ खुजलाना शुरू की। "यह बहुत अच्छा है—लेकिन ये कम्बख्त मच्छर यहां भी मौजूद हैं। देखो, किस ज़ोर से काटा है!"

त्रिलोचन ने दूसरी ओर देखना शुरू कर दिया। मोज़ेल ने उस जगह, जहां मच्छर ने काटा था, उंगली से थूक लगाया और कुर्ता छोड़कर सीधी खड़ी हो गई। "कब हो रही है तुम्हारी शादी?"

"अभी कुछ पता नहीं।" यह कहकर त्रिलोचन चिन्तित हो गया।

कुछ देर तक चुप्पी रही, फिर मोज़ेल ने उसकी चिन्ता का अनुमान लगाकर बड़ी गम्भीरता से पूछा, "त्रिलोचन, तुम क्या सोच रहे हो?"

त्रिलोचन को उस समय किसी हितैषी की ज़रूरत थी, चाहे वह मोज़ेल ही क्यों न हो। इसलिए उसने उसको सारा किस्सा सुना दिया। मोज़ेल हंसी, "तुम अव्वल दर्जे के ईडियट हो। जाओ, उसको ले आओ, ऐसी क्या मुश्किल है?"

"मुश्किल! मोज़ेल, तुम इस मामले की नज़ाकत को कभी नहीं समझ सकती—किसी भी मामले की नज़ाकत—तुम बहुत ही छिछली लड़की हो। यही वजह है कि मेरे और तुम्हारे सम्बन्ध टूट गए, जिसका मुझे सारी उम्र अफसोस रहेगा।"

मोज़ेल ने ज़ोर से अपनी खड़ाऊं पानी के नल के साथ मारी, "अफसोस बी डेम्ड—सिली, ईडियट! तुम यह सोचो कि तुम्हारी उसको.. क्या नाम है उसका...उस मुहल्ले से बचा लाना कैसे हो और तुम बैठ गए हो संबंधों का रोना रोने "तुम्हारे-मेरे संबंध कभी बने नहीं रह सकते थे—तुम एक सिली किस्म के आदमी हो—और बहुत डरपोक! मुझे निडर आदमी चाहिए... लेकिन छोड़ो इन बातों को...चलो, आओ, तुम्हारी उसको ले आएं।"

उसने त्रिलोचन की बांह पकड़ ली। त्रिलोचन ने घबराहट में उससे पूछा, "कहां से?"

"वहीं से, जहां वह है। मैं उस मुहल्ले की एक-एक ईंट को जानती हूं—चलो, आओ मेरे साथ।"

"मगर सुनो तो—कर्फ्यू है।"

"मोज़ेल के लिए नहीं—चलो, आओ।"

वह त्रिलोचन को खींचती उस दरवाज़े तक ले गई, जो नीचे सीढ़ियों की ओर खुलता था। दरवाज़ा खोलकर वह उतरने वाली थी कि रुक गई और त्रिलोचन की दाढ़ी की ओर देखने लगी।

त्रिलोचन ने पूछा, "क्या बात है?"

मोज़ेल ने कहा, "यह तुम्हारी दाढ़ी—लेकिन, खैर, ठीक है। इतनी बड़ी नहीं है—नंगे सिर चलोगे तो कोई नहीं समझेगा कि तुम सिख हो।"

"नंगे सिर?" त्रिलोचन ने कुछ बौखलाकर कहा, "मैं नंगे सिर नहीं जाऊंगा।"

मोज़ेल ने बड़ी भोली सूरत बनाकर पूछा, "क्यों?"

त्रिलोचन ने अपने बालों की एक लट ठीक की और बोला, "तुम समझती नहीं हो। मेरा वहां पगड़ी के बिना जाना ठीक नहीं।"

"क्यों ठीक नहीं?"

"तुम समझती क्यों नहीं हो कि उसने अभी तक मुझ नंगे सिर नहीं देखा—वह यही समझती है कि मेरे केश हैं। मैं उसे यह भेद नहीं जानने देना चाहता।"

मोज़ेल ने ज़ोर से अपनी खड़ाऊं दरवाज़े की दहलीज़ पर मारी। "तुम

सचमुच अव्वल दर्जे के ईडियट हो...गधे कहीं के! उसकी ज़िन्दगी का सवाल है—क्या नाम है तुम्हारी उस कौर का, जिससे तुम प्रेम करते हो?"

त्रिलोचन ने उसे समझाने की कोशिश की। "मोज़ेल, वह बड़ी धार्मिक प्रवृत्ति की लड़की है—अगर उसने मुझे नंगे सिर देख लिया तो मुझसे नफरत करने लगेगी।"

मोज़ेल चिढ़ गई। "ओह, तुम्हारा प्रेम बी डेम्ड—मैं पूछती हूं, क्या सारे सिख तुम्हारी तरह के बेवकूफ होते हैं?—उसकी जान खतरे में है और तुम कहते हो कि पगड़ी ज़रूर पहनोगे और शायद अपना अण्डरवीयर भी, जो नीकर से मिलता-जुलता है!"

त्रिलोचन ने कहा, "वह तो मैं हर वक्त पहने रहता हूं।"

"बहुत अच्छा करते हो—लेकिन अब तुम यह सोचो कि मामला उस मुहल्ले का है, जहां मियां भाई ही मियां भाई रहते हैं, और वह भी बड़े-बड़े दादा। तुम पगड़ी पहनकर गए तो वहीं कत्ल कर दिए जाओगे।"

त्रिलोचन ने संक्षिप्त-सा उत्तर दिया, "मुझे उसकी परवाह नहीं। अगर मैं तुम्हारे साथ वहां जाऊंगा तो पगड़ी पहनकर जाऊंगा। मैं अपने प्रेम को खतरे में डालना नहीं चाहता।"

मोज़ेल झंझला गई। उसमें इस ज़ोर से उफान आया कि उसकी छातियां आपस में भिडभिड़ा गई। "गधे कहीं के—तुम्हारा प्रेम ही कहां रहेगा जब तुम न रहोगे। तुम्हारी वह...क्या नाम है उस भड़वी का...जब वह न रहेगी, उसका परिवार तक न रहेगा। तुम सिख हो—खुदा की कसम, तुम सिख हो और बड़े ईडियट हो।"

त्रिलोचन भिन्ना गया। "बकवास न करो!"

मोज़ेल ज़ोर से हंसी और उसने अपनी नरम रोएंदार बांहें उसके गले में डाल दी और थोड़ा-सा झलकर बोली, "डार्लिंग, चलो, जैसे तुम्हारी मर्जी। जाओ, पगड़ी पहन आओ—मैं नीचे बाजार में खड़ी हूं।"

यह कहकर वह नीचे जाने लगी। त्रिलोचन ने उसे रोका। "तुम कपड़े नहीं पहनोगी?"

मोज़ेल ने अपने सिर को झटका दिया। "नहीं—चलेगा इसी तरह।"

यह कहकर वह खट-खट करती नीचे उतर गई। त्रिलोचन निचली मंज़िल की सीढ़ियों पर भी उसकी खड़ाउओं की आवाज़ सुनता रहा। फिर उसने अपने लम्बे बाल उंगलियों से पीछे की तरफ समेटे और नीचे उतरकर अपने फ्लैट में चला गया। जल्दी-जल्दी उसने कपड़े बदले। पगड़ी बंधी-बंधाई रखी थी, उसे अच्छी तरह सिर पर जमाया और फ्लैट के दरवाज़े में कुंजी घुमाकर नीचे उतर गया।

बाहर फुटपाथ पर मोज़ेल अपनी तगड़ी टांगें चौड़ी किए सिगरेट पी रही थी, बिलकुल पुरुषों की तरह। जब त्रिलोचन उसके पास पहुंचा तो उसने शरारत से मुंह भरकर धुआं उसके मुंह पर दे मारा। त्रिलोचन ने गुस्से में कहा, "तुम बहुत ज़लील

मोज़ेल मुस्कराई। "यह तुमने कोई नई बात नहीं कही'.. इससे पहले मुझे और भी कई लोग जलील कह चुके हैं।" फिर उसने त्रिलोचन की पगड़ी की ओर देखा। "यह पगड़ी तुमने सचमुच अच्छी तरह बांधी है। ऐसा मालूम होता है, तुम्हारे केश हैं।"

बाज़ार बिलकुल सुनसान—केवल हवा चल रही थी और वह भी बहुत धीरे-धीरे, जैसे वह भी कर्फ्यू से डरती हो। बत्तियां जल रही थीं, लेकिन उनका प्रकाश बीमार-सा मालूम होता था। आमतौर पर इस समय ट्रेनें चलनी शुरू हो जाती थीं और लोगों का आवागमन भी शुरू हो जाता था। अच्छी-खासी चहल-पहल हो जाती थी, लेकिन अब ऐसा मालूम होता था कि सड़क पर से न कोई आदमी गुज़रा है और न गुज़रेगा।

मोज़ेल आगे-आगे थी। फुटपाथ के पत्थरों पर उसकी खड़ाऊं खट-खट कर रही थीं। यह आवाज़ उस निस्तब्ध वातावरण में एक बहुत बड़ा शोर थी। त्रिलोचन दिल ही दिल में मोज़ेल को बुरा-भला कह रहा था कि दो मिनट में और कुछ नहीं तो अपनी बेहूदा खड़ाऊं उतारकर कोई और चीज़ पहन सकती थी। उसने चाहा कि मोज़ेल से कहे, खड़ाऊं उतार दो और नंगे पांव चलो, मगर उसे विश्वास था कि वह कभी नहीं मानेगी, इसलिए चुप रहा।

त्रिलोचन बहुत डरा हुआ था, कोई पत्ता भी खड़कता तो उसका दिल धक से रह जाता; लेकिन मोज़ेल सिगरेट का धुआं उड़ाती बिलकुल निडरता

से चली जा रही थी, मानो बड़ी बेफिक्री से चहलकदमी कर रही हो।

चौक में पहुंचे तो पुलिसमैन की आवाज़ गरजी, "ऐ, किधर जा रहा है?"

त्रिलोचन डर गया। मोज़ेल आगे बढ़ी और पुलिसमैन के पास पहुंच गई और अपने बालों को एक हलका-सा झटका देकर कहा, "ओह, तुम —हमको पहचाना नहीं तुमने—मोज़ेल..." फिर उसने एक गली की तरफ इशारा किया, "उधर, उस बाजू हमारा बहन रहता है, उसकी तबीयत खराब है—डॉक्टर लेकर जा रहा है।"

सिपाही उसे पहचानने की कोशिश कर रहा था कि उसने न जाने कहां से सिगरेट की डिबिया निकाली और एक सिगरेट निकालकर उसको दिया। "लो, पियो!" सिपाही ने सिगरेट ले लिया। मोज़ेल ने अपने मुंह से सुलगा हुआ सिगरेट निकाला और उससे कहा, "हीयर इज़ लाइट।"

सिपाही ने सिगरेट का कश लिया—मोज़ेल ने दाईं आंख उसको और बाईं आंख त्रिलोचन को मारी और खट-खट करती उस गली की ओर चल दी, जिसमें से गुजरकर उन्हें मुहल्ले में जाना था।

त्रिलोचन चुप था, लेकिन वह महसूस कर रहा था कि मोज़ेल कर्फ्यू की अवज्ञा करके एक विचित्र प्रकार की प्रसन्नता का अनुभव कर रही है। खतरों से खेलना उसे पसन्द था। वह जब जुहू पर उसके साथ जाती थी तो उसके लिए एक मुसीबत बन जाती थी। समुद्र की बड़ी-बड़ी लहरों से टकराती-भिड़ती वह दूर तक निकल जाती थी और उसको हमेशा इस बात का धड़का रहता था कि कहीं वह डूब न जाए। जब वापस आती तो उसका शरीर नीलों और घावों से भरा होता था, लेकिन उसे इसकी कोई परवाह नहीं होती थी।

मोज़ेल आगे-आगे थी और त्रिलोचन उसके पीछे-पीछे डरडरके इधर-उधर देखता चल रहा था कि कहीं उसकी बगल में से कोई छुरीमार न निकल आए।

सहसा मोज़ेल रुक गई। जब त्रिलोचन पास आया तो उसने उसे समझाने के स्वर में कहा, "डियर त्रिलोचन, इस तरह डरना अच्छा नहीं। तुम

डरोगे तो ज़रूर कुछ न कुछ होके रहेगा। सच कहती हूं, यह मेरी आज़माई हुई बात है।"

त्रिलोचन चुप रहा।

जब वे उस गली को पार करके दूसरी गली में पहुंचे, जो उस मूहल्ले की ओर निकलती थी, जिसमें कृपाल कौर रहती थी तो मोज़ेल चलते-चलते एकदम रुक गई—कुछ दूरी पर बड़े इतमीनान से एक मारवाड़ी की दुकान लूटी जा रही थी। एक क्षण के लिए उसने मामले को समझने की कोशिश की और त्रिलोचन से कहा, "कोई बात नहीं—चलो, आओ।"

दोनों चलने लगे। एक आदमी, जो सिर पर बहुत बड़ी परात उठाए चला आ रहा था, त्रिलोचन से टकरा गया। परात गिर गई। उस आदमी ने ध्यान से त्रिलोचन की ओर देखा। साफ मालूम होता था कि वह सिख है। उस आदमी ने जल्दी से अपने नेफे में हाथ डाला कि मोज़ेल आ गई लड़खड़ाती हुई, मानो नशे में चूर हो। उसने ज़ोर से उस आदमी को धक्का दिया और नशीले स्वर में कहा, "ऐ, क्या करता है—अपने भाई को मारता है! हम इससे शादी बनाने को मांगता है!" फिर वह त्रिलोचन की ओर मुड़ी। 'करीम, उठाओ यह परात और रख दो इसके सिर पर।"

उस आदमी ने नेफे में से अपना हाथ हटा लिया और ललचाई नजरों से मोज़ेल की ओर देखा। फिर आगे बढ़कर अपनी कोहनी से उसकी छातियों में एक टहोका दिया। "ऐश कर साली—ऐश कर!" फिर उसने परात उठाई और यह जा, वह जा।

त्रिलोचन बड़बड़ाया, "हरामजादे ने कैसी ज़लील हरकत की!" मोज़ेल ने अपनी छातियों पर हाथ फेरा। "कोई ज़लील हरकत नहीं-सब चलता है। आओ।"

और वह तेज-तेज़ चलने लगी। त्रिलोचन ने भी कदम तेज़ कर दिए।

वह गली पार करके वे दोनों उस मुहल्ले में पहुंच गए, जहां कृपाल कौर रहती थी। मोज़ेल ने पूछा, "किस गली में जाना

त्रिलोचन ने धीरे से कहा, "तीसरी गली में-नुक्कड़ वाली बिल्डिग।"

मोज़ेल ने उसी ओर चलना शुरू कर दिया। उस ओर बिलकुल निस्तब्धता थी। आसपास इतनी घनी आबादी थी, लेकिन किसी बच्चे तक के रोने की आवाज़ सुनाई नहीं देती थी।

जब वे उस गली के पास पहुंचे तो कुछ गड़बड़ दिखाई दी। एक आदमी बड़ी तेजी से इस किनारे वाली बिल्डिंग में घुस गया। इस बिल्डिंग से थोड़ी देर के बाद तीन आदमी निकले। फुटपाथ पर उन्होंने इधर-उधर देखा और बड़ी फुर्ती से दूसरी बिल्डिंग में चले गए। मोज़ेल ठिठक गई। उसने त्रिलोचन को इशारा किया कि अंधेरे में हो जाए, फिर उसने धीमे से कहा, "त्रिलोचन डियर, यह पगड़ी उतार दो!"

त्रिलोचन ने जवाब दिया, 'मैं यह किसी सूरत में भी नहीं उतार सकता।"

मोज़ेल झुंझला गई। "तुम्हारी मर्जी—लेकिन तुम देखते नहीं, सामने क्या हो रहा है?"

सामने जो कुछ हो रहा था, दोनों की आंखों के सामने था—साफ गड़बड़ हो रही थी और बड़ी रहस्यमय ढंग की। बायें हाथ की बिल्डिंग से जब दो आदमी अपनी पीठ पर बोरियां उठाए निकले तो मोज़ेल सारी की सारी कांप गई। उनमें से कुछ गाढ़ी-गाढ़ी तरल चीज़ टपक रही थी। मोज़ेल अपने होंठ काटने लगी। शायद वह कुछ सोच रही थी। जब वे दोनों आदमी गली के दूसरे सिरे पर पहुंचकर गायब हो गए तो उसने त्रिलोचन से कहा, "देखो, ऐसा करो—मैं भागकर नुक्कड़ वाली बिल्डिंग में जाती हूं—तुम मेरे पीछे आना—बड़ी तेजी से, जैसे तुम मेरा पीछा कर रहे हो—समझे? मगर यह सब एकदम जल्दीजल्दी में हो।"

मोज़ेल ने त्रिलोचन के जवाब की प्रतीक्षा न की और नुक्कड़ वाली बिल्डिग की ओर खड़ाऊं खटखटाती हुई वह तेजी से भागी। त्रिलोचन भी उसके पीछे दौड़ा। कुछ ही क्षणों में वे बिल्डिंग के अन्दर थे। सीढ़ियों के पास त्रिलोचन हांफ रहा था, मगर मोज़ेल बिलकुल ठीक-ठाक थी। उसने त्रिलोचन से पूछा, "कौन-सा माला?"

त्रिलोचन ने अपने सूखे होंठ पर जीभ फेरी। "दूसरा।"

"चलो।"

यह कहकर वह खट-खट सीढ़ियां चढ़ने लगी। त्रिलोचन उसके पीछे हो लिया। सीढ़ियों पर खुन के बड़े-बड़े धब्बे पड़े हुए थे। उनको देख-देखकर उसका खून सूख रहा था।

दूसरे माले पर पहुंचे तो कॉरीडोर में कुछ दूर जाकर त्रिलोचन ने धीमे से एक दरवाज़े को खटखटाया। मोज़ेल दूर सीढ़ियों के पास खड़ी रही।

त्रिलोचन ने एक बार फिर दरवाज़ा खटखटाया और उसके साथ मुंह लगाकर आवाज़ दी, "महंगासिंहजी, महंगासिंहजी!"

अन्दर से बारीक-सी आवाज़ आई, "कौन?"

"त्रिलोचन।"

दरवाज़ा धीरे से खुला। त्रिलोचन ने मोज़ेल को इशारा किया। वह लपक कर आई। दोनों अन्दर चले गए। मोज़ेल ने अपनी बगल में एक दुबली-पतली लड़की को देखा, जो बहुत ही भयभीत थी। मोज़ेल ने उसे एक क्षण के लिए ध्यान से देखा। पतले-पतले नक्श थे। नाक बहुत ही प्यारी थी, लेकिन जुकाम में ग्रस्त। मोज़ेल ने उसे अपने चौड़े-चकले सीने से लगाया और अपने ढीले-ढाले कुर्ते का पल्ला उठाकर उसकी नाक पोंछी।

त्रिलोचन लाल पड़ गया।

मोज़ेल ने कृपाल कौर से बड़े स्नेह से कहा, "डरो नहीं, त्रिलोचन तुम्हें लेने आया है।"

कृपाल कौर ने त्रिलोचन की ओर अपनी सहमी हुई देखा और मोज़ेल से अलग हो गई।

त्रिलोचन ने उससे कहा, ''सरदार साहब से कहो कि जल्दी तैयार हो जाएं—और माताजी से भी—लेकिन जल्दी करो।"

इतने में ऊपर की मंज़िल से ज़ोर-ज़ोर की आवाज़ें आने लगी, जैसे कोई चीख-चिल्ला रहा हो और धींगा-मुश्ती हो रही हो।

कृपाल कौर के मुंह से हलकी-सी चीख निकल गई। "उसे पकड़ लिया उन्होंने!"

त्रिलोचन ने पूछा, "किसे?"

कृपाल कौर उत्तर देने ही वाली थी कि मोज़ेल ने उसको बांह से पकड़ा

और घसीटकर एक कोने में ले गई। "पकड़ लिया तो अच्छा हुआ। तुम ये कपड़े उतार दो।"

कृपाल कौर अभी कुछ सोचने भी न पाई थी कि मोज़ेल ने पलक झपकते में उसकी कमीज़ उतारकर एक तरफ रख दी। कृपाल कौर ने अपनी बांहों में अपने नंगे शरीर को छिपा लिया तथा और भी भयभीत हो गई। त्रिलोचन ने मुंह दूसरी ओर फेर लिया। मोज़ेल ने अपना ढीला-ढाला कुर्ता उतारकर उसे पहना दिया, और स्वयं नंग-धडंग हो गई। फिर जल्दी-जल्दी उसने कृपाल कौर का नाड़ा ढीला किया और उसकी शलवार उतारकर त्रिलोचन से बोली, "जाओ, इसे ले जाओ—लेकिन ठहरो!"

यह कहकर उसने कृपाल कौर के बाल खोल दिए और उससे कहा, "जाओ—जल्दी निकल जाओ।"

त्रिलोचन ने उससे कहा, "आओ।" लेकिन फिर तुरन्त ही रुक गया। पलटकर उसने मोज़ेल की ओर देखा, जो धुले हुए दीदे की तरह नंगी खड़ी थी। उसकी बांहों पर महीन-महीन बाल सरदी के कारण जागे हुए थे।

"तुम जाते क्यों नहीं?" मोज़ेल के स्वर में चिड़चिड़ापन था।

त्रिलोचन ने धीमे से कहा, "इसके मां-बाप भी तो हैं।"

"जहन्नुम में जाएं वे—तुम इसे ले जाओ।"

"और तुम?"

"मैं आ जाऊंगी।"

एकदम ऊपर की मंजिल से कई आदमी धड़ाधड़ नीचे उतरने लगे और फिर दरवाज़े पर आकर उन्होंने उसे कूटना शुरू कर दिया, जैसे वे उसे तोड़ ही डालेंगे।

कृपाल कौर की अंधी मां और उसका अपाहिज बाप दूसरे कमरे में पड़े कराह रहे थे।

मोज़ेल ने कुछ सोचा और बालों को एक हलका-सा झटका देकर त्रिलोचन से कहा, "सुनो, अब सिर्फ एक ही तरकीब मेरी समझ में आती है। मैं दरवाज़ा खोलती हूं..."

कृपाल कौर के सूखे कंठ से चीख निकलते-निकलते रह गई, "दरवाज़ा!"

मोज़ेल त्रिलोचन की ओर मुंह किए कहती रही, "मैं दरवाज़ा खोलकर बाहर निकलती हूं—तुम मेरे पीछे भागना। मैं ऊपर चढ़ जाऊंगी—और तुम भी ऊपर चले आना। ये लोग जो दरवाज़ा तोड़ रहे हैं, सब कुछ भूल जाएंगे और हमारे पीछे चले आएंगे।"

त्रिलोचन ने पूछा, "फिर?"

मोज़ेल ने कहा, "यह तुम्हारी-क्या नाम है इसक-मौका पाकर निकल जाए। इस वेश में इसे कोई कुछ नहीं कहेगा।"

त्रिलोचन ने जल्दी-जल्दी कृपाल को सारी बात समझा दी। मोज़ेल ज़ोर से चिल्लाई। दरवाज़ा खोला और धड़ाम से बाहर के लोगों पर जा गिरी। सब बौखला गए। उठकर वह ऊपर की सीढ़ियों की ओर लपकी। त्रिलोचन उसके पीछे भागा। सब एक ओर हट गए।

मोज़ेल अंधाधुंध सीढ़ियां चढ़ रही थी—खड़ाऊं उसके पैरों में थीं। वे लोग, जो दरवाज़ा तोड़ने की कोशिश कर रहे थे, संभलकर उनके पीछे दौड़े। एकाएक मोज़ेल का पांव फिसल गया और ऊपर के ज़ीने से वह कुछ इस तरह लुढ़की कि हर पथरीले जीने से टकराती, लोहे के जंगले से उलझती नीचे आ गिरी—पथरीले फर्श पर।

त्रिलोचन एकदम नीचे उतरा। झुककर उसने देखा तो उसकी नाक से खून बह रहा था, मुंह से खून बह रहा था, कानों से भी खून निकल रहा था। वे जो दरवाज़ा तोड़ने आए थे, इर्दगिर्द जमा हो गए—किसीने भी न पूछा कि क्या हुआ है। सब चुप थे और मोज़ेल के नंगे और गोरे शरीर को देख रहे थे, जिसपर जगहजगह खराशें पड़ी थीं।

त्रिलोचन ने उसकी बांह हिलाई और आवाज़ दी, "मोज़ेल! मोज़ेल!"

मोज़ेल ने अपनी बड़ी-बड़ी यहूदी आंखें खोलीं, जो बीर-बहूटी की तरह लाल हो रही थीं और मुस्कराई। त्रिलोचन ने अपनी पगड़ी उतारी और खोलकर उसका नंगा शरीर ढंक दिया। मोज़ेल फिर मुस्कराई और आंख मारकर मुंह से खून के बुलबुले छोड़ती हुई त्रिलोचन से बोली, "जाओ, देखो—मेरा अण्डरवीयर वहां है कि नहीं। मेरा मतलब है कि वह ...."

त्रिलोचन उसका मतलब समझ गया, लेकिन उसने उठना न चाहा।

इसपर मोज़ेल ने क्रोध से कहा, "तुम सचमुच सिख हो... जाओ, देखकर आओ!"

त्रिलोचन उठकर कृपाल कौर के फ्लैट की ओर चला गया। मोज़ेल ने अपनी धुंधली आंखों से अपने आसपास खड़े लोगों की ओर देखा और कहा, "यह मियां भाई है.. लेकिन बहुत दादा किस्म का.. मैं इसे सिख कहा करती हूं।"

त्रिलोचन वापस आ गया। उसने आंखों ही आंखों में मोज़ेल को बता दिया कि कृपाल कौर जा चुकी है। मोज़ेल ने संतोष की सांस ली—लेकिन ऐसा करने से बहुत-सा खून उसके मुंह से बह निकला। "ओ डैम इट.... यह कहकर उसने अपनी रोएंदार कलाई से अपना मुंह पोंछा और त्रिलोचन की ओर देखकर बोली, "ऑलराइट डार्लिंग–बाई-बाई!"

त्रिलोचन ने कुछ कहना चाहा, लेकिन शब्द उसके कण्ठ में ही अटक गए।

मोज़ेल ने अपने शरीर से त्रिलोचन की पगडी हटाई।"ले जाओ इसको, अपने इस मजहब को!" और उसकी बांह उसकी मज़बूत छातियों पर निर्जीव होकर गिर पड़ी।

बाबू गोपीनाथ

बाबू गोपीनाथ से मेरी मुलाकात सन् चालीस में हुई। उन दिनों मैं बम्बई के एक साप्ताहिक पत्र का सम्पादन किया करता था। दफ्तर में अब्दुर्रहीम सैंडो एक नाटे कद के आदमी के साथ दाखिल हुआ। मैं उस वक्त 'लीडर' लिख रहा था। सैंडो ने अपने खास अन्दाज़ में ऊंची आवाज़ में मुझे आदाब किया और अपने साथी से परिचय कराया, "मंटो साहब, बाबू गोपीनाथ से मिलिए।"

मैंने उठकर उससे हाथ मिलाया। सँडो ने अपनी आदत के अनुसार मेरी तारीफों के पुल बांधने शुरू कर दिए। "बाबू गोपीनाथ! तुम हिन्दुस्तान के नम्बर वन राइटर से हाथ मिला रहे हो। लिखता है तो धड़न-तख्ता हो जाता है लोगों का। ऐसी-ऐसी कंटीन्यूटनी मिलाता है कि तबीयत साफ हो जाती है। पिछले दिनों वह क्या चुटकुला लिखा था आपने, मंटो साहब? मिस खुर्शीद ने कार खरीदी, अल्लाह बड़ा कारसाज़ है! क्यों बाबू गोपीनाथ? है न ऐंटी की पैंटी पौ?"

अब्दुर्रहीम सैंडो के बातें करने का अन्दाज़ बिलकुल निराला था। कंटीन्यूटनी, धड़न-तख्ता और ऐंटी की पैंटी पौ ऐसे शब्द उसकी अपनी उपज थे, जिनको वह अपनी बातचीत में बड़ी बेतकल्लुफी के साथ इस्तेमाल करता था। मेरा परिचय कराने के बाद वह बाबू गोपीनाथ की ओर मुड़ा, जो बहुत प्रभावित नज़र आ रहा था। "आप हैं बाबू गोपीनाथ, बड़े खाना-खराब। लाहौर से झक मारते-मारते बम्बई तशरीफ लाए हैं। साथ कश्मीर की एक कबूतरी है।"

बाबू गोपीनाथ मुस्कराया।

अब्दुर्रहीम सैंडो ने इतने परिचय को नाकाफी समझकर कहा, "नम्बर वन का बेवकूफ अगर कोई हो सकता है तो वह आप हैं। लोग इन्हें मस्का लगाकर रुपया बटोरते हैं। मैं सिर्फ बातें करके इनसे हर रोज़ पौलसन बटर के दो पैकेट वसूल करता हूं। बस, मंटो साहब, यह समझ लीजिए कि बड़े ऐंटी फिलोजिस्टीन किस्म के आदमी हैं। आप आज शाम को इनके फ्लैट पर ज़रूर तशरीफ लाइए।"

बाबू गोपीनाथ, जो खुदा मालूम क्या सोच रहा था, चौंककर बोला, "हां-हां, ज़रूर तशरीफ लाइए मंटो साहब!" फिर सैंडो से बोला, "क्यों सैंडो, क्या आप कुछ उसका शगल करते हैं?"

अब्दुर्रहीम सैंडो ने ज़ोर से कहकहा लगाया। "अजी हर किस्म का शगल करते हैं! तो मंटो साहब, आज शाम को ज़रूर आइएगा। मैंने भी पीनी शुरू कर दी है, इसलिए कि मुफ्त मिलती है।"

सैंडो ने मुझे फ्लैट का पता लिखा दिया, जहां मैं अपने वादे के मुताबिक शाम को छः बजे के करीब पहुंच गया। तीन कमरों का साफ-सुथरा फ्लैट था, जिसमें बिलकुल नया फर्नीचर सजा हुआ था। सैंडो और बाबू गोपीनाथ के अलावा बैठक में दो मर्द और दो औरतें मौजूद थीं, जिनसे सैंडो ने मुझे मिलाया।

एक था गफ्फार साईं, तहमद पहने पंजाब का ठेठ साईं। गले में मोटे-मोटे दानों की माला। सैंडो ने उसके बारे में कहा, "आप बाबू गोपीनाथ के लीगल एडवाइज़र हैं, मेरा मतलब समझ जाइए आप। हर आदमी, जिसकी नाक बहती हो, जिसके मुंह से राल टपकती हो, पंजाब में खुदा को पहुंचा हुआ फकीर बन जाता है। ये भी बस पहुंचे हुए हैं या पहुंचने वाले हैं। लाहौर से बाबू गोपीनाथ के साथ आए हैं, क्योंकि इन्हें वहां कोई और बेवकूफ मिलने की उम्मीद नहीं थी। यहां आप बाबू साहब से क्रेवन ए के सिगरेट और स्कॉच व्हिस्की के पैग पीकर दुआ करते रहते हैं कि अंजाम नेक हो।"

गफ्फार साईं यह सुनकर मुस्कराता रहा।

दूसरे मर्द का नाम था गुलाम अली। लम्बा-तडंगा जवान, कसरती बदन, मुंह पर चेचक के दाग। उसके बारे में सैंडो ने कहा, "यह मेरा शागिर्द

है। अपने उस्ताद के नक्शे-कदम (पदचिह्नों) पर चल रहा है। लाहौर की एक नामी रंडी की कुंआरी लड़की इसपर आशिक हो गई थी। बड़ी-बड़ी कंटीन्यूटनियां मिलाई गईं इसको फांसने के लिए, मगर इसने कहा, 'डू ऑर डाई। मैं लंगोट का पक्का रहूंगा।' एक तकिये में पीते हुए बाबू गोपीनाथ से मुलाकात हो गई। बस, उस दिन से इनके साथ चिमटा हुआ है। हर रोज़ क्रेवन ए का डिब्बा और खाना-पीना मुकर्रर है।"

यह सुनकर गुलाम अली भी मुस्कराता रहा।

गोल चेहरे वाली एक सुर्ख-सफेद स्वस्थ औरत थी। कमरे में दाखिल होते ही मैं समझ गया था कि यह वही कश्मीर की कबूतरी है, जिसके बारे में सैंडो ने दफ्तर में ज़िक्र किया था। बहुत साफ-सुथरी औरत थी। बाल छोटे थे। ऐसा लगता था, कटे हुए हैं, मगर असल में ऐसा नहीं था। आंखें शफ्फाफ और चमकीली थीं, चेहरे-मोहरे से प्रकट होता था कि बड़ी अल्हड़ और नातजरुबेकार है। सैंडो ने उससे मिलाते हुए कहा, "ज़ीनत बेगम। बाबू साहब इसे प्यार से ज़ेनो कहते हैं। एक बड़ी खुर्राट नायिका कश्मीर से यह सेब तोड़कर लाहौर ले आई। बाबू गोपीनाथ को अपनी सी० आई० डी० से पता चला और एक रात ले उड़े। मुकदमेबाज़ी हुई, करीब दो महीने तक पुलिस ऐश करती रही, आखिर बाब साहब ने मुकदमा जीत लिया और इसे यहां ले आए—धड़नतख्ता!"

अब गहरे सांवले रंग की औरत बाकी रह गई थी, जो खामोश बैठी सिगरेट पी रही थी। आंखें सुर्ख थीं, जिनसे काफी बेहयाई टपक रही थी। बाबू गोपीनाथ ने उसकी तरफ इशारा किया और सैंडो से कहा, "इसके बारे में भी कुछ हो जाए।"

सैंडो ने उस औरत की रान पर हाथ मारा और कहा, "जनाब! यह है टीन पट्टी, फिल-फिल फूटी, मिसेज़ अब्दुर्रहीम सैंडो उर्फ सरदार बेगम। आप भी लाहौर की पैदावार हैं। सन् छत्तीस में मुझसे इश्क हुआ, दो बरस में ही मेरा धड़न-तख्ता करके रख दिया। मैं लाहौर छोड़कर भागा। बाबू गोपीनाथ ने इसे यहां बुलवा लिया, ताकि मेरा दिल लगा रहे। इसको भी एक डिब्बा क्रेवन ए का राशन मिलता है। हर रोज़ शाम को ढाई रुपये का मारफिया का इंजेक्शन लेती है। रंग काला है, मगर वैसे बड़ी टिट फॉर टैट

किस्म की औरत है।"

सरदार ने एक अदा से सिर्फ इतना कहा, "बकवास न कर!" इस अदा में पेशेवर औरतों की बनावट थी।

सबसे मिलाने के बाद सैंडो ने आदत के अनुसार मेरी तारीफों के पुल बांधने शुरू कर दिए। मैंने कहा, "छोड़ो यार, आओ, कुछ और बातें करें।"

सैंडो चिल्लाया, "ब्वाए, व्हिस्की एण्ड सोडा। बाबू गोपी. नाथ, लगाओ हवा एक सब्ज़े को।"

बाबू गोपीनाथ ने जेब में हाथ डालकर सौ-सौ के नोटों का एक पुलिन्दा निकाला और एक नोट सैंडो के हवाले कर दिया। सैंडो ने नोट लेकर उसकी तरफ गौर से देखा और खड़खड़ाकर कहा, "ओ गॉड, ओ मेरे रब्बुल-आलमीन! वह दिन कब आएगा, जब मैं भी यों नोट निकाला करूंगा! जाओ भई गुलाम अली, दो बोतलें जॉनीवाकर क्रिस्टिल गोइंग स्ट्रांग ले आओ।"

बोतलें आईं तो सबने पीनी शुरू कीं। यह शगल दो-तीन घंटे तक जारी रहा। इस दौरान में सबसे ज़्यादा बातें हस्बे-मामूल अब्दुर्रहीम सैंडो ने कीं। पहला गिलास एक ही सांस में खत्म करके वह चिल्लाया, "धड़न-तख्ता, मंटो साहब, व्हिस्की हो तो ऐसी! गले से उतरकर पेट में 'इन्कलाब जिन्दाबाद' लिखती चली गई। जियो बाबू गोपीनाथ, जियो!"

बाबू गोपीनाथ बेचारा खामोश रहा। कभी-कभी वह सैंडो की हां में हां मिला देता था। मैंने सोचा, इस व्यक्ति की अपनी कोई राय नहीं, दूसरा जो भी कहे, मान लेता है। उसके अंधविश्वास का सुबूत गफ्फार साईं मौजूद था। उसे वह बकौल सैंडो, अपना लीगल एडवाइजर बनाकर लाया था। सैंडो का इससे दरअसल यह मतलब था कि बाबू गोपीनाथ को उससे श्रद्धा थी। यों भी मुझे बातचीत के दौरान में मालूम हुआ कि लाहौर में उसका वक्त फकीरों और दरवेशों की सोहबत में कटता था। एक चीज़ मैंने खास तौर पर नोट की कि वह कुछ खोया-खोया-सा था, जैसे कुछ सोच रहा हो। अतएव मैंने उससे एक बार कहा, "बाबू गोपीनाथ, क्या सोच रहे हैं आप?"

वह चौंक पड़ा। "जी, मैं?...मैं...कुछ नहीं।" यह कहकर वह मुस्कराया और ज़ीनत की तरफ एक आशिकाना निगाह डाली। "इन हसीनों

के बारे में सोच रहा हूं। और हमें क्या सोच होगी!"

सैंडो ने कहा, "यह बड़े खानाखराब हैं मंटो साहब, बड़े खानाखराब! लाहौर की कोई ऐसी तवायफ नहीं, जिसके साथ बाबू साहब की कंटीन्यूटनी न रह चुकी हो....

बाबू गोपीनाथ ने यह सुनकर बड़ी भोंड़ी विनम्रता के साथ कहा, "अब कमर में वह दम नहीं रहा मंटो साहब!"

इसके बाद वाहियात-सी बातचीत शुरू हो गई। लाहौर की सब रंडियों के घराने गिने गए—कौन डेरेदार थी, कौन नटनी थी, कौन किसकी नौची थी। नथनी उतारे पर बाबू गोपीनाथ ने क्या दिया था वगैरा-वगैरा। यह बातचीत सरदार, सैंडो, गफ्फार साई और गुलाम अली के बीच होती रही—ठेठ लाहौर के कोठों की भाषा में। मतलब तो मैं समझता रहा, मगर कुछ मुहावरे मेरी समझ में न आए।

ज़ीनत बिलकुल खामोश बैठी रही। कभी-क़भी किसी बात पर मुस्करा देती। मुझे ऐसा महसूस हुआ कि उसे इस बातचीत से कोई दिलचस्पी नहीं थी। हलकी व्हिस्की का एक गिलास भी उसने पिया, बगैर किसी दिलचस्पी के। सिगरेट भी पीती थी तो मालूम होता था, उसे तम्बाकू और उसके धुएं में कोई रुचि नहीं है। लेकिन मज़े की बात यह है कि सबसे ज़्यादा सिगरेट उसीने पिए। बाबू गोपीनाथ से उसे मुहब्बत थी, इसका पता मुझे किसी बात से न मिला। इतना ज़ाहिर था, बाबू गोपीनाथ को उसका काफी खयाल था, क्योंकि ज़ीनत के आराम के लिए हर सामान मौजूद था। लेकिन एक बात मुझे महसूस हुई कि इन दोनों में कुछ अजीबसा खिचाव था। मेरा मतलब है कि वे दोनों एक-दूसरे से कुछ करीब होने के बजाय कुछ हटे हुए से मालूम होते थे।

आठ बजे के करीब सरदार डॉक्टर मजीद के यहां चली गई, क्योंकि उसे मारफिया का इंजेक्शन लेना था। गफ्फार साईं तीन पैग पीने के बाद अपनी तस्बीह (माला) उठाकर कालीन पर सो गया। गुलाम अली को होटल से खाना लेने को भेज दिया गया। सैंडो ने अपनी दिलचस्प बकवास जब कुछ समय के लिए बन्द की तो बाबू गोपीनाथ ने, जो अब नशे में था, ज़ीनत की तरफ वही आशिकाना निगाह डालकर कहा, "मंटो साहब, मेरी ज़ीनत

के बारे में आपका क्या खयाल है?"

मैंने सोचा, क्या कहूं! ज़ीनत की तरफ देखा तो वह झेंप गई। मैंने ऐसे ही कह दिया, "बड़ा नेक खयाल है।" बाबू गोपीनाथ खुश हो गया। "मंटो साहब, है भी बड़ी नेक। खुदा की कसम, न ज़ेवर का शौक है, न किसी और चीज़ का। मैंने कई बार कहा, 'जानेमन, मकान बनवा दूं?' जवाब क्या दिया, मालूम है आपको?—क्या करूंगी मकान लेकर, मेरा और कौन है?' मंटो साहब, मोटर कितने में आ जाएगी?"

मैंने कहा, "मुझे मालूम नहीं।"

बाबू गोपीनाथ ने आश्चर्य से कहा, "क्या बात करते हैं मंटो साहब! आपको और कारों की कीमत मालूम न हो! कल चलिए मेरे साथ, ज़ेनों के लिए एक मोटर लेंगे। मैंने अब देखा है कि बम्बई में मोटर होनी ही चाहिए।"

ज़ीनत के चेहरे पर कोई प्रतिक्रिया नहीं हुई।

बाबू गोपीनाथ का नशा थोड़ी देर के बाद बहुत तेज़ हो गया। बहुत ज़्यादा जज़्बाती होकर उसने मुझसे कहा, "मंटो साहब, आप बड़े लायक आदमी हैं। मैं तो बिलकुल गधा हूं। आप मुझे बताइए, मैं आपकी क्या खिदमत कर सकता हूं? कल बातों-बातों में सैंडो ने आपका ज़िक्र किया। मैंने उसी वक्त टैक्सी मंगवाई और उससे कहा, 'मुझे ले चलो मंटो साहब के पास।' मुझसे कोई गुस्ताखी हो गई हो तो माफ कर दीजिएगा। बहुत गुनहगार आदमी हूं। व्हिस्की मंगवाऊं आपके लिए और?"

मैंने कहा, "नहीं-नहीं, बहुत पी चुके हैं।" वह और ज़्यादा जज़्बाती हो गया, "और पीजिए मंटो साहब!" यह कहकर जेब से सौ-सौ के नोटों का पुलिन्दा निकाला और एक और नोट अलग करने लगा। लेकिन मैंने सब नोट उसके हाथ से ले लिए और वापस उसकी जेब में ठूंस दिए। "सौ रुपये का एक नोट आपने गुलाम अली को दिया था, उसका क्या हुआ?"

मुझे दरअसल कुछ हमदर्दी-सी हो गई थी बाबू गोपीनाथ से। कितने आदमी उस गरीब के साथ जोंक की तरह चिमटे हुए थे। मेरा खयाल था कि बाबू गोपीनाथ बिलकुल गधा है, लेकिन वह मेरा इशारा समझ गया और मुस्कराकर कहने लगा, "मंटो साहब, उस नोट में जो कुछ बाकी बचा, वह

या तो गुलाम अली की जेब में से गिर पडेगा, या..."

बाबू गोपीनाथ ने अभी वाक्य पूरा भी नहीं किया था कि गुलाम अली ने कमरे में दाखिल होकर बड़े दुःख से यह खबर दी कि होटल में किसी हरामज़ादे ने उसकी जेब में से सारे रुपये निकाल लिए। बाबू गोपीनाथ मेरी तरफ देखकर मुस्कराया और फिर सौ रुपये का एक नोट जेब से निकाला और गुलाम अली को देकर कहा, "जल्दी खाना ले आओ।"

पांच-छः मुलाकातों के बाद मुझे बाबू गोपीनाथ के सही व्यक्तित्व का ज्ञान हुआ। पूरी तरह तो खैर इंसान किसीको भी नहीं जान सकता, लेकिन मुझे उसके बहुत-से हालात मालूम हो गए, जो बेहद दिलचस्प थे। पहले तो मैं यह कहना चाहता हूं कि मेरा यह खयाल कि वह परले दर्जे का चुगद है, गलत साबित हुआ। उसको इस बात का पूरा एहसास था कि सैंडो, गफ्फार साई, गुलाम अली और सरदार वगैरा, जो उसके मुसाहिब और यार बने हुए थे, मतलबी इंसान हैं। वह उनसे झिड़कियां गालियां सब सुनता था, लेकिन गुस्सा। प्रकट नहीं करता था। उसने मुझसे कहा, "मंटो साहब, मैंने आज तक किसीकी सलाह रद्द नहीं की। जब भी कोई मुझे सलाह देता है, मैं कहता हूं, सुबहान अल्लाह! वे मुझे बेवकूफ समझते हैं, लेकिन मैं उन्हें अक्लमन्द समझता हूं, इसलिए कि उनमें कम से कम इतनी अक्ल तो है जो मुझमें ऐसी बेवकूफी को शिनाख्त कर लिया, जिससे उनका उल्लू सीधा हो सकता है। बात दरअसल यह है कि मैं शुरू से फकीरों और कंजरों की सोहबत में रहा हूं। मुझे उनसे कुछ मुहब्बत-सी हो गई है। मैं उनके बगैर नहीं रह सकता। मैंने सोच रखा है, जब मेरी दौलत खत्म हो जाएगी तो किसी तकिये में जा बैठेगा। रंडी का कोठा और पीर का मज़ार, बस, ये दो जगहें ऐसी हैं, जहां मेरे दिल को सुकून मिलता है। रंडी का कोठा तो छूट जाएगा, इसलिए कि जेब खाली होने वाली है; लेकिन हिन्दुस्तान में हजारों पीर हैं, किसी एक के मज़ार पर चला जाऊंगा।"

मैंने उससे पूछा, "रंडी के कोठे और तकिये आपको क्यों पसन्द हैं?"

कुछ देर सोचकर उसने जवाब दिया, "इसलिए कि इन दोनों जगहों पर फर्श से लेकर छत तक धोखा ही धोखा होता है। जो आदमी खुद को धोखा देना

चाहता है, उसके लिए इनसे अच्छी जगह और क्या हो सकती है!"

मैंने एक और सवाल किया, "आपको तवायफों का गाना सुनने का शौक है। क्या आप संगीत की समझ रखते हैं?"

उसने जवाब दिया, "बिलकुल नहीं, और यह अच्छा ही है, क्योंकि मैं कनसुरी से कनसुरी तवायफ के यहां जाकर भी अपना सर हिला सकता हूं। मंटो साहब, मुझे गाने में कोई दिलचस्पी नहीं, लेकिन जेब में से दस या सौ रुपये का नोट निकालकर गानेवाली को दिखाने में बहुत मज़ा आता है। नोट निकाला और उसको दिखाया, वह उसे लेने के लिए एक अदा से उठी, पास आई तो नोट जुर्राब में उड़स लिया। उसने झुककर उसे बाहर निकाला तो हम खुश हो गए। ऐसी बहुत-सी फिजूल-फिजूल-सी बातें हैं, जो हम ऐसे तमाशबीनों को पसन्द हैं, वरना कौन नहीं जानता कि रंडी के कोठे पर मां-बाप अपनी औलाद से पेशा कराते हैं और मकबरों तथा तकियों में आदमी अपने खुदा से।"

बाबू गोपीनाथ का शजरा या वंशावली तो मैं नहीं जानता, लेकिन इतना मालूम हुआ कि वह एक बहुत बड़े कंजूस बनिये का बेटा है। बाप के मरने पर उसे दस लाख रुपये की जायदाद मिली, जो उसने अपनी इच्छानुसार उड़ाना शुरू कर दी। बम्बई आते वक्त वह अपने साथ पचास हजार रुपये लाया था। उस ज़माने में सब चीजें सस्ती थीं, लेकिन फिर भी हर रोज़ सौ सवा सौ रुपये खर्च हो जाते थे।

ज़ेनो के लिए उसने फीएट कार खरीदी। याद नहीं रहा, लेकिन शायद तीन हजार में आई थी। एक ड्राइवर रखा, लेकिन वह भी लफंगे टाइप का। बाबू गोपीनाथ को कुछ ऐसे ही आदमी पसन्द थे। हमारी मुलाकातों का सिलसिला बढ़ गया। बाबू गोपीनाथ से मुझे तो सिर्फ दिलचस्पी थी, लेकिन उसे मुझमें श्रद्धा-सी हो गई थी। यही कारण था कि दूसरों के मुकाबले में वह मेरा बहुत ज़्यादा आदर करता था।

एक रोज़ शाम के करीब जब मैं फ्लैट पर गया तो मुझे वहां शफीक को देखकर बड़ी हैरानी हुई। अगर मैं मुहम्मद शफीक तूसी कहूं तो लोग समझ लेंगे कि मेरा मतलब किस आदमी से है। यों तो शफीक काफी मशहूर आदमी है—कुछ अपनी सबसे अलग गायकी के कारण, और कुछ अपनी

चुटकुलेबाज़ तबीयत की बदौलत। लेकिन उसकी ज़िन्दगी का एक हिस्सा अधिकतर लोगों को मालूम नहीं है। बहुत कम लोग जानते हैं कि तीन सगी बहनों को एक के बाद एक तीन-तीन, चार-चार साल के वक्फे के बाद रखैल बनाने से पहले उसका सम्बन्ध उनकी मां से भी था। यह भी बहुत कम लोगों को मालूम है कि उसकी अपनी पहली बीवी, जो शादी के थोड़े अरसे बाद ही मर गई थी. इसलिए पसन्द नहीं थी कि उसमें तवायफों के से नाज़-नखरे नहीं थे। लेकिन यह तो खैर हर आदमी, जो शफीक तूसी से थोड़ी-बहुत वाकफियत रखता है, जानता है कि चालीस बरस की उम्र में, यह उस ज़माने की उम्र है, सैकड़ों तवायफों ने उसे रखा। अच्छे से अच्छा कपड़ा पहना, उमदा से उमदा खाना खाया, नफीस से नफीस मोटर रखी, लेकिन अपनी गिरह से कभी किसी तवायफ पर एक दमड़ी खर्च नहीं की।

औरतों के लिए, खास तौर पर जो पेशेवर हों, उसकी चुटकुलेबाज़ तबीयत में, जिसमें मीरासियों जैसे मज़ाक की झलक थी, बड़ा आकर्षण था। वह कोशिश किए बगैर उन्हें अपनी तरफ खींच लेता था।

मैंने जब उसे हंस-हंसकर ज़ीनत से बातें करते देखा तो मुझे इसीलिए हैरानी न हुई, क्योंकि मैं जानता था कि वह ऐसा क्यों कर रहा है। मैंने सिर्फ यह सोचा कि वह अचानक यहां पहुंच कैसे गया। एक सैंडो उसे जानता था, मगर उनकी बोलचाल तो इससे एक ज़माने से बन्द थी। लेकिन बाद में मुझे मालूम हुआ कि सैंडो ही उसे वहां लाया था। उन दोनों में सुलह-सफाई हो गई थी।

बाबू गोपीनाथ एक तरफ बैठा हुक्का पी रहा था। मैंने शायद इससे पहले ज़िक्र नहीं किया कि वह सिगरेट बिलकुल नहीं पीता था। मुहम्मद शफीक तूसी मीरासियों के लतीफे सुना रहा था, जिसमें ज़ीनत कुछ कम और सरदार बहुत ज़्यादा दिलचस्पी ले रहे थे। शफीक ने मुझे देखा और कहा, "ओह, बिस्मिल्लाह, बिस्मिल्लाह! क्या आपका गुज़र भी इस बादी में होता है?"

सैंडो ने कहा, "तशरीफ लाइए इज़राइल (यमदूत) साहब, यहां धड़न-तख्ता।"

मैं उसका मतलब समझ गया।

थोड़ी देर गप्पबाज़ी होती रही। मैंने नोट किया कि ज़ीनत और मुहम्मद शफीक तूसी की निगाहें आपस में टकराकर कुछ और भी कह रही हैं। ज़ीनत इस कला में बिलकुल कोरी थी, लेकिन शफीक की निपूणता ज़ीनत की कमियों को छिपाती रही। सरदार दोनों की निगाहबाज़ी को कुछ इस अन्दाज़ से देख रही थी, जैसे खलीफे अखाड़े के बाहर बैठकर अपने पट्ठों के दांव-पेच देखते हैं।

इस दौरान में मैं भी ज़ीनत से काफी बेतकल्लुफ हो गया था। वह मुझे भाई कहती थी, जिसपर मुझे एतराज़ नहीं था। अच्छी मिलनसार तबीयत की औरत थी—कम बोलने वाली, सीधी-सादी, साफ-सुथरी।

शफीक से उसकी निगाहबाज़ी मुझे पसन्द नहीं आई। एक तो उसमें भोंडापन था, इसके अलावा.. कुछ यों कहिए कि इस बात का भी उसमें दखल था कि वह मुझे भाई कहती थी। शफीक और सैंडो उठकर बाहर गए तो मैंने शायद बड़ी निर्दयता से उससे डांट-डपट की, जिससे उसकी आंखों में मोटे-मोटे आंसू आ गए और वह रोती हुई दूसरे कमरे में चली गई। बाबू गोपीनाथ भी, जो एक कोने में बैठा हुआ हुक्का पी रहा था, उठकर तेजी से उसके पीछे चला गया। सरदार ने आंखों ही आंखों में उससे कुछ कहा, लेकिन मैं उसका मतलब न समझा। थोड़ी देर बाद बाबू गोपीनाथ कमरे से बाहर निकला और 'आइए मंटो साहब' कहकर मुझे अपने साथ अन्दर ले गया।

ज़ीनत पलंग पर बैठी थी। मैं अन्दर दाखिल हुआ तो वह दोनों हाथों से मुंह ढांपकर लेट गई। मैं और बाबू गोपीनाथ दोनों पलंग के पास कुर्सियों पर बैठ गए। बाबू गोपीनाथ ने बड़ी गंभीरता से कहना शुरू किया, "मंटो साहब, मुझे इस औरत से बहुत मुहब्बत है। दो बरस से यह मेरे पास है। मैं हज़रत गौसे-आज़म जीलानी की कसम खाकर कहता हूं कि इसने मुझे कभी शिकायत का मौका नहीं दिया। इसकी दूसरी बहनें, मेरा मतलब है, इस पेशे की दूसरी औरतें दोनों हाथों से मुझे लूटकर खाती रहीं, मगर इसने कभी एक पैसा ज़्यादा मुझसे नहीं लिया। मैं अगर किसी दूसरी औरत के यहां हफ्तों पड़ा रहा तो इस गरीब ने अपना कोई जेवर गिरवी रखकर गुज़ारा किया। मैं, जैसाकि आपसे एक बार कह चुका हूं, बहुत जल्द इस दुनिया से

किनाराकश होने वाला हूं। मेरी दौलत अब कुछ दिनों की मेहमान है। मैं नहीं चाहता कि इसकी ज़िन्दगी खराब हो। मैंने लाहौर में इसको बहुत समझाया कि तुम दूसरी तवायफों की तरफ देखो। जो कुछ वे करती हैं, सीखो। मैं आज दौलतमन्द हूं, कल मुझे भिखारी होना है। तुम लोगों की ज़िन्दगी में सिर्फ एक दौलतमन्द काफी नहीं। मेरे बाद तुम किसी और को नहीं फांसोगी तो काम नहीं चलेगा। लेकिन मंटो साहब, इसने मेरी एक न सुनी। सारा दिन शरीफज़ादियों की तरह घर में बैठी रहती। मैंने गफ्फार साईं से मशवरा किया। उसने कहा, 'बम्बई ले जाओ।' इसे मालूम था कि उसने ऐसा क्यों कहा। बम्बई में उसकी दो जानने वाली तवायफें एक्ट्रेसें बनी हुई हैं। मैंने भी सोचा, बम्बई ठीक है। दो महीने हो गए हैं इसे यहां लाए हुए। सरदार को लाहौर से बुलाया है कि इसको सब गुर सिखाए। गफ्फार साईं से भी यह बहुत कुछ सीख सकती है। यहां मुझे कोई नहीं जानता। इसको यह खयाल था कि इससे मेरी बेइज़्ज़ती होगी। मैंने कहा, 'तुम छोड़ो इसको। बम्बई बहुत बड़ा शहर है। लाखों रईस हैं। मैंने तुम्हें मोटर ले दी है, कोई अच्छा आदमी तलाश कर लो।' मंटो साहब, मैं खुदा की कसम खाकर कहता हूं, मेरी यह दिली ख्वाहिश है कि यह अपने पैरों पर खड़ी हो। अच्छी तरह होशियार हो जाए। मैं इसके नाम आज ही बैंक में दस हजार रुपया जमा करने को तैयार हूं, मगर मुझे मालूम है, दस दिन के अन्दर-अन्दर यह बाहर बैठी होगी और सरदार एक-एक पाई अपनी जेब में डाल लेगी। आप भी इसे समझाइए कि चालाक बनने की कोशिश करे। जब से मोटर खरीदी है, सरदार इसे हर रोज़ शाम को अपोलो बन्दर ले जाती है, लेकिन अभी तक कामयाबी नहीं हुई। सैंडो आज बड़ी मुश्किलों से मुहम्मद शफीक को यहां लाया। आपका क्या खयाल है उसके बारे में?" मैंने अपना खयाल जाहिर करना उचित न समझा, लेकिन बाबू गोपीनाथ ने स्वयं ही कहा, "अच्छा खातापीता आदमी मालूम होता है। क्यों ज़ेनो जानी, पसन्द है तुम्हें?"

ज़ेनो खामोश रही।

बाबू गोपीनाथ से जब मुझे ज़ीनत को बम्बई लाने का कारण और उद्देश्य मालूम हुआ तो मेरा दिमाग चकरा गया। मुझे यकीन न आया कि

ऐसा भी हो सकता है, लेकिन बाद में अपनी आंखोंदेखे हाल ने मेरी हैरत दूर कर दी। बाबू गोपीनाथ की दिली तमन्ना थी कि ज़ीनत बम्बई में किसी अच्छे मालदार आदमी की रखैल बन जाए या ऐसे तरीके सीख जाए, जिनसे वह विभिन्न व्यक्तियों से रुपया प्राप्त करते रहने में सफल हो सके।

ज़ीनत से अगर सिर्फ छुटकारा ही हासिल करना होता तो यह कोई मुश्किल चीज़ नहीं थी। बाबू गोपीनाथ एक ही दिन में ऐसा कर सकता था। चूंकि उसकी नीयत नेक थी, इसलिए उसने ज़ीनत की ज़िन्दगी बनाने के लिए हर संभव प्रयत्न किया। उसको एक्ट्रेस बनाने के लिए उसने कई जाली डायरेक्टरों की दावतें की, घर में टेलीफोन लगवा दिया, लेकिन ऊंट किसी करवट न बैठा।

मुहम्मद शफीक तुसी लगभग डेढ़ महीने तक आता रहा। कई रातें भी उसने ज़ीनत के साथ गुज़ारी; लेकिन वह ऐसा आदमी नहीं था, जो किसी औरत का सहारा बन सके। बाबू गोपीनाथ ने एक रोज़ अफसोस और रंज के साथ कहा, "शफीक साहब तो खालीखुली जेंटलमैन ही निकले। ठस्सा देखिए, लेकिन बेचारी ज़ीनत से चार चादरें, छः तकिये के गिलाफ और दो सौ रुपये नकद हथियाकर ले गए। सुना है, आजकल एक लड़की अलमास से इश्क लड़ा रहे हैं।"

यह सही था। अलमास नज़ीर जान पटियाले वाली की सबसे छोटी और आखिरी लड़की थी। इससे पहले तीन बहनें शफीक की रखैल रह चुकी थीं। दो सौ रुपये जो उसने ज़ीनत से लिए थे, मुझे मालूम है, अलमास पर खर्च हुए थे। बहनों के साथ लड़-झगड़कर अलमास ने ज़हर खा लिया था।

मुहम्मद शफीक तूसी ने जब आना-जाना बन्द कर दिया तो ज़ीनत ने कई बार मुझे टेलीफोन किया और कहा कि उसे ढूंढकर मेरे पास लाइए। मैंने उसे तलाश किया, लेकिन किसीको भी उसका पता नहीं था कि वह कहां रहता है। एक दिन अचानक रेडियो स्टेशन पर मुलाकात हो गई। सख्त परेशानी की हालत में था। जब मैंने उससे कहा कि तुम्हें ज़ीनत बुलाती है, तो उसने जवाब दिया, "मुझे यह पैगाम और ज़रिये से भी मिल चुका है। अफसोस है, आजकल मुझे बिलकुल फुर्सत नहीं। ज़ीनत बहुत अच्छी

औरत है, लेकिन अफसोस है कि वह बेहद शरीफ है। ऐसी औरतों से, जो बीवियों जैसी लगें, मुझे कोई दिलचस्पी नहीं।"

शफीक से जब निराशा हुई तो ज़ीनत ने सरदार के साथ फिर अपोलो बन्दर जाना शुरू किया। पन्द्रह दिनों में बड़ी मुश्किल से कई गैलन पैट्रोल फूंकने के बाद सरदार ने दो आदमी फांसे, उनसे ज़ीनत को चार सौ रुपये मिले। बाबू गोपीनाथ ने समझा कि हालात अच्छे हैं, क्योंकि उनमें से एक ने, जो रेशमी कपड़ों की मिल का मालिक था, ज़ीनत से कहा कि मैं तुमसे शादी करूंगा। एक महीना गुज़र गया, लेकिन वह आदमी फिर ज़ीनत के पास न आया।

एक रोज़ मैं जाने किस काम से हार्नबी रोड पर जा रहा था कि मुझे फुटपाथ के पास ज़ीनत की मोटर खड़ी नज़र आई। पिछली सीट पर मुहम्मद यासीन बैठा था, नगीना होटल का मालिक। मैंने उससे पूछा, "यह मोटर तुमने कहां से ली?"

यासीन मुस्कराया, "तुम जानते हो मोटर वाली को?"

मैंने कहा, "जानता हूं।".

"तो बस, समझ लो कि मेरे पास कैसे आई। अच्छी लड़की है यार!" यासीन ने मुझे आंख मारी। मैं मुस्करा दिया। उसके चौथे रोज़ बाबू गोपीनाथ टैक्सी पर मेरे दफ्तर में आया। उससे मुझे मालूम हुआ कि ज़ीनत से यासीन की मुलाकात कैसे हुई। एक शाम को अपोलो बन्दर से एक आदमी लेकर सरदार और ज़ीनत नगीना होटल गईं। वह आदमी तो किसी बात पर झगड़कर चला गया, लेकिन होटल के मालिक से ज़ीनत की दोस्ती हो गई।

बाबू गोपीनाथ संतुष्ट था, क्योंकि दस-पन्द्रह रोज़ की दोस्ती के दौरान में यासीन ने ज़ीनत को छः बहुत ही उमदा और कीमती साड़ियां ले दी थीं। बाबू गोपीनाथ अब यह सोच रहा था कि कुछ दिन और गुज़र जाएं, ज़ीनत और यासीन की दोस्ती और मज़बूत हो जाए तो लाहौर वापस चला जाए, मगर ऐसा न हुआ। नगीना होटल में एक क्रिश्चियन औरत ने एक कमरा किराये पर लिया, उसकी जवान लड़की से यासीन की आंख लड़ गई, चुनांचे ज़ीनत बेचारी होटल में बैठी रहती और यासीन उसकी मोटर में सुबहशाम उस लड़की को घुमाता रहता। बाबू गोपीनाथ को इसका पता चला तो बड़ा दुःख हुआ। उसने मुझसे

कहा, "मंटो साहब! ये कैसे लोग हैं! भई, दिल उचाट हो गया है तो साफ कह दो। लेकिन ज़ीनत भी अजीब है। अच्छी तरह मालूम है कि क्या हो रहा है, मगर मुंह से इतना भी नहीं कहती, 'मियां, अगर तुम्हें उस क्रिस्टान छोकरी से इश्क लड़ाना है तो अपनी मोटर का बन्दोबस्त करो, मेरी मोटर क्यों इस्तेमाल करते हो?' मैं क्या करूं मंटो साहब! बड़ी शरीफ और नेक औरत है। कुछ समझ में नहीं आता। थोड़ी-सी चालाक तो बनना ही चाहिए।"

यासीन से सम्बन्ध समाप्त होने के बाद ज़ीनत ने कोई सदमा महसूस न किया।

बहुत दिनों तक कोई और नई बात न हुई।

एक दिन टेलीफोन किया तो मालूम हुआ कि बाबू गोपीनाथ गुलाम अली और गफ्फार साईं के साथ लाहौर चला गया है, रुपये का बन्दोबस्त करने, क्योंकि पचास हजार खत्म हो चुके थे। जाते वक्त वह ज़ीनत से कह गया था कि उसे लाहौर में ज़्यादा दिन लगेंगे, क्योंकि उसे कुछ मकान बेचने पड़ेंगे।

सरदार को मारफिया के टीकों की ज़रूरत थी, सैंडो को पैसों की। दोनों ने मिलकर कोशिश की। हर रोज़ दो-तीन आदमी फांसकर ले आते। ज़ीनत से कहा गया कि बाबू गोपीनाथ वापस नहीं आएगा, इसलिए उसे अपनी फिक्र करनी चाहिए। सौ सवा सौ रुपये रोज़ के हो जाते, जिनमें से आधे ज़ीनत को मिलते, बाकी सैंडो और सरदार दबा लेते।

मैंने एक दिन ज़ीनत से कहा, "यह तुम क्या कर रही हो?" उसने बड़े अल्हड़पन से कहा, "मुझे कुछ नहीं मालूम भाईजान! ये लोग जो कुछ कहते हैं, मान लेती हूं।" जी चाहा, पास बैठकर देर तक समझाऊं कि जो कुछ तुम कर रही हो, ठीक नहीं है। सैंडो और सरदार अपना उल्लू सीधा करने के लिए तुम्हें बेच भी डालेंगे, मगर मैंने कुछ न कहा। ज़ीनत उकता देने की हद तक बेसमझ, बेउमंग और बेजान औरत थी। उस कमबख्त को अपनी ज़िन्दगी की कुछ कद्र-कीमत मालूम ही नहीं थी। जिस्म बेचती, मगर उसमें बेचने वालों का कोई अन्दाज़ तो होता! मुझे बहुत कोफ्त होती थी उसे देखकर। सिगरेट से, शराब से, खाने से, घर से, टेलीफोन से, यहां तक कि उस सोफे से भी, जिसपर वह अकसर लेटी रहती थी, उसे कोई दिलचस्पी नहीं थी।

बाबू गोपीनाथ पूरे एक महीने बाद लौटा। माहिम गया तो वहां फ्लैट में कोई और ही था। सैंडो और सरदार के मशवरे से ज़ीनत ने बांदरा में एक बंगले का ऊपरी हिस्सा किराये पर ले लिया था। बाबू गोपीनाथ मेरे पास आया तो मैंने उसे पूरा पता बता दिया। उसने मुझसे ज़ीनत के बारे में पूछा। जो कुछ मुझे मालूम था, मैंने कह दिया; लेकिन यह न कहा कि सैंडो और सरदार उससे पेशा करा रहे हैं।

बाबू गोपीनाथ इस बार दस हजार रुपये अपने साथ लाया था, जो उसने बड़ी मुश्किलों से हासिल किए थे। गुलाम अली और गफ्फार साईं को वह लाहौर ही छोड़ आया था। टैक्सी नीचे खड़ी थी। बाबू गोपीनाथ ने अनुरोध किया कि मैं भी उसके साथ चलूं।

लगभग एक घंटे में हम बांदरा पहुंच गए। पाली हिल पर टैक्सी चढ़ रही थी कि सामने तंग सड़क पर सैंडो दिखाई दिया। बाबू गोपीनाथ ने ज़ोर से पुकारा, "सैंडो!"

सैंडो ने जब बाबू गोपीनाथ को देखा तो उसके मुंह से सिर्फ इतना निकला, "धड़न-तख्ता!"

बाबू गोपीनाथ ने उससे कहा, "आओ, टैक्सी में बैठ जाओ, और साथ चलो।"

लेकिन सैंडो ने कहा, "टैक्सी एक तरफ खड़ी कीजिए। मुझे आपसे कुछ प्राइवेट बातें करनी हैं।"

टैक्सी एक तरफ खड़ी की गई। बाबू गोपीनाथ बाहर निकला तो सैंडो उसे कुछ दूर ले गया। देर तक उनमें बातें होती रहीं। जब खत्म हुई तो बाबू गोपीनाथ अकेला टैक्सी की तरफ आया। ड्राइवर से उसने कहा, "वापस ले चलो।"

बाबू गोपीनाथ खुश था। हम दादर के पास पहुंचे तो उसने कहा, "मंटो साहब, ज़ेनो की शादी होने वाली है।"

मैंने हैरत से पूछा, "किससे?"

बाबू गोपीनाथ ने जवाब दिया, "हैदराबाद-सिंध का एक दौलतमन्द ज़मींदार है। खुदा करे, दोनों खुश रहें। यह भी अच्छा है, जो मैं ठीक वक्त पर आ पहुंचा। जो रुपये मेरे पास हैं, उनसे ज़ेनो का दहेज बन जाएगा।

क्यों, क्या खयाल है आपका?"

मेरे दिमाग में उस वक्त कोई खयाल नहीं था। मैं सोच रहा था कि यह हैदराबाद-सिंध का दौलतमन्द ज़मींदार कौन है। सैंडो और सरदार की कोई जालसाज़ी तो नहीं? लेकिन बाद में इसकी तसदीक हो गई कि वह वास्तव में हैदराबाद का खुशहाल ज़मींदार था, जो हैदराबाद-सिंध के एक म्यूज़िक टीचर की मारफत ज़ीनत से मिला था। यह म्यूज़िक टीचर ज़ीनत को गाना सिखाने की बेकार कोशिश किया करता था। एक रोज़ वह अपने सरपरस्त गुलाम हुसैन (यह हैदराबाद-सिंध के रईस का नाम था) को साथ लेकर आया। ज़ीनत ने खूब खातिर की और गुलाम हुसैन की फरमाइश पर उसने ग़ालिब की गज़ल :

'नुक्ताचीं है ग़मे-दिल उसको सुनाए न बने' गाकर सुनाई। गुलाम हुसन उसपर मर मिटा। इसका ज़िक्र म्यूज़िक टीचर ने ज़ीनत से किया। सरदार और सैंडो ने मिलकर मामला पक्का कर दिया, और शादी तय हो गई।

बाबू गोपीनाथ खुश था। एक बार सैंडो के दोस्त की हैसियत से वह ज़ीनत के यहां गया। गुलाम हुसैन से उसकी मुलाकात हुई तो उससे मिलकर बाबू गोपीनाथ की खुशी दूनी हो गई। मुझसे उसने कहा, "मंटो साहब, खूबसूरत, जवान और बड़ा लायक आदमी है वह। मैंने यहां आते हुए दातागंज बख्श के हुज़ूर जाकर दुआ मांगी थी, जो कुबूल हुई। भगवान करे, दोनों खुश रहें!"

बाबू गोपीनाथ ने बड़े खुलूस और तवज्जह से ज़ीनत की शादी का इन्तज़ाम किया। दो हजार के जेवर और दो हजार के कपड़े बनवाए और पांच हजार नकद दिए।

मुहम्मद शफीक तूसी, मुहम्मद यासीन-प्रोपराइटर नगीना होटल, सैंडो, म्यूज़िक टीचर, मैं और गोपीनाथ शादी में शामिल थे। दुलहन की तरफ से सैंडो वकील था। निकाह हुआ तो सैंडो ने धीरे से कहा, "धड़न-तख्ता!" गुलाम हुसैन सर्ज का नीला सूट पहने हुए था। सबने उसको मुबारकबाद दी, जो उसने खुशीखुशी कुबूल की। काफी खूबसूरत आदमी था। बाबू गोपीनाथ उसके मुकाबले में छोटी-सी बटेर मालूम होता था।

शादी की दावतों में खाने-पीने का जो भी सामान होता है, उसका प्रबन्ध बाबू गोपीनाथ ने किया था। दावत से जब लोग फारिग हुए तो बाबू

गोपीनाथ ने सबके हाथ धुलवाए। मैं जब हाथ धोने के लिए आया तो उसने मुझसे बच्चों के से अंदाज़ में कहा, "मंटो साहब, ज़रा अन्दर जाइए, और देखिए, ज़ेनो दुलहन के लिबास में कैसी लगती है!"

मैं परदा हटाकर अन्दर दाखिल हुआ। ज़ीनत सुर्ख ज़रबफ्त का शलवार-कुरता पहने हुई थी, दुपट्टा भी उसी रंग का था, जिसपर गोट लगी थी। चेहरे पर हलका-हलका मेकअप था, हालांकि मुझे होंठों पर लिपस्टिक की सुर्खी बहुत बुरी मालूम होती है, लेकिन ज़ीनत के होंठ सजे हुए थे। उसने शरमाकर मुझे आदाब किया तो वह बहुत प्यारी लगी। जब मैंने दूसरे कोने में एक मसहरी देखी, जिसपर फूल ही फूल थे तो मुझे अनायास हंसी आ गई। मैंने ज़ीनत से कहा, "यह क्या मसखरापन है!"

ज़ीनत ने मेरी तरफ बिलकुल मासूम कबूतरी की तरह देखा, "आप मज़ाक करते हैं भाईजान!" उसने कहा और उसकी आंखों में आंसू डबडबा आए।

मुझे अभी अपनी गलती का एहसास भी न हुआ था कि बाबू गोपीनाथ अन्दर दाखिल हुआ। बड़े प्यार के साथ उसने अपने रूमाल से ज़ीनत के आंसू पोंछे, और बड़े दुःख के साथ मुझसे कहा, "मंटो साहब, मैं समझा था कि आप बड़े समझदार और लायक आदमी हैं—ज़ेनों का मज़ाक उड़ाने से पहले आपने कुछ सोच लिया होता।"

बाबू गोपीनाथ के स्वर में वह श्रद्धा, जो उसे मुझमें थी, घायल नज़र आई; लेकिन इससे पहले कि मैं उससे माफी मांगूं, उसने ज़ीनत के सिर पर हाथ फेरा और बड़े खुलूस के साथ कहा, "खुदा तुम्हें खुश रखे!"

यह कहकर बाबू गोपीनाथ ने भीगी हुई आंखों से मेरी तरफ देखा—उनमें निन्दा थी, बहुत ही दुःखभरी निन्दा—और वह चला गया।

टोबा टेकसिंह

बंटवारे के दो-तीन साल बाद पाकिस्तान और हिन्दुस्तान की सरकारों को खयाल आया कि साधारण कैदियों की तरह पागलों की अदला-बदली भी होनी चाहिए, अर्थात् जो मुसलमान पागल हिन्दुस्तान के पागलखानों में हैं, उन्हें पाकिस्तान पहुंचा दिया जाए और जो हिन्दू और सिख पाकिस्तान के पागलखानों में हैं, उन्हें हिन्दुस्तान के हवाले कर दिया जाए।

मालूम नहीं; यह बात उचित थी या अनुचित। जो हो, समझदारों के फैसले के अनुसार ऊंचे स्तर पर कॉन्फ्रेंसें हुई और अन्त में एक दिन पागलों की अदला-बदली के लिए मुकर्रर हो गया। अच्छी तरह छानबीन की गई। वे मुसलमान पागल, जिनके संरक्षक हिन्दुस्तान में थे, वहीं रहने दिए गए और जो शेष थे, उनको सीमा की ओर रवाना कर दिया गया। यहां पाकिस्तान से, क्योंकि करीब-करीब सब हिन्दू-सिख जा चुके थे, इसलिए किसीको रखनेरखाने का सवाल पैदा न हुआ। जितने हिन्दू-सिख पागल थे, सब के सब पुलिस के संरक्षण में सीमा पर पहुंचा दिए गए।

उधर की खबर नहीं, लेकिन इधर लाहौर के पागलखाने में इस तबादले की खबर पहुंची तो बड़ी मज़ेदार बातें होने लगीं। एक मुसलमान पागल से, जो बारह साल तक प्रतिदिन नियमपूर्वक 'ज़मींदार' पढ़ता रहा था, जब उसके एक दोस्त ने पूछा, "मौलवी साब, यह पाकिस्तान क्या होता है?" तो उसने बड़े चिन्तन के बाद जवाब दिया, "हिन्दुस्तान में एक ऐसी जगह है, जहां उस्तरे बनते हैं।"

यह जवाब सुनकर उसका दोस्त चुप हो गया।

इसी तरह एक सिख पागल ने दूसरे सिख पागल से पूछा, "सरदारजी, हमें हिन्दुस्तान क्यों भेजा जा रहा है? हमें तो वहां की बोली नहीं आती।"

दूसरा मुस्कराया, "मुझे तो हिन्दुस्तान की बोली आती है, हिन्दुस्तानी बड़े शैतानी आकड़-आकड़ फिरते हैं...."

एक दिन नहाते-नहाते एक मुसलमान पागल ने 'पाकिस्तान ज़िन्दाबाद' का नारा इतने ज़ोर से लगाया कि फर्श पर फिसलकर गिर पड़ा और बेहोश हो गया। कुछ पागल ऐसे भी थे, जो पागल नहीं थे। इनमें ऐसे खूनियों की संख्या अधिक थी, जिनके संबंधियों ने अफसरों को रिश्वत दे-दिलाकर उन्हें पागलखाने भिजवा दिया था, ताकि वे फांसी के फंदे से बच जाएं।

वे कुछ-कुछ समझते थे कि हिन्दुस्तान का बंटवारा क्यों हुआ है और यह पाकिस्तान क्या है; लेकिन सभी घटनाओं का उन्हें भी कुछ पता न था। अखबारों से कुछ पता नहीं चलता था और पहरेदार सिपाही अनपढ़, उजड्ड थे। उनकी बातचीत से भी वे कोई अर्थ नहीं निकाल सकते थे। उनको केवल इतना पता था कि एक आदमी मुहम्मद अली जिन्ना है—जिसको कायदे-आज़म कहते हैं—उसने मुसलमानों के लिए एक अलग देश बनाया है, जिसका नाम पाकिस्तान है। यह कहां है और इसकी उपयोगिता क्या है, इसके सम्बन्ध में वे कुछ नहीं जाजते थे। यही कारण था कि पागलखाने में वे सब पागल, जिनका दिमाग पूरी तरह से खराब नहीं था, इस असमंजस में थे कि वे पाकिस्तान में थे या हिन्दुस्तान में। अगर हिन्दुस्तान में हैं तो पाकिस्तान कहां है और अगर वे पाकिस्तान में हैं तो यह कैसे हो सकता है कि वे कुछ समय पहले यहीं रहते हुए भी हिन्दुस्तान में थे? एक पागल तो पाकिस्तान और हिन्दुस्तान तथा हिन्दुस्तान और पाकिस्तान के चक्कर में ऐसा पड़ा कि और ज़्यादा पागल हो गया। झाड़ू देते-देते एक दिन एक पेड़ पर चढ़ गया और एक टहनी पर बैठकर दो घंटे तक लगातार भाषण देता रहा, जो पाकिस्तान और हिन्दुस्तान के नाज़ुक मसले पर था। सिपाहियों ने उसे नीचे उतरने के लिए कहा तो वह और ऊपर चढ़ गया। डराया-धमकाया गया तो उसने कहा, "मैं न हिन्दुस्तान में रहना चाहता हूं न पाकिस्तान में, मैं इस पेड़ पर ही रहूंगा।"

बड़ी मुश्किलों के बाद जब उसका दौरा ठंडा पड़ा तो वह नीचे उतरा और अपने हिन्दू-सिख मित्रों से गले मिल-मिलकर रोने लगा। इस विचार से उसका दिल भर आता था कि वे उसे छोड़कर हिन्दुस्तान चले जाएंगे।

एक एम० एस० सी० पास रेडियो-इंजीनियर में, जो मुसलमान था और दूसरे पागलों से बिलकुल अलग-थलग बाग की एक खास रविश पर दिनभर चुपचाप टहलता रहता था, यह तब्दीली आई कि उसने अपने तमाम कपड़े उतारकर दफेदार के हवाले कर दिए और नंग-धडंग सारे बाग में घूमना शुरू कर दिया।

चिनयोट के एक मुसलमान पागल ने, जो मुस्लिम लीग का सक्रिय कार्यकर्ता रह चुका था और जो दिन में पन्द्रह-सोलह बार नहाया करता था, एकाएक यह आदत छोड़ दी। उसका नाम मुहम्मद अली था, इसलिए एक दिन उसने अपने जंगले में घोषणा कर दी कि वह कायदे-आज़म मुहम्मद अली जिन्ना है। उसकी देखा-देखी एक सिख पागल मास्टर तारासिंह बन गया। संभव था कि उस जंगले में खून-खराबा हो जाता, लेकिन उन्हें खतरनाक पागल करार देकर अलग-अलग स्थानों में बन्द कर दिया गया।

लाहौर का एक नौजवान हिन्दू वकील था, जो प्रेम में असफल होकर पागल हो गया था। जब उसने सुना कि अमृतसर हिन्दुस्तान में चला गया है तो उसे बहुत दुःख हुआ। उसी शहर की एक हिन्दू लड़की से उसको प्रेम हो गया था। यद्यपि उसने उस वकील को ठुकरा दिया था, लेकिन पागलपन की हालत में भी वह उसे नहीं भुला सका था। इसलिए वह उन सब हिन्दू और मुस्लिम लीडरों को गालियां देता था, जिन्होंने मिल-मिलाकर हिन्दुस्तान के दो टुकड़े कर दिए थे। उसकी प्रेमिका हिन्दुस्तानी बन गई थी और वह पाकिस्तानी।

जब अदला-बदली की बात शुरू हुई तो वकील को पागलों ने समझाया कि वह दुखी न हो, उसको हिन्दुस्तान भेज दिया जाएगा—उस हिन्दुस्तान में, जहां उसकी प्रेमिका रहती है। लेकिन वह लाहौर छोड़ना नहीं चाहता था, इसलिए कि उसका खयाल था कि अमृतसर में उसकी प्रैक्टिस नहीं चलेगी। यूरोपियन वार्ड में दो ऐंग्लो-इंडियन पागल थे। उनको जब मालूम हुआ कि

हिन्दुस्तान को आजाद करके अंग्रेज़ चले गए हैं तो उनको बड़ा दुःख हुआ। वे छिप-छिपकर घंटों आपस में इस गंभीर समस्या पर बातचीत करते रहते कि पागलखाने में अब उनकी हैसियत किस तरह की होगी—यूरोपियन वार्ड रहेगा या उड़ा दिया जाएगा? ब्रेकफास्ट मिला करेगा या नहीं? क्या उन्हें डबलरोटी के बजाय ब्लडी इंडियन चपाती तो जहर-मार नहीं करनी पड़ेगी?

एक सिख था, जिसको पागलखाने में दाखिल हुए पन्द्रह साल हो चुके थे। हर समय उसके मुंह से ये विचित्र शब्द सुनने में आते थे, "ओ पड़दी गिड़गिड़ दी, ऐंक्स दी बेध्याना दी, मूंग दी दाल आव दी लालटेन।" वह दिन को सोता था न रात को। पहरेदारों का कहना था कि पन्द्रह वर्ष के इस लम्बे समय में वह एक क्षण के लिए भी न सोया था। लेटता भी नहीं था। हां, कभी-कभी दीवार के साथ टेक लगा लेता था। हर समय खड़े रहने से उसके पांव सूज गए थे। पिंडलियां भी फूल गई थीं। लेकिन उस शारीरिक कष्ट के बावजूद वह लेटकर आराम नहीं करता था। हिन्दुस्तान-पाकिस्तान और पागलों की अदला-बदली के बारे में जब कभी पागलखाने में बातचीत होती थी तो वह बड़े ध्यान से सुनता था। कोई उससे पूछता कि उसका क्या खयाल है तो वह बड़ी गंभीरता से जवाब देता, "ओ पड़दी गिड़गिड़ दी, ऐंक्स दी बेध्याना दी, मूंग दी दाल आव दी पाकिस्तान गवर्नमेंट।"

लेकिन बाद में 'आव दी पाकिस्तान गवर्नमेंट' की जगह 'आव दी टोबा टेकसिंह' ने ले ली और उसने दूसरे पागलों से पूछना शुरू किया कि टोबा टेकसिंह कहां है, जहां का वह रहने वाला है? लेकिन किसीको भी मालूम नहीं था कि वह पाकिस्तान में है या हिन्दुस्तान में। जो बताने की कोशिश करते थे, खुद इस चक्कर में फंस जाते थे कि स्यालकोट पहले हिन्दुस्तान में होता था, पर अब सुना है कि पाकिस्तान में है। क्या पता है कि लाहौर, जो अब पाकिस्तान में है, कल हिन्दुस्तान में चला जाए या सारा हिन्दुस्तान ही पाकिस्तान बन जाए! और यह भी कौन छाती पर हाथ रखकर कह सकता था कि हिन्दुस्तान और पाकिस्तान दोनों किसी दिन सिरे से ही गायब न हो जाएंगे!

इस सिख पागल के केश झड़ते रहने पर अब बहुत थोड़े-से रह गए थे। चूंकि वह बहुत कम नहाता था, इसलिए दाढ़ी और सिर के बाल आपस में जम

गए थे, जिसके कारण उसकी शक्ल बड़ी भयानक हो गई थी। लेकिन आदमी बड़ा अहानिकारक था। पन्द्रह वर्षों में उसने किसीसे झगड़ा-फिसाद नहीं किया था। पागलखाने के जो पुराने नौकर थे, वे उसके बारे में इतना जानते थे कि टोबा टेकसिंह में उसकी काफी ज़मीनें थीं। अच्छा खाता-पीता जमींदार था कि अचानक ही दिमाग उलट गया। उसके संबंधी लोहे की मोटी-मोटी जंजीरों में उसे बांधकर लाए और पागलखाने में दाखिल करा गए।

महीने में एक बार मुलाकात को वे लोग आते थे और उसकी राज़ी-खुशी मालूम करके चले जाते थे। एक समय तक यह सिलसिला चलता रहा, लेकिन जब पाकिस्तान-हिन्दुस्तान की गड़बड़ शुरू हो गई तो उनका आना बन्द हो गया।

उसका नाम बिशनसिंह था, मगर सब उसे टोबा टेकसिंह कहते थे। उसे यह बिलकुल मालूम न था कि दिन कौन-सा है, महीना कौनसा है या कितने साल बीत चुके हैं। लेकिन हर महीने जब उसके सम्बन्धी उससे मिलने आते थे तो उसे अपने-आप पता चल जाता था। अतएव वह दफेदार से कहता कि उसके मुलाकाती आ रहे हैं। उस दिन वह अच्छी तरह नहाता, बदन पर खुब साबुन घिसता और सिर में तेल लगाकर कंघा करता। अपने कपड़े, जो वह कभी इस्तेमाल नहीं करता था, निकलवाकर पहनता और यों सज-संवरकर मिलने वालों के पास जाता। वे उससे कुछ पूछते तो वह चुप रहता या कभी-कभी "ओ पड़दी गिड़गिड़ दी, ऐक्स दी बेध्याना दी, मूंग दी दाल आव दी लालटेन!" कह देता।

उसकी एक लड़की थी, जो हर महीने एक अंगुल बढ़ती-बढ़ती पन्द्रह वर्ष में जवान हो गई थी। बिशनसिंह उसे पहचानता ही न था। जब वह बच्ची थी, तब भी अपने बाप को देखकर रोती थी। जब जवान हुई, तब भी आंखों से आंसू बहते थे।

पाकिस्तान और हिन्दुस्तान का किस्सा शुरू हुआ तो उसने दूसरे पागलों से पूछना शुरू किया कि टोबा टेकसिंह कहां है। जब संतोषजनक उत्तर न मिला तो उसकी चिन्ता दिनोंदिन बढ़ती गई। अब मुलाकाती भी नहीं आते थे। पहले तो उसे अपने-आप पता चल जाता था कि मिलने वाले आ रहे हैं, पर अब जैसे उसके दिल की आवाज़ भी बन्द हो गई थी, जो उसे उनके आने की खबर दे

दिया करती थी।

उसकी बड़ी इच्छा थी कि वे लोग आएं, जो उसके प्रति प्रेम प्रदर्शित करते थे और उसके लिए फल-मिठाइयां और कपड़े लाते थे। वह अगर उनसे पूछता कि टोबा टेकसिंह कहां है तो वे सचमुच बता देते कि पाकिस्तान में है या हिन्दुस्तान में, क्योंकि उसका खयाल था कि वे टोबा टेकसिंह से ही आते थे, जहां उसकी जमीनें हैं।

पागलखाने में एक पागल ऐसा भी था, जो अपने को खुदा कहता था। उससे एक दिन जब बिशनसिंह ने पूछा कि टोबा टेकसिंह पाकिस्तान में है या हिन्दुस्तान में, तो उसने अपनी आदत के मुताबिक एक कहकहा लगाया और कहा, "वह न पाकिस्तान में है और न हिन्दुस्तान में, इसलिए कि हमने अभी तक हुक्म ही नहीं दिया।"

बिशनसिंह ने उस खुदा से कई बार बड़ी मिन्नत-खुशामद से कहा कि वह हुक्म दे दे, ताकि झंझट खत्म हो; मगर वह बहुत व्यस्त था, क्योंकि उसे और भी बहुत-से हुक्म देने थे। एक दिन तंग आकर वह उसपर बरस पड़ा, "ओ पड़दी गिड़गिड़ दी, ऐंक्स दी बेध्याना दी, मूंग दी दाल आव वाहे गुरुजी दा खालसा एण्ड वाहे गुरुजी दी फतह-जो बोले सो निहाल सत सिरी अकाल!"

उसका शायद यह मतलब था कि तुम मुसलमानों के खुदा हो, सिखों के खुदा होते तो ज़रूर मेरी सुनते।

अदला-बदली से कुछ दिन पहले टोबा टेकसिंह का एक मुसलमान, जो उसका दोस्त था, मुलाकात के लिए आया। पहले वह कभी नहीं आया था। जब बिशनसिंह ने उसे देखा तो एक तरफ हट गया और वापस जाने लगा, लेकिन सिपाहियों ने उसे रोका, "यह तुमसे मिलने आया है—तुम्हारा दोस्त फज़लदीन है।"

- बिशनसिंह ने फज़लदीन को एक नज़र देखा और कुछ बड़बड़ाने लगा। फज़लदीन ने आगे बढ़कर उसके कंधे पर हाथ रख दिया। "मैं बहुत दिनों से सोच रहा था कि तुमसे मिलूं, लेकिन फुरसत ही न मिली। तुम्हारे सब आदमी राजी-खुशी हिन्दुस्तान पहुंच गए हैं। मुझसे जितनी मदद हो सकती थी, की, लेकिन तुम्हारी बेटी रूपकौर..."

वह कहते-कहते रुक गया। बिशनसिंह कुछ याद करने लगा। "बेटी रूपकौर!"

फज़लदीन ने रुक-रुककर कहा, "हां.. हां...वह भी ठीकठाक है. उनके साथ ही चली गई थी।"

बिशनसिंह चुप रहा। फज़लदीन ने कहना शुरू किया, "उन्होंने मुझसे कहा था कि तुम्हारी राजी-खुशी पूछता रहूं। अब मैंने सुना है कि तुम हिन्दुस्तान जा रहे हो-भाई बलबीरसिंह और भाई रघावासिंह से मेरा सलाम कहना, और बहन अमृतकौर से भी। भाई बलबीरसिंह से कहना-फज़लदीन राज़ी-खुशी है। दो भूरी भैसें, जो वे छोड़ गए थे, उनमें से एक ने कट्टा दिया है। दूसरी के कट्टी हुई थी, पर वह चौदह दिन की होकर मर गई और मेरे लायक जो खिदमत हो, कहना। मैं हर वक्त तैयार हूं। और ये तुम्हारे लिए थोड़े-से मरुण्डे लाया हूं।"

बिशनसिंह ने मरुण्डों की पोटली लेकर पास खड़े सिपाही के हवाले कर दी और फज़लदीन से पूछा, "टोबा टेकसिंह कहां है?"

फज़लदीन ने आश्चर्य से कहा, "कहां है? वहीं है, जहां था।"

बिशनसिंह ने फिर पूछा, "पाकिस्तान में या हिन्दुस्तान में?"

"हिन्दुस्तान में..'नहीं-नहीं, पाकिस्तान में।" फजलदीन बौखला-सा गया। बिशनसिंह बड़बड़ाता हुआ चला गया, "ओ पड़दी गिड़गिड़ दी, ऐंक्स दी बेध्याना दी, मूंग दी दाल आव दी पाकिस्तान एण्ड हिंदुस्तान आव दी दुर फिटे मुंह!"

अदला-बदली की तैयारियां पूरी हो चुकी थीं। इधर से उधर और उधर से इधर आने वाले पागलों की सूचियां पहुंच गई थीं और अदला-बदली की तारीख निश्चित हो चुकी थी। कड़ाके का जाड़ा पड़ रहा था, जब लाहौर के पागलखाने से हिन्दू-सिख पागलों से भरी लारियां पुलिस के संरक्षक दस्ते के साथ रवाना हुई। उनसे सम्बन्धित अफसर भी उनके साथ थे। वाहगा की सीमा पर दोनों ओर के सुपरिण्टेण्डेण्ट एक-दूसरे से मिले और प्रारम्भिक कार्रवाई खत्म होने के बाद अदला-बदली शुरू हो गई, जो रात-भर चलती रही।

पागलों को लारियों से निकालना और उनको दूसरे अफसरों के हवाले करना बड़ा कठिन काम था। कुछ तो बाहर निकलते ही नहीं थे, जो निकलने को

तैयार होते, उनको संभालना मुश्किल होता; क्योंकि वे इधर-उधर भाग उठते थे। जो नंगे थे, उनको कपड़े पहनाए जाते तो वे फाड़कर अपने तन से अलग कर देते। कोई गालियां बक रहा है, कोई गा रहा है। आपस में लड़-झगड़ रहे हैं और रो रहे हैं, बिलख रहे हैं। कान पड़ी आवाज़ सुनाई नहीं देती थी। पागल स्त्रियों का शोरगुल अलग था, और सर्दी इतने कड़ाके की थी कि दांत बज रहे थे।

अधिकतर पागल इस अदला-बदली के पक्ष में नहीं थे, क्योंकि उनकी समझ में नहीं आता था कि उन्हें अपनी जगह से उखाड़कर कहां फेंका जा रहा है। थोड़े-से वे, जो कुछ सोच-समझ सकते थे, 'पाकिस्तान ज़िन्दाबाद' और 'पाकिस्तान मुर्दाबाद' के नारे लगा रहे थे। दो-तीन बार झगड़ा होते-होते बचा, क्योंकि कुछ एक मुसलमानों और सिखों को ये नारे सुनकर तैश आ गया था।

जब बिशनसिंह की बारी आई और जब उसे दूसरी ओर भेजने के सम्बन्ध में अधिकारी लिखत-पढ़त करने लगे तो उसने पूछा, "टोबा टेकसिंह कहां है—पाकिस्तान में या हिन्दुस्तान में?"

सम्बन्धित अधिकारी सुनकर हंसा और बोला, "पाकिस्तान में।"

यह सुनकर बिशनसिंह उछलकर एक तरफ हटा और दौड़कर अपने शेष साथियों के पास पहुंच गया। पाकिस्तानी सिपाहियों ने उसे पकड़ लिया और दूसरी तरफ ले जाने लगे, लेकिन उसने चलने से इनकार कर दिया, "टोबा टेकसिंह यहां है," और वह ज़ोर-ज़ोर से चिल्लाने लगा, "ओ पड़दी गिड़गिड़ दी, ऐंक्स दी बेध्याना दी, मूंग दी दाल आव टोबा टेकसिंह एण्ड पाकिस्तान!"

उसे बहुत समझाया गया, "देखो, टोबा टेकसिंह अब हिन्दुस्तान में चला गया है, अगर नहीं गया है तो उसे तुरन्त ही वहां भेज दिया जाएगा," लेकिन वह न माना। जब उसे जबरदस्ती दूसरी ओर ले जाने की कोशिशें की गई तो वह बीच में एक स्थान पर इस प्रकार अपनी सूजी हुई टांगों पर खड़ा हो गया, जैसे अब कोई ताकत उसे वहां से नहीं हिला सकेगी।

आदमी चूंकि अहानिकारक था, इसलिए उसके साथ जबरदस्ती नहीं की गई। उसको वहीं खड़ा रहने दिया गया और अदला-बदली का शेष काम होता रहा।

सूरज निकलने से पहले उस स्थान पर शान्त, स्थिर खड़े बिशनसिंह के

मुंह से एक भयानक चीख निकली। इधर-उधर से कई अफसर दौड़े आए और देखा कि वह आदमी, जो पन्द्रह वर्ष तक दिन-रात अपनी टांगों पर खड़ा रहा था, औंधे मुंह पड़ा है। उसकी टांगों के पीछे हिन्दुस्तान के पागलों का दायरा था और उसके सिर की ओर पाकिस्तान के पागलों का दायरा था; और बीच की भूमि में, जिसका कोई नाम न था, टोबा टेकसिंह पड़ा था।

मेरा नाम राधा है

यह उस समय का ज़िक्र है, जब दूसरे विश्वयुद्ध का अभी नामोनिशान भी न था और ज़िन्दगी में हंगामे बड़े तरीके और सलीके से आते थे। आजकल की तरह नहीं कि बेमतलब और व्यर्थ के लड़ाई-झगड़े और घटनाएं होती हों।

उस समय मैं चालीस रुपया माहवार पर एक फिल्म-कम्पनी में नौकर था, और मेरी जिन्दगी बड़े मज़े से गुज़र रही थी। यानी प्रातः दस बजे स्टूडियो गए। नियाज मुहम्मद विलेन की बिल्लियों को दो पैसे का दूध पिलाया। चालू फिल्म के लिए चालू किस्म के संवाद लिखे। बंगाली एक्ट्रेस से, जो उस ज़माने में बंगाल की बुलबुल कहलाती थी, थोड़ी देर मज़ाक किया और दादा गोरे की, जो उस स्थान का सबसे बड़ा फिल्म-डाइरेक्टर था, थोड़ी-सी खुशामद की और घर चले आए।

जैसाकि मैं बतला चुका हूं, जिन्दगी की गाड़ी बड़ी नर्मी से और मज़े से गुज़र रही थी। स्टूडियो का मालिक हरमनजी फरामजी, जो मोटे-मोटे लाल गालों वाला मौजी किस्म का ईरानी था, एक अधेड़ उम्र की खोजा एक्ट्रेस के प्रेम में फंसा हुआ था। हर नई लड़की के स्तन टटोलकर देखना उसका काम था। कलकत्ते के बू बाजार की एक मुसलमान वेश्या थी, जो डाइरेक्टर, साउण्ड रिकॉडिस्ट और स्टोरी-राइटर, तीनों के साथ इश्क लड़ा रही थी। उस इश्क का असल मतलब यह था कि उन तीनों की कृपादृष्टि विशेष रूप से उसके लिए सुरक्षित रहे।

'बन की सुन्दरी' की शूटिंग चल रही थी। नियाज मुहम्मद विलेन की जंगली बिल्लियों को, जो उसने खुदा मालूम स्टूडियो के लोगों पर क्या असर

पैदा करने के लिए पाल रखी थीं, दो पैसे का दूध पिलाकर मैं हर रोज़ उस 'बन की सुन्दरी' के लिए मुश्किल भाषा में संवाद लिखा करता था। उस फिल्म की कहानी क्या थी, प्लॉट कैसा था, स्पष्ट है कि इसका पता मुझे कुछ नहीं था; क्योंकि उस ज़माने में मैं भी एक मुंशी था, जिसका काम केवल आज्ञा मिलने पर जो कुछ कहा जाए, गलत-सलत उर्दू में, जो डाइरेक्टर साहब की समझ में आ जाए, पेंसिल से एक कागज़ पर लिखकर देना होता था। खैर, 'बन की सुन्दरी' की शूटिंग चल रही थी और यह अफवाह थी कि 'वेम्प' का पार्ट अदा करने के लिए एक नया चेहरा सेठ हरमनजी फरामजी कहीं से ला रहे हैं। हीरो का पार्ट राजकिशोर को दिया गया था॥

राजकिशोर रावलपिंडी का एक सुन्दर एवं स्वस्थ युवक था। उसके शरीर के बारे में लोगों का यह खयाल था कि बहुत मर्दाना और सुडौल है। मैंने कई बार उसके बारे में गौर किया, लेकिन मुझे उसके शरीर में, जो निश्चय ही कसरती और गठीला था, कोई आकर्षण नज़र न आया। लेकिन उसका कारण यह भी हो सकता है कि मैं बहुत ही दुबला और मरियल-सा व्यक्ति हूं और अपने भाईबन्दों के शरीरों की निरख-परख करने का इतना आदी नहीं, जितना उनके दिल-दिमाग और आत्मा के बारे में सोचने का आदी हूं।

मुझे राजकिशोर से घृणा नहीं थी, इसलिए कि मैंने अपनी आयु में शायद ही किसी आदमी से घृणा की हो, लेकिन वह मुझे कुछ ज़्यादा पसन्द भी नहीं था। इसका कारण मैं धीरे-धीरे बताऊंगा।

राजकिशोर की भाषा और उच्चारण ठेठ रावलपिंडी का था, जो मुझे बेहद पसंद था। उस शहर की भाषा में एक अजीब तरह का मर्दानापन है, जिसमें भारी आकर्षण और मिठास है। यदि रावलपिंडी की कोई स्त्री आपसे बात करे तो ऐसा लगता है कि मीठे आम का रस आपके मुंह में चुआया जा रहा है। लेकिन मैं आमों की नहीं, राजकिशोर की बात कर रहा था, जो मुझे आम से बहुत कम प्रिय था। राजकिशोर, जैसाकि मैं कह चुका हूं, सुन्दर एवं स्वस्थ युवक था। यहां तक बात खत्म हो जाती तो मुझे कोई आपत्ति नहीं होती, लेकिन परेशानी यह थी कि उसे यानी राज किशोर को स्वयं अपने

स्वास्थ्य और सौंदर्य का एहसास था; ऐसा एहसास, जो कम से कम मेरे लिए स्वीकार्य नहीं था।

स्वस्थ होना बहुत अच्छी चीज़ है, किन्तु अपने स्वास्थ्य को दूसरों पर बीमारी बनाकर लादना बिलकुल दूसरी चीज़ है। राजकिशोर को यही बड़ा बुरा मर्ज़ था कि वह अपना स्वास्थ्य, अपना सुडौलपन प्रदर्शित कर-करके दूसरे कमज़ोर लोगों को अपमानित करने की कोशिश किया करता था।

इसमें कोई सन्देह नहीं कि मैं दमे का रोगी हूं, कमज़ोर हूं। मेरे एक फेफड़े में हवा खींचने की बहुत कम शक्ति है, लेकिन खुदा साक्षी है कि मैंने आज तक अपनी कमज़ोरी का प्रोपगेंडा नहीं किया; हालांकि मुझे इसका पूरा-पूरा ज्ञान है कि आदमी अपनी कमज़ोरियों से उसी तरह फायदा उठा सकता है, जिस तरह कि अपनी शक्ति से उठा सकता है। लेकिन मेरा ईमान है कि हमें ऐसा नहीं करना चाहिए।

सौन्दर्य मेरे लिए वह सौन्दर्य है, जिसकी लोग चिल्ला-चिल्लाकर नहीं, वरन् मन ही मन सराहना करें, और जिसका किसी प्रकार भी प्रदर्शन न किया जाए।

राजकिशोर में वे सब सौन्दर्य-गुण मौजूद थे, जो एक युवक में होने चाहिए। लेकिन मुझे दुःख है कि उसे उन सौन्दर्य-गुणों का बहुत ही भोंडा प्रदर्शन करने की आदत थी। आपसे बात कर रहा है और अपने एक बाजू के पट्ठे अकड़ा रहा है और खुद ही दाद दे रहा है। बहुत ही गम्भीर वार्ता हो रही है, यानी स्वराज की बात छिड़ी है और वह अपने खादी के कुर्ते के बटन खोलकर अपने वक्ष की चौड़ाई का अंदाज़ा कर रहा है।

मैंने खादी के कुर्ते का जिक्र किया तो मुझे याद आया कि राजकिशोर पक्का कांग्रेसी था। हो सकता है कि वह इसी कारण से खादी के कपड़े पहनता हो। लेकिन मेरे दिल में हमेशा इस बात की खटक रही है कि उसे अपने देश से उतना प्यार नहीं था, जितना कि उसे स्वयं से था।

अकसर लोगों का खयाल था कि राजकिशोर के बारे में जो राय मैंने कायम की थी, बिलकुल गलत थी। इसलिए कि स्टूडियो और स्टूडियो के बाहर हर आदमी उसके शरीर, विचारों और सादगी का प्रशंसक था। यही नहीं,

उसकी भाषा, जो रावलपिंडी की थी, दूसरों के साथ-साथ मुझे भी पसंद थी।

दूसरे एक्टरों की तरह वह अलग-अलग रहने का आदी नहीं था। कांग्रेस पार्टी का कोई जलसा होता तो आप राजकिशोर को वहां ज़रूर मौजूद पाएंगे। कोई साहित्यिक गोष्ठी हो रही है तो राजकिशोर वहां ज़रूर पहुंचेगा। अपने व्यस्त जीवन में से वह अपनी जान-पहचान और दुःख-दर्द वाले लोगों के लिए भी समय निकाल लिया करता था।

सारे फिल्म-प्रोड्यूसर उसकी इज़्ज़त करते थे, क्योंकि उसके पवित्र चाल-चलन की बहुत प्रसिद्धि थी। फिल्म-प्रोड्यूसरों को छोड़िए, पब्लिक को भी इस बात का अच्छा ज्ञान था कि राजकिशोर बहुत ही अच्छे चरित्र का आदमी है।

फिल्मी दुनिया में रहकर पाप के धब्बों से बचे रहना किसी भी आदमी के लिए बहुत बड़ी बात है। यों तो राजकिशोर एक सफल हीरो था, लेकिन उसके इस एक गुण ने भी उसे बहुत उच्चता पर पहुंचा दिया था।

नागपाड़ा में शाम को जब मैं पान वाले की दुकान पर बैठता था तो प्रायः एक्टरों और एक्ट्रेसों की बातें हुआ करती थीं। लगभग सब एक्टर और एक्ट्रेसों के सम्बन्ध में कोई न कोई स्केण्डल प्रसिद्ध था। लेकिन राजकिशोर का जब भी जिक्र आता तो श्यामलाल पनवाड़ी बड़े मज़ेदार लहज़े में कहा करता, "मंटो साहब, राज भाई ही एक ऐसा एक्टर है, जो लंगोट का पक्का है।"

मालूम नहीं, श्यामलाल उसे राज भाई कसे कहने लगा था; लेकिन उसके बारे में मुझे इतना अधिक अचम्भा भी नहीं था, इसलिए कि राज भाई की मामूली से मामूली बात भी एक कारनामा बनकर लोगों तक पहुंच जाती थी। उदाहरण के तौर पर बाहर के लोगों को उसकी आमदनी का पूरा-पूरा ज्ञान था। अपने बाप को महीने का खर्च क्या देता है, अनाथालयों को महीने का चन्दा कितना देता है, उसका अपना जेब-खर्च क्या है, ये सब बातें लोगों को इस तरह मालूम थीं, जैसे वे उन्हें ज़बानी याद कराई गई हों।

श्यामलाल ने एक दिन मुझे बताया कि राज भाई का अपनी सौतेली मां के साथ बहुत ही अच्छा व्यवहार है। उस ज़माने में जब आमदनी का कोई ज़रिया नहीं था, बाप और उसकी नई बीवी उसे तरह-तरह के दुःख देते

थे; लेकिन राज भाई की तारीफ़ है कि उन्होंने अपना कर्तव्य पूरा किया और उनको अपने सिर-माथे पर जगह दी। अब दोनों पलंग पर बैठे राज करते हैं। हर सुबह-सवेरे राज अपनी सौतेली मां के पास जाता है और उसके चरण छूता है; बाप के सामने हाथ जोड़कर खड़ा हो जाता है और जो आज्ञा मिले, उसका तुरन्त पालन करता है।

आप बुरा न मानिए, मुझे हमेशा राजकिशोर की बड़ाई सुनकर उलझन-सी होती थी। खुदा जाने क्यों? मैं जैसा पहले कह चुका हूं, मुझे उससे कोई ईर्ष्या या घृणा नहीं थी। उसने मुझे कभी ऐसा मौका नहीं दिया था, और उस ज़माने में जब मुन्शियों की कोई पूछताछ या इज़्ज़त नहीं थी, वह मेरे साथ घंटों बातें किया करता था। मैं नहीं कह सकता कि क्या कारण था, लेकिन ईमान की बात है कि मेरे दिल-दिमाग के किसी अंधेरे कोने में यह सन्देह बिजली की तरह कौंध जाता कि राज बन रहा है। राज की ज़िन्दगी बिलकुल बनावटी है। लेकिन परेशानी यह थी कि मेरे विचारों का कोई आधार नहीं था। लोग देवताओं की तरह उसकी पूजा करते थे और मैं दिल ही दिल में कुढ़ता था।

राज की बीवी थी। राज के चार बच्चे थे। वह अच्छा पति और अच्छा पिता था। उसकी ज़िन्दगी पर से चादर का कोई भी कोना हटाकर देखा जाता तो आपको कोई धब्बेदार चीज़ नज़र न आती। यह सब कुछ था, लेकिन इसके होते हुए भी मेरे दिल में बराबर सन्देह बना रहता था।

खुदा की कसम, मैंने अपने दिल को लानत-मलामत की कि भई तुम बड़े ही वाहियात हो, जो ऐसे अच्छे आदमी को, जिसे सारी दुनिया अच्छा कहती है और जिसके बारे में तुम्हें कोई शिकायत भी नहीं, क्यों व्यर्थ में सन्देह की नजरों से देखते हो? यदि एक आदमी अपना सुडौल बदन बार-बार देखता है तो यह कौन-सी बुरी बात है? तुम्हारा बदन भी यदि ऐसा ही खूबसूरत होता तो बहुत संभव था कि तुम भी यही हरकत करते।

कुछ भी हो, लेकिन मैं अपने दिल-दिमाग को कभी तैयार न कर सका कि वह राजकिशोर को उसी नज़र से देखे, जिससे दूसरे देखते थे। यही कारण था कि मैं बातचीत के दौरान उससे उलझ जाया करता था। मेरी तबीयत के खिलाफ कोई बात की और मैं हाथ धोकर उसके पीछे पड़ गया। लेकिन ऐसी छुटपुट घटनाओं

के बाद हमेशा उसके चेहरे पर मुस्कराहट और मेरे कण्ठ में एक अवर्णनीय कड़वाहट रही। मुझे इससे और भी ज़्यादा उलझन होती थी। इसमें कोई सन्देह नहीं कि उसकी ज़िन्दगी में कोई स्केण्डल नहीं था। अपनी बीवी के सिवा किसी दूसरी स्त्री का मैला या उजला दामन उससे नहीं बंधा था। मैं यह भी मानता हूं कि वह सब एक्ट्रेसों को बहन कहकर पुकारा करता था और वे भी उसे प्रत्युत्तर में भाई कहती थीं; लेकिन मेरे दिल ने हमेशा मेरे दिमाग से यही सवाल किया कि भाई-बहन का सम्बन्ध स्थापित करने की ऐसी ज़रूरत ही क्या है?

बहन-भाई का सम्बन्ध कुछ और है; लेकिन किसी परायी स्त्री को अपनी बहन कहना, मानो यह बोर्ड लगाना है कि 'सड़क बन्द है' या 'यहां पेशाब करना मना है'।

यदि तुम किसी स्त्री से गहरा सम्बन्ध स्थापित करना नहीं चाहते तो उसका ढिंढोरा पीटने की क्या ज़रूरत है? यदि तुम्हारे दिल में तुम्हारी बीवी के सिवा और किसी स्त्री का खयाल नहीं आ सकता तो उसका विज्ञापन करने की क्या ज़रूरत है? यह और इस तरह की कई और बातें चूंकि मेरी समझ में नहीं आती थीं, इसलिए मुझे विचित्र प्रकार की उलझन होती थी।

खैर!

'बन की सुन्दरी' की शूटिंग चल रही थी। स्टूडियो में खासी चहल-पहल थी। हर रोज़ एक्स्ट्रा लड़कियां आती थीं, जिनके साथ हमारा दिन हंसी-मज़ाक में गुज़र जाता था।

एक दिन नियाज़ मुहम्मद विलेन के कमरे में मेकअप मास्टर, जिसे हम उस्ताद कहते थे, यह खबर लेकर आया कि वेम्प के रोल के लिए जो लड़की आने वाली थी, आ गई है और जल्दी काम शुरू हो जाएगा।

उस समय चाय का दौर चल रहा था। कुछ उसकी हरारत थी, कुछ इस खबर ने हमको गरमा दिया। स्टूडियो में एक नई लड़की का आना हमेशा खुशी का समाचार हुआ करता है। इसलिए हम सब नियाज मुहम्मद विलेन के कमरे से निकलकर बाहर चले आए, ताकि उसके दर्शन किए जा सकें।

शाम के समय जब सेठ हरमनजी फरामजी ऑफिस से निकलकर पान वाले की चांदी की डिबिया से दो खुशबूदार तम्बाकू वाले पान निकालकर

अपने चौड़े जबड़े में दबाकर बिलियर्ड खेलने वाले कमरे का रुख कर रहे थे, हमें वह नई लड़की नज़र आ गई।

सांवले रंग की स्त्री थी, मैं केवल इतना ही देख सका; क्योंकि वह जल्दी-जल्दी सेठ के साथ हाथ मिलाकर स्टूडियो की मोटर में बैठकर चली गई। कुछ देर के बाद मुझे नियाज मुहम्मद ने बताया कि उस स्त्री के होंठ मोटे थे। शायद वह केवल होंठ ही देख सका था। उस्ताद, जिसने शायद इतनी झलक भी न देखी थी, सिर हिलाकर बोला, "हूं—कण्डम," यानी बकवास है।

चार-पांच दिन गुज़र गए, लेकिन वह नई लड़की स्टूडियो में नहीं आई। पांचवें या छठे दिन जब मैं गुलाब के होटल से चाय पीकर निकल रहा था, अचानक मेरी और उसकी मुठभेड़ हो गई।

मैं हमेशा स्त्रियों को चार आंखों से देखने का आदी हूं। यदि कोई स्त्री एकदम मेरे सामने आ जाए तो मुझे उसका कुछ भी नज़र नहीं आता। चूंकि अप्रत्याशित रूप से उससे मेरी मुठभेड़ हुई थी, इसलिए मैं उसकी शक्ल-सूरत के बारे में कोई अन्दाज़ा नहीं कर सका। हां, पैर मैंने ज़रूर देखे, जिनमें नये डिज़ाइन के स्लीपर थे।

लेबोरेटरी से स्टूडियो तक जो सड़क जाती है, उसपर मालिकों ने बजरी बिछा रखी थी। उस बजरी में बेशुमार गोल-मोल बट्टियां हैं, जिनपर से जूता बार-बार फिसलता है। चूंकि उसके पांव में खुले स्लीपर थे, इसलिए चलने में उसे ज़्यादा तकलीफ हो रही थी।

उस मुलाकात के बाद धीरे-धीरे मिस नीलम से मेरी दोस्ती हो गई। स्टूडियो के लोगों को इसका ज्ञान नहीं था, लेकिन उसके साथ मेरे सम्बन्ध बहुत ही खुले हुए थे। उसका असली नाम राधा था। मैंने जब एक बार उससे पूछा कि तुमने इतना प्यारा नाम क्यों छोड़ दिया तो उसने जवाब दिया था, 'यों ही...' लेकिन फिर कुछ देर बाद कहा था, 'यह नाम इतना प्यारा है कि इसे फिल्म में इस्तेमाल नहीं करना चाहिए।'

आप शायद सोचें कि राधा धार्मिक प्रवृत्ति की स्त्री थी। जी नहीं, उसे धर्म और उसकी बला से दूर का भी सम्बन्ध नहीं था। लेकिन जिस तरह मैं हर नया काम शुरू करने से पहले कागज़ पर 'बिस्मिअल्लाह' अर्थात् 'जय प्रभु'

के दो शब्द ज़रूर लिखता हूं, उसी तरह शायद उसे भी राधा नाम से लगाव था।

चूकि वह चाहती थी कि उसे राधा न कहा जाए, इसलिए मैं आगे चलकर उसे नीलम ही कहूंगा। नीलम बनारस की एक वेश्या की पुत्री थी। वहीं की बोलचाल और उच्चारण में जो बहुत अच्छा मालूम होता था, मेरा नाम सआदत होने पर भी वह सादित कहा करती थी। एक दिन मैंने उससे कहा था, "नीलम, मैं जानता हूं, तुम मुझे सआदत कह सकती हो, फिर मेरी समझ में नहीं आता कि तुम अपनी गलती ठीक क्यों नहीं करतीं!" यह सुनकर उसके सांवले होंठों पर, जो बहुत ही पतले थे, एक हलकी-सी मुस्कराहट आ गई और उसने जवाब दिया, "जो गलती मुझसे एक बार हो जाए, मैं उसे ठीक करने की कोशिश नहीं किया करती।"

मेरा खयाल है कि बहुत कम लोगों को मालूम था कि वह स्त्री, जिसे स्टूडियो के सब लोग एक मामूली एक्ट्रेस समझते थे, विचित्र प्रकार के गुणों की खान थी। उसमें दूसरी एक्ट्रेसों का सा ओछापन नहीं था। उसकी गम्भीरता और स्पष्टवादिता, जिसे स्टूडियो का हर आदमी अपनी ऐनक से गलत रंग में देखता था, बहुत प्यारी चीज़ थी।

मैं उस समय भी हैरान था और अब भी वैसा ही हैरान हूं कि नीलम को 'बन की सुन्दरी' में वेम्प के रोल के लिए क्यों चुना गया था, इसलिए कि उसमें तेज़ी और तर्रारी नाम को भी न थी। जब वह पहली बार अपने वाहियात पार्ट को अदा करने के लिए तंग चोली पहनकर सेट पर आई तो मेरी निगाहों को बहुत कष्ट हुआ। वह दूसरों की मनःस्थिति को तुरंत भांप लेती थी, इसलिए मुझे देखते ही उसने कहा, "डाइरेक्टर साहब कह रहे थे कि तुम्हारा पार्ट चूंकि शरीफ स्त्रियों का नहीं है, इसलिए तुम्हें इस तरह का लिबास दिया गया है। मैंने उनसे कहा कि यदि यह लिबास है तो मैं आपके साथ नंगी चलने के लिए तैयार हूं।"

मैंने उससे पूछा, "डाइरेक्टर साहब ने यह सुनकर क्या कहा?" नीलम के होंठों पर एक अर्थपूर्ण हलकी मुस्कराहट खेल गई। "उन्होंने कल्पना में मुझे नंगी देखना शुरू कर दिया ये लोग भी कितने मूर्ख हैं, यानी उस लिबास में मुझे देखकर बेचारे को कल्पना का सहारा लेने की ज़रूरत ही क्या थी?" दृढ़ मानसिक स्थिति के लिए नीलम का यह साहस ही काफी है। अब मैं उन घटनाओं

की ओर आता हूं, जिनकी सहायता से मैं यह कहानी पूर्ण करना चाहता हूं।

बम्बई में जून के महीने से बारिश शुरू हो जाती है और सितम्बर के मध्य तक जारी रहती है। पहले दो-ढाई महीनों में इतना अधिक पानी बरसता है कि स्टूडियो में काम नहीं हो सकता। 'बन की सुन्दरी' की शूटिंग अप्रैल के अंत में शुरू हुई थी। जब पहली बारिश हुई तो हम अपना तीसरा सेट पूरा कर रहे थे। एक छोटा-सा सीन बाकी रह गया था, जिसमें कोई विशेष काम नहीं था। इसलिए बारिश में भी हमने अपना काम जारी रखा। लेकिन जब यह काम समाप्त हो गया तो हम काफी समय के लिए बेकार हो गए।

उस बीच में स्टूडियो के लोगों को एक-दूसरे के साथ मिलबैठने का बहुत मौका मिलता है। मैं लगभग सारा दिन गुलाब के होटल में बैठा चाय पीता रहता था। जो भी आदमी अन्दर आता था, या तो सारे का सारा भीगा होता था या आधा। बाहर की सब मक्खियां शरण लेने के लिए अन्दर जमा हो जाती थीं। इतना गंदा दृश्य था कि जी मिचलाता था। एक कुर्सी पर चाय छानने का कपड़ा पड़ा है तो दूसरी कुर्सी पर प्याज़ काटने की बदबूदार छुरी पड़ी झख मार रही है। गुलाब साहब पास खड़े हैं और अपने नकली दांतों के नीचे बम्बई की पावरोटी चबा रहे हैं। "तुम इधर जाने को नहीं सकता हम इधर से जाके आया 'बहुत लफड़ा होगा -हां, बड़ा वान्दा हो जाएगा."

उस होटल में, जिसकी छत कोरोगेटिड स्टील की थी, सेठ हरमनजी फरामजी, उनके साले एंडलजी और हीरोइनों के सिवा सब लोग आते थे। नियाज़ मुहम्मद को तो दिन में कई बार वहां आना पड़ता था, क्योंकि वह चुन्नी-मून्नी नाम की दो बिल्लियां पाल रहा था। राजकिशोर दिन में एक चक्कर लगा जाता था। ज्योंही वह अपने लम्बे कद्दावर कस रती बदन के साथ दरवाज़े पर आता, मेरे सिवाय होटल में बैठे हुए सब लोगों की आंखें चमक उठतीं। एक्स्ट्रा लड़के उठ-उठकर राज भाई को कुर्सी देते और जब वह उनमें से किसीकी दी हुई कुर्सी पर बैठ जाता तो वे सब परवानों की तरह उसके चारों ओर एकत्र हो जाते। उसके बाद दो तरह की बातें सुनने में आतीं। एक्स्ट्रा लड़कों की ज़बान से पुरानी फिल्मों में राज भाई के काम की प्रशंसा, और स्वयं राज किशोर की ज़बान से उसके स्कूल छोड़कर कॉलेज

और कॉलेज छोड़कर फिल्मी दुनिया में घुसने का इतिहास-चूंकि मुझे ये सब बातें ज़बानी याद हो चुकी थीं, इसलिए ज्योंही राजकिशोर होटल में दाखिल होता, मैं उससे दुआ-सलाम करने के बाद बाहर चला जाता।

एक दिन जब बारिश थमी हुई थी और हरमनजी फरामजी का एल्शेसियन कुत्ता नियाज़ मुहम्मद की दो बिल्लियों से डरकर गुलाब के होटल की ओर दुम दबाए भागा आ रहा था तो मैंने मौलसिरी के पेड़ के नीचे बने हुए गोल चबूतरे पर नीलम और राजकिशोर को बातें करते हुए देखा।

राजकिशोर खड़ा हुआ अपनी आदत के अनुसार धीरे-धीरे हिल रहा था, जिसका मतलब यह था कि वह अपने खयाल के अनुसार बहुत ही दिलचस्प बातें कर रहा है। मुझे मालूम नहीं कि नीलम से राजकिशोर का परिचय कैसे और कब हुआ था, लेकिन नीलम उसे फिल्मी दुनिया में आने से पहले ही अच्छी तरह जानती थी और शायद एक-दो बार उसने मुझसे उसके सुन्दर-स्वस्थ शरीर की चर्चा भी की थी।

मैं गुलाब के होटल से निकलकर रिकॉडिंग-रूम के छज्जे तक पहुंचा तो राजकिशोर ने अपने चौड़े कंधे पर से खादी का थैला एक झटके के साथ उतारा और उसे खोलकर एक मोटी कॉपी बाहर निकाली। मैं समझ गया—यह राजकिशोर की डायरी थी।

प्रतिदिन सब कामों से निवृत्त होकर अपनी सौतेली मां का आशीर्वाद लेकर राजकिशोर सोने से पहले अपनी डायरी लिखने का आदी है। यों तो उसे पंजाबी बोली बहुत प्रिय है, लेकिन वह रोजनामचा अंग्रेजी में लिखता है, जिसमें कहीं टैगोर के नाज़ुक स्टाइल की और कहीं गांधी के राजनीतिक ढंग की झलक नज़र आती है—उसकी लेखनी पर शेक्सपियर के ड्रामों का प्रभाव काफी है; लेकिन मुझे उस स्टाइल में लिखने वाले का व्यक्तित्व कभी नज़र नहीं आया। यदि यह डायरी आपको कभी मिल जाए तो आपको राजकिशोर की ज़िन्दगी के दस-पन्द्रह बरसों का हाल मालूम हो सकता है कि उसने कितने रुपये चन्दे में दिए, कितने गरीबों को खाना खिलाया, कितने जुलूसों में भाग लिया, क्या पहना, क्या उतारा—और यदि मेरा अनुमान ठीक है तो आपको उस डायरी के किसी पृष्ठ पर मेरे नाम के साथ पैतीस रुपये भी नज़र आ जाएंगे, जो मैंने उससे

एक बार उधार लिए थे और इस विचार से अभी तक वापस नहीं किए कि वह अपनी डायरी में उनकी वापसी का ज़िक्र कभी नहीं करेगा।

खैर, वह नीलम को उस डायरी के कुछ पृष्ठ पढ़कर सुना रहा था। मैंने दूर ही से उसके खूबसूरत होंठों की सिकुड़न से मालूम कर लिया कि शेक्सपियर की शैली में प्रभु की प्रार्थना कर रहा है।

नीलम मौलसिरी के पेड़ के नीचे गोल सीमेण्ट के बने चबूतरे पर चुपचाप बैठी थी। उसके चेहरे पर राजकिशोर के डायरी-पाठ से किसी परिवर्तन के चिह्न नज़र नहीं आ रहे थे।

वह राजकिशोर की उभरी हुई छाती की ओर देख रही थी। उसके कुर्ते के बटन खुले थे और सफेद बदन पर उसकी छाती के काले बाल बहुत ही खूबसूरत मालूम होते थे।

स्टूडियो में चारों ओर हर चीज़ सलीके से लगी थी। नियाज़ मुहम्मद की दो बिल्लियां भी, जो आम तौर पर गन्दी रहा करती थीं, उस दिन बहुत साफ-सुथरी दिखाई दे रही थीं। नीलम जार्जट की बेदाग सफेद साड़ी में खूब फब रही थी। ब्लाउज़ सफेद नीलन का था, जो उसकी सांवली और सुडौल बांहों के साथ चिपका हुआ था।

'नीलम इतनी प्रभावरहित क्यों दिखाई दे रही है?' एक क्षण के लिए यह प्रश्न मेरे दिमाग में पैदा हुआ और जब एकदम उसकी और मेरी आंखें चार हुई तो मुझे उसकी निगाहों में अपने प्रश्न का उत्तर मिल गया—नीलम प्रेमपाश में बंध चुकी है। उसने हाथ के इशारे से मुझे बुलाया, थोड़ी देर इधर-उधर की बातें हुई। जब राजकिशोर चला गया तो उसने मुझसे कहा, "आज आप मेरे साथ चलिएगा।"

शाम को छः बजे मैं नीलम के मकान पर था। ज्योंही हम अन्दर पहुंचे, उसने अपना बैग सोफे पर फेंका और मुझसे नज़र मिलाए बिना कहा, "आपने जो कुछ सोचा है, गलत है।"

मैं उसका मतलब समझ गया था, इसलिए मैंने जवाब दिया, "तुम्हें कैसे मालूम हुआ कि मैंने क्या सोचा था?" उसके पतले होंठों पर अर्थपूर्ण धीमी-सी मुस्कराहट आ गई, "इसलिए कि हम दोनों ने एक ही बात सोची

थी। आपने शायद बाद में ध्यान नहीं दिया, लेकिन मैं बहुत सोच-विचार के बाद इस नतीजे पर पहुंची हूं कि हम दोनों गलत थे।"

"यदि मैं कहूं कि हम दोनों सही थे?"

उसने सोफे पर बैठते हुए कहा, "तो हम दोनों बेवकूफ हैं।" यह कहकर तुरन्त ही उसके चेहरे की गम्भीरता और ज़्यादा बढ़ गई। "सादित, यह कैसे हो सकता है! मैं बच्ची हूं, जो मुझे अपने दिल का हाल मालूम नहीं? तुम्हारे विचार से मेरी उम्र क्या होगी?"

'बाईस बरस।"

"बिलकुल ठीक—लेकिन तुम नहीं जानते कि दस बरस की उम्र में मुझे प्रेम के अर्थ मालूम थे—अर्थ क्या हुए जी—खुदा की कसम, प्रेम करती थी। दस से लेकर सोलह बरस तक मैं एक खतरनाक प्रेम में बंधी रही हूं। मेरे दिल में अब क्या खाक किसीके लिए प्रेम पैदा होगा!"यह कहकर उसने मेरे आश्चर्यचकित चेहरे की ओर देखा और उसी निराशभाव में कहा, "तुम कभी नहीं मानोगे, चाहे मैं तुम्हारे सामने अपना दिल निकालकर ही क्यों न रख दूं। मैं तुम्हें अच्छी तरह जानती हूं...भई खुदा की कसम, वह मर जाए, जो तुमसे झूठ बोले...मेरे दिल में अब किसी की मुहब्बत पैदा नहीं हो सकती। लेकिन इतना जरूर है कि..." यह कहतेकहते वह एकदम रुक गई।

मैंने उससे कुछ न कहा, क्योंकि वह भारी चिन्ता में डूब गई थी। वह शायद सोच रही थी कि 'इतना ज़रूर' क्या है?

थोड़ी देर के बाद उसके पतले होंठों पर वही हलकी अर्थपूर्ण मुस्कराहट उभरी, जिससे उसके चेहरे की गंभीरता में थोड़ी-सी बुद्धिमानों की सी शरारत पैदा हो जाती थी। सोफे पर से एक झटके के साथ उठकर उसने कहना शुरू किया, "मैं इतना ज़रूर कह सकती हूं कि यह मुहब्बत नहीं है। कोई और बला हो तो मैं कह नहीं सकती...सादित, मैं तुम्हें यकीन दिलाती हूं।"

मैंने तुरन्त ही कहा, "यानी तुम अपने-आपसे यकीन दिलाती हो?"

वह जल गई। "तुम बहुत कमीने हो...कहने का एक ढंग होता है। आखिर तुम्हें यकीन दिलाने की मुझे ज़रूरत ही क्या पड़ी है.. मैं अपने-

आपको यकीन दिला रही हूं। लेकिन परेशानी यह है कि आ नहीं रहा... क्या तुम मेरी मदद नहीं कर सकते?"...यह कहकर वह मेरे पास बैठ गई और दाहिने हाथ की उंगलियां पकड़कर मुझसे पूछने लगी, "राजकिशोर के बारे में तुम्हारा क्या विचार है? मेरा मतलब है कि तुम्हारे विचार के अनुसार राजकिशोर में वह कौन-सी चीज़ है, जो मुझे पसंद आई?" उंगलियां छोड़कर उसने एक-एक करके दूसरी उंगलियां पकड़नी शुरू कीं। "मुझे उसकी बातें पसंद नहीं, मुझे उसकी एक्टिंग पसंद नहीं, मुझे उसकी डायरी पसंद नहीं। न जाने आज क्या खुराफात सुना रहा था! मैं तो तंग आकर उठ खड़ी हुई, लेकिन समझ में नहीं आता कि मुझे क्या हो गया है! बस, केवल यह जी चाहता है कि एक शोर हो, बिल्लियों की लड़ाई की तरह शोर मचे, धूल उड़े और मैं पसीना-पसीना हो जाऊं..." फिर एकदम वह मेरी ओर पलटी। "सादित, तुम्हारा क्या खयाल है—मैं कैसी औरत हूं?"

मैंने मुस्कराकर जवाब दिया, "बिल्लियां और औरतें हमेशा मेरे खयाल और समझ में अच्छी रही हैं।"

उसने एकदम पूछा, "क्यों?"

मैंने थोड़ी देर सोचकर जवाब दिया, "हमारे घर में एक बिल्ली रहती थी। साल में एक बार उसपर रोने के दौरे पड़ते थे। उसका रोना-धोना सुनकर कहीं से एक बिलौटा आ जाया करता था। फिर उन दोनों में इतनी लड़ाई और खून-खराबी होती थी कि खुदा की पनाह! लेकिन इसके बाद मौसी बिल्ली चार बच्चों की मां बन जाया करती थी।"

नीलम का मानो मुंह का स्वाद खराब हो गया, "थू, तुम कितने गंदे हो!" फिर थोड़ी देर के बाद इलायची से मुंह का स्वाद ठीक करने के बाद उसने कहा, "मुझे औलाद से नफरत है। खैर, हटाओ जी इस किस्से को।"

यह कहकर नीलम ने पानदान खोलकर अपनी पतली-पतली उंगलियों से मेरे लिए पान लगाना शुरू कर दिया। चांदी की छोटी-छोटी कुलियों में से उसने बड़ी सफाई से चमची के साथ चूना और कत्था निकालकर फैले हुए पान पर लगाया और गिलौरी बनाकर मुझे दी। "सादित, तुम्हारा क्या विचार है?"

यह कहकर वह चुप हो गई। मैंने पूछा, "किस बारे में?"

उसने सरौते से भुनी हुई छालिया काटते हुए कहा, "इसी बकवास के बारे में, जो बेकार में शुरू हो गई है। यह बकवास नहीं तो क्या है! यानी मेरी समझ में तो कुछ आता ही नहीं। खुद ही फाड़ती हूं और खुद ही सीती हूं। यदि यह बकवास इसी तरह जारी रही तो न जाने क्या होगा! तुम नहीं जानते हो, मैं बहुत ज़बरदस्त औरत हूं।"

"ज़बरदस्त से तुम्हारा क्या मतलब है?"

नीलम के होंठों पर वही हलकी अर्थपूर्ण मुस्कान आ गई। "तुम बड़े बेशरम हो। सब कुछ समझते हो, लेकिन बारीक-बारीक चुटकियां लेकर मुझे उकसाओगे...।" यह कहते हुए उसकी आंखों की सफेदी गुलाबी रंगत में बदल गई। "तुम समझते क्यों नहीं कि मैं बहुत गरम मिज़ाज की औरत हूं।" यह कहकर वह उठ खड़ी हुई, "अब तुम जाओ, मैं नहाना चाहती हूं।"

मैं चला गया।

इसके बाद बहुत दिनों तक नीलम ने राजकिशोर के बारे में मुझसे कुछ न कहा, लेकिन इस बीच हम दोनों एक-दूसरे के विचारों से अवगत रहे। जो कुछ वह सोचती थी, मुझे मालूम हो जाता था और जो कुछ मैं सोचता था, उसे मालूम हो जाता था। कई दिन तक यही मौन-विनिमय जारी रहा।

एक दिन डाइरेक्टर कृपलानी, जो 'बन की सुन्दरी' बना रहा था, हीरोइन की रिहर्सल सुन रहा था। हम सब म्यूजिक-रूम में जमा थे। नीलम एक कुर्सी पर बैठी अपने पांव की गति से धीमे-धीमे ताल दे रही थी। एक बाज़ारू किस्म का गाना था, लेकिन धुन अच्छी थी। जब रिहर्सल समाप्त हुई तो राजकिशोर कंधे पर खादी का थैला रखे कमरे में घुसा। डाइरेक्टर कृपलानी, म्यूज़िक डाइरेक्टर घोष, साउण्ड रिकॉर्डिस्ट पी० एन० मोघा, इन सबको उसने अंग्रेजी में आदाब किया। हीरोइन मिस ईदनबाई को हाथ जोड़कर नमस्कार किया और कहा, "ईदन बहन, कल मैंने आपको क्रॉफर्ड मार्केट में देखा, मैं तब आपकी भाभी के लिए मौसम्बियां खरीद रहा था कि आपकी मोटर नज़र आई...।" हिलते-हिलते उसकी नज़रें नीलम पर पड़ी, जो पियानो के पास एक ऊंची कुर्सी में धंसी हुई थी। एकदम उसके हाथ नमस्कार के लिए उठे। यह देखते ही नीलम उठ खड़ी हुई। "राज साहब,

मुझे बहन न कहिएगा," नीलम ने यह बात इस ढंग से कही कि म्यूजिक-रूम में बैठे हुए सब आदमी एक क्षण के लिए स्तब्ध रह गए। राजकिशोर खिसियाना-सा रह गया और केवल इतना कह सका, "क्यों?"

नीलम जवाब दिए बिना बाहर निकल गई।

तीसरे दिन मैं नागपाड़ा में दोपहर के समय श्यामलाल पनवाड़ी की दुकान पर गया तो वहां उसी घटना के बारे में चर्चाएं हो रही थीं।

श्यामलाल बड़े मज़ेदार तरीके से कह रहा था, "साली का अपना मन मैला होगा, नहीं तो राज भाई किसीको बहन कहे और वह बुरा माने' कुछ भी हो, उसकी इच्छा कभी पूरी नहीं होगी। राज भाई लंगोट का धनी है।"

राज भाई के लंगोट से मैं बहुत तंग आ गया था, लेकिन मैंने श्यामलाल से कुछ न कहा और चुप बैठा उसकी और उसके मित्र ग्राहकों की बातें सुनता रहा, जिनमें गप बहुत और वास्तविकता बहुत कम थी।

स्टूडियो में उस म्यूज़िक-रूम की घटना का सबको पता था और तीन रोज़ से यही बातचीत का विषय केवल बना हुआ था कि राजकिशोर को मिस नीलम ने क्यों एकदम बहन कहने से मना किया। मैंने राजकिशोर से तो उस बारे में कुछ नहीं पूछा, लेकिन उसके एक मित्र से मालूम हुआ कि उसने अपनी डायरी में उसपर बहुत ही मज़ेदार रिमार्क लिखा है और प्रार्थना की है कि मिस नीलम का दिल-दिमाग पाक-साफ हो जाए।

उस घटना को कई दिन गुज़र गए, लेकिन कोई और विशेष बात न हुई। नीलम पहले से कुछ ज़्यादा गम्भीर हो गई थी और राजकिशोर के कुर्ते के बटन अब हर समय खुले रहते थे, जिससे उसकी सफेद और उभरी हुई छाती के काले बाल बाहर झांकते रहते थे।

चूंकि एक-दो रोज़ से बारिश थमी हुई थी और 'बन की सुन्दरी' का चौथे सेट का रंग सूख गया था, इसलिए डाइरेक्टर कृपलानी ने नोटिस बोर्ड पर शूटिंग का घोषणा-पत्र लगा दिया। वह सीन, जो अब लिया जाने वाला था, नीलम और राजकिशोर के बीच था, अर्थात् उसमें दोनों को भाग लेना था। चूंकि मैंने ही उसके संवाद लिखे थे, इसलिए मुझे मालूम था कि राजकिशोर बातें करते-करते नीलम का हाथ चूमेगा।

इस सीन में चूमने की बिलकुल गुंजाइश नहीं थी, लेकिन चूंकि जनता की भावना को उकसाने के लिए आम तौर पर फिल्मों में स्त्रियों को ऐसी वेशभूषा पहनाई जाती है, जो लोगों की भावनाओं को भड़काए, इसलिए डाइरेक्टर कृपलानी ने पुराने नुस्खे के अनुसार चुम्बन का यह टच रख दिया था।

जब शूटिंग शुरू हुई तो मैं धड़कते हुए दिल के साथ सेट पर मौजूद था। राजकिशोर और नीलम का हाल क्या होगा, इस विचार से ही मेरे दिल में सनसनी की एक लहर दौड़ जाती थी। किन्तु सारा सीन पूरा हो गया और कुछ न हुआ। हर संवाद के बाद एक थका देने वाली मनहूसी के साथ हेडलाइटें जल और बुझ जातीं। स्टार्ट और कट की आवाज़ें गरजतीं और शाम को जब सीन के क्लाइमेक्स का समय आया तो राजकिशोर ने बड़ी भावुकता में नीलम का हाथ पकड़ा, लेकिन कैमरे की ओर पीठ करके अपना हाथ चूमकर अलग कर दिया।

मेरा ख़याल था कि नीलम अपना हाथ खींचकर राजकिशोर के मुंह पर ऐसा चांटा जड़ेगी कि रिकॉर्डिंग-रूम में पी० एन० मोघा के कानों के पर्दे फट जाएंगे, लेकिन इसके विपरीत मुझे नीलम के पतले होंठों पर एक नीरस मुस्कान दिखाई दी, जिसमें स्त्री की कोमल भावनाओं का कोई चिह्न नाममात्र भी नहीं था।

मुझे बड़ी निराशा हुई थी, लेकिन मैंने उसका ज़िक्र नीलम से नहीं किया। दो-तीन दिन गुज़र गए और जब उसने भी मुझसे उस बारे में कुछ न कहा तो मैंने यह परिणाम निकाला कि उसे उस हाथ चूमने वाली बात की गंभीरता का ज्ञान नहीं था, बल्कि यों कहना चाहिए कि उसके निश्चित मस्तिष्क में उसका खयाल तक नहीं आया था और इसका कारण केवल यह हो सकता था कि वह उस वक्त राजकिशोर की ज़बान से, जो औरत को बहन कहने का आदी था, प्रेमालाप सुन रही थी।

नीलम का हाथ चूमने के बजाय राजकिशोर ने अपना हाथ क्यों चूमा था? क्या उसने बदला लिया था? क्या उसने स्त्री को अपमानित करने की कोशिश की थी? ऐसे कई प्रश्न मेरे दिमाग में पैदा हुए, लेकिन कोई उत्तर न मिला॥

चौथे दिन जब मैं अपनी आदत के अनुसार नागपाड़ा में श्यामलाल

की दुकान पर गया तो उसने मुझसे शिकायत-भरे स्वर में कहा, "मंटो साहब, आप तो हमें अपनी कम्पनी की कोई बात सुनाते ही नहीं। आप बताना नहीं चाहते या फिर आपको कुछ मालूम नहीं होता.. पता है, राज भाई ने क्या किया?"

इसके बाद उसने अपने ढंग से वह कहानी कहनी शुरू की, " 'बन की सुन्दरी' में एक सीन था, जिसमें डाइरेक्टर साहब ने राज भाई को मिस नीलम का मुंह चूमने का ऑर्डर दिया था। 'ना साहब, मैं ऐसा काम कभी न करूंगा। मेरी अपनी पत्नी है, इस गंदी औरत का मुंह चूमकर क्या मैं उसके पवित्र होंठों से अपने होंठ मिला सकूंगा...?' बस साहब, तुरन्त डाइरेक्टर साहब को सीन बदलना पड़ा, और राज भाई से कहा गया, 'अच्छा भई, तुम मुंह न चूमो, हाथ चूम लो।' लेकिन राज भाई ने भी कच्ची गोलियां नहीं खेलीं, जब वक्त आया तो उसने इस सफाई से अपना हाथ चूमा कि देखने वालों को यही मालूम हुआ कि उस साली का हाथ चूमा है।"

मैंने इस बातचीत का ज़िक्र नीलम से नहीं किया, इसलिए कि जब वह सारे किस्से से ही बेखबर थी तो उसे व्यर्थ दुखी करने से क्या लाभ!

बम्बई में अकसर मलेरिया फैल जाता है। मालूम नहीं, वह कौन-सा महीना था और कौन-सी तारीख थी। केवल इतना याद है कि 'बन की सुन्दरी' का पांचवां सेट लग रहा था और बारिश बडे ज़ोरों पर थी कि नीलम को अचानक बहुत तेज़ बुखार हो गया। चूंकि मुझे स्टूडियो में कोई काम नहीं था, इसलिए मैं घंटों उसके पास बैठा उसकी तीमारदारी करता रहता। मलेरिया ने उसके चेहरे के सांवलेपन में एक अजीब किस्म का दुखदायी पीलापन पैदा कर दिया था। उसकी आंखों और उसके पतले होंठों के कोनों में, जिनमें अवर्णनीय मुस्कराहट खेलती थी, अब उनमें बेबसी की झलक दिखाई देती थी।

कुनेन की टिकियों से उसका शरीर काफी कमज़ोर हो गया था, इसलिए उसे अपनी कमज़ोर आवाज़ को ज़ोर लगाकर ऊंचा उठाना पड़ता था। उसका खयाल था कि शायद मेरे कान भी खराब हो गए हैं।

एक दिन जब उसका बुखार बिलकुल दूर हो गया और वह बिस्तर पर

लेटी नम्र स्वर में ईदनबाई को बीमारी में सहायक होने पर धन्यवाद दे रही थी कि नीचे से मोटर के हॉर्न की आवाज़ आई। मैंने देखा कि वह आवाज़ सुनकर नीलम के बदन में सुरसुरी-सी दौड़ गई।

थोड़ी देर बाद कमरे का सागवानी दरवाज़ा खुला और राजकिशोर खादी के सफेद कुर्ते और तंग पायजामे में अपनी पुरानी किस्म की बीवी के साथ कमरे में घुसा। ईदनबाई को ईदन बहन कहकर सलाम किया। मेरे साथ हाथ मिलाया और अपनी बीवी को, जो तीखे-तीखे नैन-नक्श वाली घरेलू किस्म की स्त्री थी, हम सबसे परिचित कराकर वह नीलम के पलंग पर बैठ गया। कुछ क्षणों तक वह यों ही मुस्कराता रहा, फिर उसने नीलम की ओर देखा और मैंने पहली बार उसकी धुली हुई आंखों में एक भारी भावुकता का बेड़ा तिरता हुआ देखा।

मैं अभी पूरी तरह संभल भी न पाया था कि उसने क्षमायाचना के भाव में कहना शुरू किया, "मैं बहुत दिनों से इरादा कर रहा था कि आपको देखने आऊं, लेकिन इस कमबख्त मोटर का इंजन कुछ ऐसा खराब हुआ कि दस दिन कारखाने में पड़ी रही। आज आई तो मैंने (अपनी बीवी की ओर इशारा करके) शान्ति से कहा—'भई चलो, इसी वक्त उठो—रसोई का काम कोई और कर लेगा, आज इत्तफाक से रक्षाबन्धन का त्योहार भी है, नीलम बहन की कुशलता भी पूछ आएंगे और उससे राखी भी बंधवाएंगे।" यह कहकर उसने अपने खादी के कुर्ते की जेब में से एक रेशमी फुदने वाला गजरा निकाला। नीलम के चेहरे पर पीलापन और ज़्यादा दुखदायी हो गया।

राजकिशोर जानबूझकर नीलम की ओर नहीं देख रहा था, इसलिए उसने ईदनबाई से कहा, "लेकिन ऐसे नहीं, खुशी का मौका है, बहन बीमार बन राखी नहीं बांधेगी...शान्ति, चलो उठो..."इनको लिपस्टिक आदि लगाओ, मेकअप बक्स कहां है...?"

सामने मेण्टलपीस पर नीलम का मेकअप बक्स पड़ा था। राजकिशोर ने लम्बे-लम्बे पग उठाए और उसे ले आया। नीलम चुप थी। उसके पतले होंठ भिच गए थे, जैसे वह अपनी चीख बड़ी मुश्किल से रोक रही थी।

जब शान्ति ने पतिव्रता स्त्री की भांति उठकर नीलम का मेकअप

करना चाहा तो उसने कोई प्रतिवाद न किया। ईदनबाई ने एक बेजान लाश को सहारा देकर उठाया और जब शान्ति ने बहुत ही बेढंगेपन से उसके होंठों पर लिपस्टिक लगानी शुरू की तो वह मेरी ओर देखकर मुस्कराई.. नीलम की वह मुस्कराहट एक मौन चीख थी।

मेरा खयाल था-नहीं, मुझे यकीन था कि एकदम कुछ होगा ...नीलम के खुले हुए होंठ एक धमाके के साथ बन्द हो जाएंगे और जिस तरह बरसात में पहाड़ी नाले बड़े-बड़े मज़बूत बन्द तोड़कर दीवानों की तरह आगे बढ़ जाते हैं, उसी तरह नीलम अपनी रुकी हुई भावुकता के तूफानी बहाव में हम सबके कदम उखाड़कर खुदा मालूम, किन गहराइयों में धकेल ले जाएगी। लेकिन आश्चर्य है कि वह बिलकुल चुप रही—उसके चेहरे का दुखदायी पीलापन गाजे और लाली के ढेर में छिपता रहा और वह पत्थर की मूर्ति की भांति बेबस बनी रही। अन्त में जब मेकअप पूरा हो गया तो उसने राजकिशोर से आश्चर्यजनक रूप से दृढ़तापूर्वक कहा, "लाइए, अब मैं राखी बांध दं।"

रेशमी फुदनों वाला गजरा थोड़ी देर में राजकिशोर की कलाई में था और नीलम, जिसके हाथ कांपने चाहिए थे, बड़े धैर्य और शान्ति के साथ उसमें गांठ दे रही थी। इस दौरान में एक बार फिर मुझे राजकिशोर की धुली हुई आंखों में एक कोमल भावुकता की झलक नज़र आई, जो तुरन्त ही उसकी हंसी में गायब हो गई।

राजकिशोर ने एक लिफाफे में रीति के अनुसार नीलम को कुछ रुपये दिए, जो उसने धन्यवाद देकर अपने तकिये के नीचे रख लिए। जब वे लोग चले गए, मैं और नीलम अकेले रह गए तो उसने मुझपर एक उजड़ी हुई निगाह डाली और तकिये पर सिर रखकर चुपचाप लेट गई। पलंग पर राजकिशोर अपना थैला भूल गया था। जब नीलम ने उसे देखा तो पांव से एक ओर कर दिया। मैं लगभग दो घंटे तक उसके पास अखबार पढ़ता रहा। जब उसने कोई बात न की तो मैं बिना कुछ कहे वहां से चला आया।

इस घटना के तीन दिन बाद मैं नागपाड़ा में अपनी नौ रुपये माहवार की कोठरी में बैठा शेव कर रहा था और दूसरी कोठरी में अपनी साथिन मिसेज़ फर्निडीज़ की गालियां सुन रहा था कि एकदम कोई अन्दर आया।

मैंने पलटकर देखा, नीलम थी।

एक क्षण के लिए मैंने सोचा कि नहीं, कोई और है। उसके होंठों पर गहरे लाल रंग की लिपस्टिक कुछ इस तरह फैली हुई थी, जैसे मुंह से खून निकलकर बहता रहा है और पोंछा नहीं गया। सिर का एक बाल भी सही हालत में नहीं था। सफेद साड़ी के चिथड़े उड़े हुए थे। ब्लाउज़ के तीन-चार हुक खुले हुए थे और उसकी सांवली छातियों पर खराशें नज़र आ रही थीं।

नीलम को उस हालत में देखकर मुझसे पूछा ही न गया कि तुम्हें क्या हुआ है और मेरी कोठरी का पता लगाकर कैसे पहुंची हो।

पहला काम मैंने यह किया कि दरवाज़ा बन्द कर दिया। जब मैं कुर्सी खींचकर उसके पास बैठा तो उसने अपनी लिपस्टिक से लिथड़े हुए होंठ खोले और कहा, "मैं सीधी यहां आ रही हैं।"

मैंने धीमे से पूछा, "कहां से?"

"अपने घर से...और मैं तुमसे यह कहने आई हूं कि अब वह बकवास जो शुरू हुई थी, खतम हो गई है।"

"कैसे?

"मुझे मालूम था कि वह फिर मेरे मकान पर आएगा। उस वक्त, जब और कोई नहीं होगा। और वह आया—अपना थैला लेने के लिए," यह कहते हुए उसके पतले होंठों पर जो लिपस्टिक ने बिलकुल बेशकल कर दिए थे, हलकी-सी अर्थपूर्ण मुस्कराहट उभरी। "वह अपना थैला लेने आया था—मैंने कहा, चलिए, दूसरे कमरे में पड़ा है। मेरा स्वर शायद बदला हुआ था, क्योंकि वह कुछ घबरा-सा गया। मैंने कहा, घबराइए नहीं.. जब हम दूसरे कमरे में घुसे तो मैं थैला देने के बजाय ड्रेसिंग-टेबल के सामने बैठ गई और मेकअप करना शुरू कर दिया।"—इतना कहकर वह चुप हो गई। सामने मेरी टूटी हुई मेज़ पर शीशे के गिलास में पानी पड़ा था। उसे उठाकर नीलम गटागट चढ़ा गई और साड़ी के छोर से अपने होंठ पोंछकर उसने फिर कहना शुरू किया, "मैं एक घंटे तक मेकअप करती रही। जितनी लिपस्टिक होंठों पर थुप सकती थी, मैंने थोपी...जितनी लाली मेरे गालों पर चढ़ सकती थी, मैंने चढ़ाई। वह चुप एक कोने में खड़ा शीशे में मेरी शक्ल देखता रहा। जब मैं बिलकुल चुडैल बन गई

तो मजबूत कदमों के साथ चलकर मैंने दरवाज़ा बन्द कर दिया।"

"फिर क्या हुआ?"

मैंने जब अपने सवालों का जवाब पाने के लिए नीलम की ओर देखा तो वह मुझे बिलकुल दूसरी नज़र आई। साड़ी से होंठ पोंछने के बाद उसके होंठों की रंगत कुछ अजीब-सी हो गई थी। इसके अलावा उसके चेहरे के हाव-भाव ऐसे हो गए थे, जैसे लाल गरम किए हुए लोहे को हथौड़े से पीटा गया हो। उस समय तो वह चुडैल नज़र नहीं आ रही थी, लेकिन जब उसने मेकअप किया होगा तो ज़रूर चुडैल दिखाई देती होगी।

मेरे प्रश्न का उत्तर उसने तुरन्त ही नहीं दिया—चारपाई से उठकर वह मेरी मेज़ पर बैठ गई और कहने लगी, "मैंने उसको झंझोड़ दिया—जंगली बिल्ली की तरह मैं उसके साथ चिपट गई। उसने मेरा मुंह नोचा, मैंने उसका। बहुत देर तक हम दोनों एकदूसरे के साथ कुश्ती लड़ते रहे...ओह... उसमें बला की ताकत थी...! लेकिन...लेकिन...जैसाकि मैं तुमसे एक बार कह चुकी हूं, मैं बहुत ज़बरदस्त औरत हूं...मेरी कमज़ोरी...वह कमज़ोरी, जो मलेरिया ने पैदा की थी, मुझे बिलकुल न मालूम हुई। मेरा शरीर तप रहा था...मेरी आंखों से चिनगारियां निकल रही थीं...मेरी हड्डियां कड़ी हो रही थीं। मैंने उसे पकड़ लिया—मैंने उससे बिल्लियों की तरह लड़ना शुरू किया...मुझे मालूम नहीं था क्यों...मुझे पता नहीं था किस लिए...बेसोचे-समझे उससे भिड़ गई। हम दोनों ने कोई भी ऐसी बात ज़बान से न निकाली, जिसका मतलब कोई दूसरा समझ सके...मैं चीखती रही...वह केवल हूं-हूं करता रहा। उसके सफेद खादी के कुर्ते की कई धज्जियां मैंने इन उंगलियों से नोची...उसने मेरे बालों की कई लटें जड़ से निकाल डालीं...उसने अपनी सारी ताकत खर्च कर दी, लेकिन मैंने इरादा कर लिया था कि विजय मेरी ही रहेगी...इसलिए वह कालीन पर मुर्दे की तरह लेटा था और मैं इतनी हांफ रही थी। ऐसा लगता था कि मेरी सांस एकदम रुक जाएगी...इतना हांफते हुए भी मैंने उसके कुर्ते को लीर-लीर कर दिया। उस समय जब मैंने उसका चौड़ा-चकला सीना देखा तो मुझे मालूम हुआ कि वह बकवास क्या थी... वही बकवास, जिसके बारे में हम दोनों सोचते थे और कुछ समझ नहीं सकते

थे...” यह कहकर वह तेज़ी से उठ खड़ी हुई और अपने बिखरे हुए बालों को सिर के झटके से एक ओर हटाकर कहने लगी, “सादित, कमबखत का शरीर वास्तव में ही सुन्दर है...जाने मुझे क्या हुआ...एकदम मैं उसपर झुकी और उसे काटना शुरू कर दिया...वह सी-सी करता रहा; लेकिन जब मैंने उसके होंठों से अपने लहूभरे होंठ लगाए और उसे एक खतरनाक जलता हुआ चुम्बन दिया तो वह गर्भवती स्त्री की भांति ठंडा हो गया...मैं उठकर खड़ी हुई...मुझे उससे एकदम घृणा उत्पन्न हो गई मैंने पूरी ऊंचाई से उसकी ओर नीचे देखा...उसके सुन्दर शरीर पर मेरे खून और लिपस्टिक की लाली ने बहुत बुरे बेलबूटे बना दिए थे...मैंने अपने कमरे की ओर देखा तो हर चीज़ बनावटी नज़र आई। इसलिए मैंने जल्दी से दरवाज़ा खोला कि शायद मेरा दम घुट जाएगा, और सीधी तुम्हारे पास चली आई।”

यह कहकर वह चुप हो गई—मुर्दे की तरह चुप। मैं डर गया। उसका एक हाथ, जो मेज़ से नीचे लटक रहा था, मैंने छुआ, आग की तरह गरम था।

“नीलम...नीलम...”

मैंने कई बार उसे ज़ोर से पुकारा, लेकिन उसने कोई जवाब न दिया। आखिर मैंने जब बहुत ज़ोर से भयानक आवाज़ में नीलम कहा तो वह चौंकी और उठकर जाते हुए उसने केवल यह कहा, “सादित, मेरा नाम राधा है।”

शाहदौले का चूहा

सलीमा की जब शादी हुई तो वह इक्कीस वर्ष की थी। पांच वर्ष हो गए, लेकिन उसके यहां सन्तान न हुई। उसकी मां और सास को बहुत चिन्ता थी। मां को अधिक चिन्ता थी, क्योंकि वह सोचती थी कि कहीं सलीमा का पति नजीब दूसरी शादी न कर ले। कई डॉक्टरों से परामर्श भी लिया गया, लेकिन कोई बात न बनी।

सलीमा को स्वयं भी बहुत चिन्ता थी। शादी के बाद बहुत कम लड़कियां ऐसी होती हैं, जिन्हें संतान की इच्छा न हो। उसने अपनी मां से कई बार मशवरा किया। मां की हिदायतों पर भी अमल किया, लेकिन परिणाम कुछ न निकला।

एक दिन उसकी एक सहेली, जो बांझ घोषित कर दी गई थी, उसके पास आई। सलीमा को बड़ा आश्चर्य हुआ, क्योंकि उसकी गोद में एक गुलगूथना-सा लड़का था। सलीमा ने उससे उसी आश्चर्य के भाव में पूछा, "फातमा, तुम्हारे यह लड़का कैसे पैदा हुआ?"

फातमा उससे पांच साल बड़ी थी। उसने मुस्कराकर कहा, "यह शाहदौले साहब की मेहरबानी है। मुझसे एक औरत ने कहा कि अगर तुम औलाद चाहती हो तो गुजरात जाकर शाहदौले साहब के मज़ार पर मिन्नत करो और कहो कि मेरे जो पहला बच्चा होगा, उसे चढ़ावे के तौर पर मैं आपकी खानकाह पर चढ़ाऊंगी।"

उसने सलीमा को यह भी बताया कि जब शाहदौले साहब के मज़ार पर ऐसी मिन्नत की जाए तो पहला बच्चा ऐसा पैदा होता है, जिसका सिर

बहुत ही छोटा होता है। फातमा की यह बात सलीमा को पसंद न आई, और जब उसने नजीब से कहा कि पहला बच्चा उसकी खानकाह में छोड़ आना पड़ता है तो उसको दुःख हुआ।

उसने सोचा, कौन ऐसी मां है, जो अपने बच्चे से हमेशा के लिए अलग हो सकती है! उसका सिर छोटा हो, नाक चपटी हो, आंखें भेंगी हों, लेकिन मां उसे घरे पर नहीं फेंक सकती। कुछ भी हो, उसे संतान चाहिए थी, इसलिए वह अपने से अधिक आयु वाली सहेली की बात मान गई। वह गुजरात की रहने वाली थी, जहां शाहदौले का मज़ार था। उसने अपने पति से कहा, "फातमा मजबूर कर रही है कि मेरे साथ चलो, इसलिए आप मुझे इजाजत दें कि उसके साथ चली जाऊं।" उसके पति को क्या आपत्ति हो सकती थी! उसने कहा, "जाओ, लेकिन जल्दी लौट आना।"

वह फातमा के साथ गुजरात चली गई।

शाहदौला का मज़ार जैसाकि उसका खयाल था, किसी कीमती पत्थर की इमारत नहीं थी। अच्छी-खासी खुली जगह थी, जो सलीमा को पसंद आई। लेकिन जब उसने एक ओर भीड़ में शाहदौले के चूहे देखे, जिनकी नाक से रीठ बह रहा था और उनका दिमाग बिलकुल गायब था, तो वह सिहर उठी।

उसके सामने एक जवान लड़की थी, जो अपने पूरे यौवन पर थी, लेकिन वह कुछ ऐसी हरकतें कर रही थी कि गम्भीर से गम्भीर व्यक्ति को भी हंसी आ सकती थी। सलीमा उसको देखकर एक क्षण के लिए हंसी, लेकिन तुरंत ही उसकी आंखों में आंसू आ गए। सोचने लगी कि उस लड़की का क्या होगा? वहां के मालिक उसे किसीके हाथ बेच देंगे, जो बंदरिया बनाकर उसे जगह-जगह घुमाएंगे। वह बेचारी उनकी रोजी का साधन बन जाएगी।

उसका सिर बहुत छोटा था। लेकिन उसने सोचा कि यदि सिर छोटा है तो मनुष्य का भाग्य तो छोटा नहीं है। वह तो पागलों के साथ भी लगा है।

शाहदौले की इस चुहिया का शरीर बहुत सुन्दर था। उसके सब अंग जहां के तहां दुरुस्त थे, लेकिन ऐसा लगता था कि उसकी चेतनाशक्ति को जानबूझकर समाप्त कर दिया गया है। वह इस प्रकार चलती-फिरती और हंसती थी, जैसे कोई कूक-भरा खिलौना हो। सलीमा ने अनुभव किया कि

वह इसी उद्देश्य के लिए बनाई गई है।

लेकिन इन सब अनुभवों के बावजूद उसने अपनी सहेली फातमा के कहने पर शाहदौला साहब के मज़ार पर मन्नत मांगी कि यदि उसके बच्चा हुआ तो वह उनकी भेंट कर देगी।

डॉक्टरी इलाज सलीमा ने जारी रखा। दो महीने के बाद बच्चे की पैदाइश के लक्षण हो गए। वह बहुत खुश हुई। निश्चित समय पर उसके यहां लड़का पैदा हुआ, जो बहुत ही सुन्दर था। गर्भ के दौरान चूंकि चन्द्र-ग्रहण हुआ था, इसलिए उसके दाहिने गाल पर एक छोटा-सा काला दाग था, जो बुरा नहीं लगता था।

फातमा आई तो उसने कहा, बच्चे को तुरंत शाहदौले साहब की भेंट कर देना चाहिए। सलीमा स्वयं यह स्वीकार कर चुकी थी। फिर भी कई दिनों तक वह टालमटोल करती रही। उसकी ममता मानती नहीं थी कि वह अपनी आंखों के तारे बेटे को वहां फेंक आए।

उससे कहा गया था कि शाहदौले साहब से जो संतान मांगता है, उसके पहले बच्चे का सिर छोटा होता है। लेकिन उसके लड़के का सिर तो काफी बड़ा था। फातमा ने उससे कहा, 'यह कोई ऐसी बात नहीं, जिसका तुम बहाना बना सको। तुम्हारा बच्चा शाहदौले साहब की अमानत है। तुम्हारा इसपर कोई हक नहीं। अगर तुम अपने वादे से फिर गईं तो याद रखो, तुमपर ऐसा कहर टूटेगा कि तुम ज़िन्दगी-भर याद रखोगी।"

दुखी दिल से सलीमा को अपना गुलगूथना-सा बेटा, जिसके दाहिने गाल पर तिल था, गुजरात जाकर शाहदौले साहब के मज़ार पर उनके सेवकों को देना पड़ा।

वह इतनी रोई, उसको इतना दुःख हुआ कि बीमार पड़ गई। एक वर्ष तक ज़िन्दगी और मौत के बीच उलझी रही। वह अपने बच्चे को भुला ही नहीं पाती थी। विशेष रूप से उसे उसके दाहिने गाल का काला दाग बार-बार याद आता था, जिसे वह अकसर चूमा करती थी, क्योंकि वह जहां भी था, बहुत अच्छा लगता था।

उस बीच में एक क्षण को भी उसने अपने बच्चे को अलग नहीं किया। वह विचित्र-विचित्र स्वप्न देखती। शाहदौला चूहे के रूप में परेशान-सा प्रकट

होता। उसके मांस को अपने तेज़ दांतों से कुतरता। वह चीख उठती और अपने पति से कहती, "मुझे बचाओ! देखो, चूहा मेरा मांस खा रहा है!"

कभी उसका बेचैन दिमाग यह सोचता कि उसका बच्चा चूहों के बिल के अन्दर दाखिल हो रहा है। वह उसकी पूंछ खींच रही है। लेकिन बिल के अन्दर जो बड़े-बड़े चूहे हैं, उन्होंने उसकी थूथनी पकड़ ली है। इसलिए वह उसे बाहर नहीं निकाल सकती।

कभी उसकी नज़रों के सामने वह लड़की आती, जो पूरे यौवन पर थी और जिसको उसने शाहदौले साहब के मज़ार के बगल में देखा था। सलीमा हंसना शुरू कर देती, लेकिन थोड़ी देर बाद रोने लगती। वह इतना रोती कि उसके पति नजीब की समझ में न आता कि वह कैसे उसके आंसू खुश्क करे।

सलीमा को हर जगह चूहे नज़र आते थे—बिस्तर पर, रसोईघर में, गुसलखाने में, सोफे पर, दिल में, कानों में। कभी-कभी तो वह यह अनुभव करती कि वह स्वयं एक चुहिया है। उसकी नाक से रीठ बह रहा है। वह शाहदौले के मज़ार के निवासियों में अपना छोटा, बहुत ही छोटा सिर अपने कमज़ोर कन्धों पर उठाए ऐसी हरकतें कर रही है कि देखने वाले हंस-हंसकर लोट-पोट हो रहे हैं। उसकी स्थिति बड़ी दयनीय थी।

उसको सारी सृष्टि में काले-काले धब्बे ही नज़र आते। बुखार हलका हुआ तो सलीमा की तबीयत कुछ संभली। नजीब को कुछ संतोष हुआ। वह जानता था कि सलीमा की बीमारी का क्या कारण है। वह बहुत गंभीर प्रकृति का व्यक्ति था। उसे अपनी पहली संतान के चढ़ावे में चले जाने का कोई दुःख न था। जो कुछ किया गया था, वह उसे बिलकुल ठीक मानता था। वह तो यह सोचता था कि उसके जो बेटा हुआ था, वह उसका नहीं, शाहदौले साहब का था।

जब सलीमा का बुखार उतर गया और मन-मस्तिष्क का तूफान ठंडा पड़ गया तो नजीब ने उससे कहा, "मेरी जान, अपने बच्चे को भूल जाओ, वह सदके का था।"

सलीमा ने बड़े दुःख-भरे स्वर में कहा, "मैं नहीं मानती। सारी उम्र मैं अपनी ममता पर लानत भेजती रहूंगी कि मैंने इतना बड़ा गुनाह क्यों किया कि अपनी आंखों का तारा बेटा मज़ार के नौकरों के हवाले कर दिया। ये

नौकर मां तो नहीं हो सकते।" एक दिन वह गायब हो गई। सीधी गुजरात पहुंची और सातआठ दिन तक वहां रही। उसने अपने बच्चे के बारे में पूछताछ की, लेकिन कोई पता-ठिकाना न मिला। निराश होकर वाप सआ गई और अपने पति से कहा, "मैं अब उसे याद नहीं करूंगी।"

याद तो वह करती रही, लेकिन दिल ही दिल में। उसके बच्चे के दाहिने गाल का दाग उसके दिल का दाग बनकर रह गया था। एक वर्ष के बाद उसके यहां एक लड़की का जन्म हुआ। उसकी शक्ल उसके पहलौठी के लड़के से बहुत मिलती थी। अलबत्ता उसके दाहिने गाल पर दाग नहीं था। उसका नाम उसने मुजीबा रखा, क्योंकि अपने बेटे का नाम उसने मुजीब सोचा था। जब वह दो महीने की हुई तो उसने उसको गोद में उठाया और सुरमेदानी से थोड़ा सुरमा निकालकर उसके दाहिने गाल पर एक बड़ा-सा तिल बना दिया और मुजीब को याद करके रोने लगी। उसके आंसू गालों पर टपके तो उसने तुरंत ही अपने दुपट्टे से पोंछे और हंसने लगी। वह कोशिश करना चाहती थी कि अपना दुःख भूल जाए।

इसके बाद सलीमा के दो लड़के पैदा हुए। उसका पति अब बहुत प्रसन्न था।

एक बार सलीमा को किसी सहेली की शादी के अवसर पर गुजरात जाना पड़ा तो उसने फिर एक बार अपने मुजीब के बारे में पूछताछ की, लेकिन सफलता न मिली। उसने सोचा कि शायद मर गया है, इसलिए बृहस्पतिवार को उसने उसकी अन्त्येष्टि-क्रिया अच्छी तरह करा दी।

अड़ोस-पड़ोस की सब स्त्रियां आश्चर्य में थीं कि किसके बारे : में यह इतना झंझट किया गया है। किसी-किसीने सलीमा से पूछा भी, लेकिन उसने किसीको कुछ उत्तर न दिया।

शाम को उसने अपनी दस बरस की लड़की मुजीबा का हाथ पकड़ा और अन्दर कमरे में ले गई। सुरमे से उसके दाहिने गाल पर बड़ा-सा तिल बनाया और देर तक उस तिल को चूमती रही।

वह मुजीबा ही को अपना खोया हुआ बेटा मानती थी। अब उसने उसके बारे में सोचना छोड़ दिया था। उसकी अन्त्येष्टि-क्रिया कराने के बाद उसके दिल

का बोझ हलका हो गया था। उसने अपने दिल की दुनिया में उसकी कब्र भी बना ली थी, जिसपर वह अपने विचारों की दुनिया में फूल भी चढ़ाया करती थी।

उसके तीन बच्चे स्कूल में पढ़ते थे। उनको हर रोज़ प्रातः सलीमा तैयार करती। उनके लिए नाश्ता बनवाती। हर एक को नहलाती-संवारती। जब वे चले जाते तो एक क्षण के लिए अपने मुजीब का खयाल आता। यद्यपि वह उसकी अन्त्येष्टि-क्रिया करा चुकी थी और उसके दिल का बोझ हलका हो गया था, फिर भी उसको कभी-कभी ऐसा लगता कि मुजीब के दाहिने गाल का काला दाग उसके दिमाग में मौजूद है।

एक दिन उसके तीनों बच्चे भागे-भागे आए और उससे कहने लगे, "अम्मी, हम तमाशा देखना चाहते हैं।"

उसने बड़े स्नेह से पूछा, "कैसा तमाशा?"

उसकी लड़की ने, जो सबसे बड़ी थी, कहा, "अम्मीजान, एक आदमी है, वह बड़ा अच्छा तमाशा दिखाता है।"

सलीमा ने कहा, "जाओ, उसको बुला लाओ। घर के अन्दर न आए, बाहर तमाशा करे।"

बच्चे भागे हुए गए और उस आदमी को बुला लाए और तमाशा देखते रहे। जब वह खत्म हो गया तो मुजीबा अपनी मां के पास गई, ताकि पैसे दे दे। मां ने अपने पर्स से चवन्नी निकाली और बाहर बरामदे में गई। बाहर दरवाज़े के पास पहुंची तो शाहदौले का एक चूहा खड़ा विचित्र मुद्रा में अपना सिर हिला रहा था। सलीमा को हंसी आ गई।

दस-बारह बच्चे उसके आसपास जमा थे। इतना शोर मचा था कि कान पड़ी आवाज़ सुनाई नहीं देती थी। सलीमा चवन्नी हाथ में लिए आगे बढ़ी और उसने शाहदौले के उस चूहे को देनी चाही तो उसका हाथ एकदम पीछे हट गया, मानो बिजली का कर्रेट छू गया हो। उ स चूहे के दाहिने गाल पर काला दाग था। सलीमा ने ध्यान से उसकी ओर देखा। उसकी नाक से रीठा बह रहा था। मुजीबा ने, जो उसके पास खड़ी थी, अपनी मां से कहा, "यह ...यह चूहा अम्मीजान, इसकी शक्ल मुझसे क्यों मिलती है? मैं भी क्या चुहिया हूं?"

सलीमा ने उस शाहदौले के चूहे का हाथ पकड़ा और अन्दर ले गई।

दरवाज़ा बन्द करके उसको चूमा। उसकी बलाएं लीं। वह उसका मुजीब था; लेकिन वह ऐसी विचित्र हरकतें करता था कि सलीमा के दुःख-भरे दिल में हंसी आते-आते रह जाती थी।

उसने मुजीब से कहा, "बेटे, मैं तुम्हारी मां हूं।"

शाहदौले का चूहा बहुत ही ज़ोर से हंसा। अपनी नाक की रीठ आस्तीन से पोंछकर उसने अपनी मां के सामने हाथ फैलाया, "एक पैसा!" मां ने अपना पर्स खोला, लेकिन उसकी आंखें अपनी आंसुओं की नदी पहले ही खोल चुकी थीं। उसने सौ रुपये का नोट निकाला और बाहर जाकर उस आदमी को दिया, जो उसको तमाशा बनाए हुए था। उसने इनकार कर दिया कि इतनी कम कीमत पर अपनी रोज़ी के साधन को नहीं बेच सकता। अन्त में सलीमा ने उसे पांच सौ रुपये पर राजी कर लिया। वह रकम देकर जब वह अन्दर आई तो मुजीब गायब था। मुजीबा ने उसको बताया कि वह पिछवाड़े से बाहर निकल गया था।

सलीमा की कोख पुकारती रही कि मुजीब, वापस आ जाओ, लेकिन वह ऐसा गया कि फिर वापस न आया।

मम्मी

उसका नाम मिसेज़ स्टैला जैक्सन था, मगर सब उसे मम्मी कहते थे। दर्मियाने कद की अधेड़ उम्र की स्त्री थी। उसका पति जैक्सन प्रथम महायुद्ध में मारा गया था। उसकी पेंशन स्टैला को लगभग दस वर्ष से मिल रही थी।

वह पूना में कैसे आई, कब से वहां थी, इसके बारे में मुझे कुछ मालूम नहीं। दरअसल मैंने उसके बारे में कुछ जानने की कभी कोशिश ही नहीं की। वह इतनी दिलचस्प स्त्री थी कि उससे मिलकर सिवाय उसके व्यक्तित्व के और किसी चीज़ से दिलचस्पी नहीं रहती थी। उससे कौन सम्बन्धित है, यह जानने की आवश्यकता ही महसूस न होती थी, क्योंकि वह पूना के ज़र्रे-ज़र्रे से परिचित थी। हो सकता है कि यह एक हद तक अतिशयोक्ति हो, लेकिन मेरे लिए पूना वही पूना है। उसके वही ज़र्रे, उसके तमाम ज़र्रे हैं, जिनके साथ मेरी कुछ यादें जुड़ी हुई हैं—और मम्मी का विचित्र व्यक्तित्व उनमें से हर एक में विद्यमान है।

उससे मेरी पहली मुलाकात पूना में ही हुई...मैं बहुत ही सुस्त किस्म का आदमी हूं। यों घुमक्कड़ी की बड़ी-बड़ी उमंगें मेरे दिल में मौजूद हैं, और अगर आप मेरी बातें सुनें तो आपको लगेगा कि मैं कंचनजंघा या हिमालय की इसी तरह की किसी अन्य चोटी को सर करने के लिए निकल जाने वाला हूं। ऐसा हो सकता है, लेकिन इससे भी अधिक संभावना इस बात की है कि वह चोटी सर करके मैं वहीं का हो रहूं।

खुदा जाने कितने बरसों से बम्बई में था। आप इससे अंदाजा लगा सकते हैं कि जब मैं पूना गया तो बीवी मेरे साथ थी। एक लड़का होकर उसको मरे

करीब-करीब चार बरस हो गए थे। इस बीच मैं...ठहरिए, मैं हिसाब लगा लूं... आप यह समझ लीजिए कि आठ बरस से बम्बई में था, लेकिन उस बीच में मुझे वहां का विक्टोरिया गार्डन और म्यूजियम देखने की भी फुर्सत नहीं मिली थी। यह तो केवल संयोग की बात थी कि मैं एकदम पूना जाने के लिए तैयार हो गया। जिस फिल्म-कम्पनी में नौकर था, उसके मालिकों से एक मामूली-सी बात पर मनमुटाव हो गया और मैंने सोचा कि यह कटुता दूर करने के लिए पूना हो आऊं। वह भी इसलिए कि वह पास था और मेरे कुछ मित्र वहां रहते थे।

मुझे प्रभातनगर जाना था, जहां मेरा फिल्मों का एक पुराना साथी रहता था। स्टेशन से बाहर निकलने पर मालूम हुआ कि वह जगह काफी दूर है, लेकिन तब तक हम तांगा ले चुके थे।

सुस्त रफ्तार से चलने वाली चीज़ों से मेरी तबीयत बहुत घबराती है, लेकिन मैं अपने दिल की रंजिश को दूर करने के लिए यहां आया था, इसलिए मुझे प्रभातनगर जाने की बहुत जल्दी थी। तांगा बहुत ही वाहियात किस्म का था, अलीगढ़ के इक्कों से भी ज़्यादा वाहियात, जिनमें हर समय गिरने का खतरा बना रहता है। घोड़ा आगे चलता है, और सवारियां पीछे। एकदो गर्द से अटे बाजारों और सड़कों को पार करते-करते मेरी तबीयत घबरा गई। मैंने अपनी बीवी से मशवरा किया और पूछा कि ऐसी हालत में क्या करना चाहिए। उसने कहा कि धूप तेज़ है। मैंने जो और तांगे देखे हैं, वे भी इसी तरह के हैं। अगर इसे छोड़ दिया तो पैदल चलना होगा, जो जाहिर है कि इस सवारी से ज़्यादा तकलीफदेह है। बात ठीक थी। धूप सचमुच बहुत तेज़ थी।

घोड़ा एक फलांग आगे बढ़ा होगा कि पास से वैसा ही वाहियात किस्म का तांगा गुजरा। मैंने सरसरी तौर पर उधर देखा। तभी एकदम कोई चिल्लाया, "ओए मंटो के घोड़े!"

मैं चौंक पड़ा। चड्ढा था, एक घिसी हुई मेम के साथ। दोनों साथ-साथ जुड़कर बैठे थे। मेरी पहली प्रतिक्रिया बड़ी दुखद थी कि चड्ढे की सौन्दर्यप्रियता कहां गई, जो ऐसी लाल लगामी के साथ बैठा है। उम्र का ठीक अंदाज़ तो मैंने उस समय नहीं किया था, मगर उस स्त्री की झुर्रियां पाउडर

1. 'बूढ़ी घोड़ी लाल लगाम'-मुहावरा।

और रूज़ की तहों में से भी साफ दिखाई देती थीं। इतना शोख मेकअप था कि देखने से आंखों को कष्ट होता था।

मैंने चड्ढे को काफी समय के बाद देखा था। वह मेरा बेतकल्लुफ दोस्त था। 'ओए मंटो के घोड़े!' के जवाब में मैंने भी कुछ इसी किस्म का नारा लगाया होता, लेकिन उस स्त्री को उसके साथ देखकर मेरी सारी बेतकल्लुफी झिरियां-झिरियां हो गई।

मैंने अपना तांगा रुकवा लिया। चड्ढे ने भी अपने कोचवान को ठहरने के लिए कहा। फिर उसने उस स्त्री से अंग्रेजी में कहा, "मम्मी, जस्ट ए मिनट।"

तांगे से कूदकर वह मेरी ओर अपना हाथ बढ़ाते हुए चिल्लाया, "तुम!...तुम यहां कैसे आए?" फिर अपना बढ़ा हुआ हाथ बड़ी बेतकल्लुफी से मेरी पुरतकल्लुफ बीवी से मिलाते हुए कहा, "भाभीजान, आपने कमाल कर दिया! इस गुलमुहम्मद को आखिर आप खींचकर यहां ले ही आई!"

मैंने उससे पूछा, "तुम जा कहां रहे हो?"

चड्ढे ने ऊंचे स्वर में कहा, "एक काम से जा रहा हूं-तुम ऐसा करो, सीधे.... वह एकदम पलटकर मेरे तांगे वाले से मुखातिब हुआ, 'देखो, साहब को हमारे घर ले जाओ--किरायाविराया मत लेना इनसे।" उधर से तुरंत ही निपटकर उसने निश्चित सा होकर मुझसे कहा, "तुम जाओ, नौकर वहां होगा, बाकी तुम देख लेना।"

और वह फुदककर अपने तांगे में उस बूढ़ी मेम के साथ जा बैठा, जिसको उसने मम्मी कहा था। इससे मुझे एक प्रकार का सन्तोष हुआ था, बल्कि यों कहिए कि जो बोझ एकदम उन दोनों को साथ-साथ देखकर मेरे सीने पर आ पड़ा था, काफी हद तक हलका हो गया था।

उसका तांगा चल पड़ा। मैंने अपने तांगे वाले से कुछ न कहा। तीन या चार फर्लांग चलकर वह एक डाक बंगले की तरह की इमारत के पास रुका और नीचे उतरकर बोला, "चलिए साहब....

मैंने पूछा, "कहां?"

उसने जवाब दिया, "चड्ढा साहब का मकान यही है।"

"ओह!" मैंने प्रश्नवाचक दृष्टि से अपनी बीवी की ओर देखा। उसके

तेवरों ने मुझे बताया कि वह चड्ढे के मकान में रहने के हक में नहीं थी। सच पूछिए तो वह पूना आने के ही हक में नहीं थी। उसको यकीन था कि मुझको वहां पीने-पिलाने वाले दोस्त मिल जाएंगे। मनःसंताप दूर करने का बहाना पहले से ही मौजूद है, इसलिए दिन-रात उड़ेगी। मैं तांगे से उतर गया। छोटा-सा अटैची केस था, वह मैंने उठाया और अपनी बीवी से कहा, "चलो!"

वह शायद मेरे तेवरों से भांप गई थी कि हर हालत में उसे मेरा फैसला मानना होगा, इसलिए उसने कोई हील-हुज्जत न की और चुपचाप मेरे साथ चल पड़ी।

बहुत मामूली किस्म का मकान था। ऐसा मालूम होता था कि मिलिट्री वालों ने टेम्परेरी तौर पर एक छोटा-सा बंगला बनाया था। कुछ दिन उसे इस्तेमाल किया और फिर छोड़कर चलते बने। चूने और कीच का काम बड़ा कच्चा था। जगह-जगह से पलस्तर उखड़ा हुआ था और घर के भीतर का भाग वैसा ही था, जैसाकि एक लापरवाह कुंआरे का हो सकता है, जो फिल्मों का हीरो हो और ऐसी कम्पनी में नौकर हो, जहां महीने की तनख्वाह हर तीसरे महीने मिलती हो और वह भी कई किस्तों में।

मुझे इस बात का पूरा एहसास था कि वह स्त्री, जो बीवी हो, ऐसे गंदे वातावरण में निश्चय ही परेशानी और घुटन महसूस करेगी। लेकिन मैंने सोचा था कि चड्ढा आ जाए तो उसके साथ ही प्रभातनगर चलेंगे। वहां जो मेरा फिल्मों का पुराना साथी रहता था, उसकी बीवी और बाल-बच्चे भी थे। वहां के वातावरण में मेरी बीवी जैसे-तैसे दो-तीन दिन काट सकती थी।

नौकर भी अजीब बेफिक्रा आदमी था। जब हम उस घर में पहुंचे तो सब दरवाज़े खुले थे, और वह मौजूद नहीं था। जब वह आया तो उसने हमारी मौजूदगी की ओर कोई ध्यान न दिया, जैसे हम बरसों से वहीं बैठे थे और इसी तरह बैठे रहने का इरादा किए हुए थे।

जब वह कमरे में प्रवेश कर हमें देखे बिना पास से गुज़र गया तो मैंने समझा कि कोई मामूली एक्टर है, जो चड्ढा के साथ रहता है। लेकिन जब मैंने उससे नौकर के बारे में पूछताछ की तो मालूम हुआ कि वही हज़रत चड्ढा साहब के चहेते नौकर थे।

मुझे और मेरी बीवी दोनों को प्यास लग रही थी। उससे पानी लाने को कहा तो वह गिलास ढूढ़ने लगा। बड़ी देर के बाद उसने एक टूटा हुआ जग अलमारी के नीचे से निकाला और बड़बड़ाया, "रात एक दर्जन गिलास साहब ने मंगवाए थे, मालूम नहीं किधर गए।"

मैंने उसके हाथ में पकड़े हुए जग की ओर इशारा किया, "क्या आप इसमें तेल लेने जा रहे हैं?"

'तेल लेने जाना' बम्बई का एक खास मुहावरा है। मेरी बीवी इसका मतलब न समझी, मगर हंस पड़ी। नौकर बौखला गया, "नहीं साहब...मैं ...तलाश कर रहा था कि गिलास कहां है।"

मेरी बीवी ने उसको पानी लाने से मना कर दिया। उसने वह टूटा हुआ जग वापस अलमारी के नीचे इस तरह से रखा कि जैसे वही उसकी जगह थी, अगर उसे कहीं और रख दिया तो सारी व्यवस्था अस्त-व्यस्त हो जाएगी। इसके बाद वह यों कमरे से बाहर निकला, जैसे उसे मालूम था कि हमारे मुंह में कितने दांत है।

मैं पलंग पर बैठा था, जो शायद चड्डा का था। इससे कुछ दूर हटकर दो आरामकुर्सियां थीं। उनमें से एक पर मेरी बीवी बैठी पहल बदल रही थी। काफी देर तक हम दोनों खामोश रहे। इतने में चड्डा आ गया। वह अकेला था। उसको इस बात का बिलकुल एहसास नहीं था कि हम उसके मेहमान हैं और इस लिहाज़ से उसे हमारी खातिरदारी करनी चाहिए। कमरे में दाखिल होते ही उसने मुझसे कहा, "वेट इज वेट। तो तुम आ गए ओल्ड बाय! चलो, ज़रा स्टूडियो तक हो आएं। तुम साथ होगे तो एडवांस मिलने में आसानी हो जाएगी...आज शाम को...।" मेरी बीवी पर उसकी नज़र पड़ी तो वह रुक गया और खिलखिलाकर हंसने लगा। "भाभीजान, कहीं आपने इसे मौलवी तो नहीं बना दिया?" फिर और ज़ोर से हंसा, "मौलवियों की ऐसी-तैसी! उठो मंटो, भाभीजान यहां बैठती हैं, हम अभी आ जाएंगे।"

मेरी बीवी जल-भुनकर पहले कोयला थी तो अब बिलकुल राख हो गई थी। मैं उठा और चड्डा के साथ हो लिया। मुझे मालूम था कि थोड़ी देर तक क्रोधित होकर वह सो जाएगी। अतएव यही हुआ। स्टूडियो पास ही

था। अफरा-तफरी में मेहताजी के सिर चढ़कर चड्ढा ने दो सौ रुपये वसूल कर लिए और पौन घंटे में जब हम वापस आए तो देखा कि वह बड़े मज़े से आरामकुर्सी पर सो रही थी। हमने उसे परेशान करना उचित न समझा और दूसरे कमरे में चले गए, जो कबाड़खाने से मिलता-जुलता था। इसमें जो चीजें थीं, वे अजीब तरीके से टूटी हुई थीं, जो सब मिल एक कर पूर्णता का दृश्य प्रस्तुत कर रही थीं।

हर चीज़ पर गर्द जमी थी और उस जमी हुई गर्द में भी एक प्रकार का अपनापन था, जैसे उसकी मौजूदगी उस कमरे में ज़रूरी हो। चड्ढा ने तुरंत ही अपने नौकर को ढूंढ निकाला और उसे सौ रुपये का नोट देकर कहा, "चीन के शहजादे! दो बोतलें थर्ड क्लास रम की ले आओ.. मेरा मतलब है, 'थ्री एक्स' रम की और आधा दर्जन गिलास।"

मुझे बाद में मालूम हुआ कि उसका नौकर सिर्फ चीन का ही नहीं, दुनिया के हर बड़े देश का शहजादा था। चड्ढे की ज़बान पर जिस देश का नाम आ जाता, वह उसीका शहजादा बन जाता था। उस समय का चीन का शहज़ादा सौ का नोट उंगलियों से खड़खड़ाता चला गया।

चड्ढा ने टूटे हुए स्प्रिंगों वाले पलंग पर बैठकर अपने होंठ थ्री एक्स रम के स्वागत में चटखारते हुए कहा, "वेट इज़ वेटआफ्टर ऑल, तुम इधर आ ही निकले।" फिर एकदम चिन्तित होकर बोला, 'यार, भाभी का क्या होगा? वह तो घबरा जाएंगी!"

चड्ढा बिना बीवी के था, मगर उसको दूसरों की बीवियों का बहुत खयाल रहता था। वह उनका इतना सम्मान करता था, मानो सारी उम्र कुंवारा रहना चाहता था। वह कहा करता था, 'यह हीनता भाव है, जिसने मुझे अब तक इस नेमत से महरूम रखा है। जब शादी का सवाल आता है तो फौरन तैयार हो जाता हूं, लेकिन बाद में यह सोचकर कि मैं बीवी के काबिल नहीं हूं, सारी तैयारी 'कोल्ड स्टोरेज' में डाल देता हूं।'

रम बहुत जल्दी आ गई, गिलास भी। चड्ढा ने छः मंगवाए थे और चीन का शहजादा तीन लाया था, बाकी तीन रास्ते में टूट गए थे। चड्ढे ने उनकी कोई परवाह न की और भगवान को धन्यवाद दिया कि बोतलें सलामत

रहीं। एक बोतल जल्दी-जल्दी खोलकर उसने कोरे गिलासों में रम डाली और कहा, "तुम्हारे पूना आने की खुशी में!"

हम दोनों ने लम्बे-लम्बे घूट भरे और गिलास खाली कर दिए।

दूसरा दौर शुरू करके चड्ढा उठा और कमरे में देखकर आया कि मेरी बीवी अभी तक सो रही है। उसको बहुत तरस आया। कहने लगा, "मैं शोर करता हूं, उनकी नींद खुल जाएगी—फिर ऐसा करेंगे...ठहरो...पहले मैं चाय मंगवाता हूं।" यह कहकर उसने रम का एक छोटा-सा घूंट लिया और नौकर को आवाज़ दी, "जमीका के शहज़ादे!"

जमीका का शहजादा तुरन्त आ गया। चड्ढे ने उससे कहा, 'देखो, मम्मी से कहो, एकदम फर्स्ट क्लास चाय तैयार करके भेज दे।

नौकर चला गया। चड्ढे ने अपना गिलास खाली किया और शरीफाना पैग डालकर कहा, "मैं इस वक्त ज़्यादा नहीं पीऊंगा। पहले चार पंग मुझे बहुत जज्बाती बना देते हैं। मुझे भाभी को छोड़ने तुम्हारे साथ प्रभातनगर जाना है।"

आधे घंटे के बाद चाय आ गई। बहुत साफ बरतन थे और बड़े सलीके से ट्रे में रखे हुए थे। चड्ढे ने टीकोजी उठाकर चाय की खुशबू सूंघी और प्रसन्नता प्रकट करता हुआ बोला, "मम्मी इज़ ए ज्यूल.... फिर उसने इथोपिया के शहज़ादे पर बरसना शुरू कर दिया। उसने इतना शोर मचाया कि मेरे कान बिलबिला उठे। इसके बाद उसने ट्रे उठाई और मुझसे कहा, "आओ!"

मेरी बीवी जाग रही थी। चड्ढा ने ट्रे बड़ी सफाई से टूटी हुई तिपाई पर रखी और बड़े अदब से कहा, "हाज़िर है बेगम साहबा!" मेरी बीवी को यह मज़ाक पसन्द न आया, लेकिन चाय का सामान चूंकि साफ-सुथरा था, इसलिए उसने इनकार न किया और दो प्यालियां पी लीं। इनसे उसको कुछ ताज़गी मिली। इसके बाद हम दोनों की ओर मुड़कर उसने रहस्यपूर्ण स्वर में कहा, "आप अपनी चाय तो पहले ही पी चुके हैं!"

मैंने जवाब न दिया, मगर चड्ढे ने झुककर बड़ी ईमानदारी दर्शाते हुए कहा, "जी हां, यह गलती हमसे हो चुकी है। लेकिन हमें यकीन था कि आप ज़रूर माफ कर देंगी।"

मेरी बीवी मुस्कराई तो वह खिलखिलाकर हंसा, "हम दोनों बहुत

ऊंची नस्ल के सूअर हैं, जिनपर हर हराम चीज़ हलाल है। चलिए, अब हम आपको मस्जिद तक छोड़ आएं।"

मेरी बीवी को फिर चड्ढा का यह मज़ाक पसन्द न आया। वास्तव में उसको चड्ढा ही से घृणा थी या यों कहिए कि उसे मेरे हर दोस्त से घृणा थी, और चड्ढा उनमें सबसे ज़्यादा खलता था, क्योंकि कभी-कभी वह बेतकल्लुफी की हदें भी फांद जाता था। लेकिन चड्ढे को इसकी कोई परवाह नहीं थी। मेरा खयाल है कि उसने कभी इसके बारे में सोचा ही नहीं था। वह ऐसी बेकार की बातों में दिमाग खर्च करना एक ऐसा 'इन डोर गेम' समझता था, जो लडो से कहीं अधिक बेमानी होती है। उसने मेरी बीवी के बिगड़े तेवरों को बड़ी खुश-खुश नज़रों से देखा और नौकर को आवाज़ दी, "ओ कबाबिस्तान के शहजादे! एक अदद तांगा लाओ—रोल्ज़ रायस किस्म का।"

कबाबिस्तान का शहज़ादा चला गया और साथ ही चड्ढा भी। वह शायद दूसरे कमरे में गया था। एकान्त मिला तो मैंने अपनी बीवी को समझाया कि कबाब होने की कोई जरूरत नहीं। आदमी की ज़िन्दगी में ऐसे क्षण आ ही जाया करते हैं, जिनका कभी खयाल तक नहीं आता। उनसे गुज़रने का सबसे अच्छा तरीका यही है कि उनको गुज़र जाने दिया जाए। लेकिन नियमानुसार उसने मेरी इस सीख पर कोई ध्यान नहीं दिया और बड़बड़ाती रही। इतने में कबाबिस्तान का शहजादा रोल्ज़ रायस किस्म का तांगा लेकर आ गया और हम प्रभातनगर के लिए चल पड़े। - बहुत ही अच्छा हुआ कि मेरा फिल्मों का पूराना साथी घर में मौजूद नहीं था, उसकी बीवी थी। चड्ढे ने मेरी बीवी उसके सुपुर्द की और कहा, "खरबूजा खरबूजे को देखकर रंग पकड़ता है। बीवी बीवी को देखकर रंग पकड़ती है, यह हम अभी आकर देखेंगे।" फिर वह मुझसे बोला, "चलो मंटो, स्टूडियो में तुम्हारे दोस्त को पकड़ें।"

चड्ढा कुछ ऐसी अफरा-तफरी मचा दिया करता था कि दूसरों को सोचने-समझने का बहुत कम मौका मिलता था। उसने मेरी बांह पकड़ी और बाहर ले गया और मेरी बीवी सोचती ही रह गई। तांगे में सवार होकर अब चड्ढे ने कुछ सोचने के ढंग में कहा, "यह तो हो गया, अब क्या प्रोग्राम है?"

फिर खिलखिलाकर हसा, "मम्मी.. ग्रेट मम्मी!"

मैं उससे पूछने ही वाला था कि यह मम्मी किस चिड़ीमार की औलाद है कि चड्ढे ने बातों का ऐसा सिलसिला शुरू कर दिया कि मेरा प्रश्न बेमौत मर गया।

तांगा वापस उस डाकबंगलेनुमा कोठी पर पहुंचा, जिसका नाम सईदा कॉटेज था, लेकिन चड्ढा उसको 'रंजीदा कॉटेज' कहा करता था, क्योंकि उसमें रहने वाले सबके सब रंजीदा रहते हैं।" हालांकि यह गलत था, जैसाकि मुझे बाद में मालूम हुआ।

उस कॉटेज में काफी आदमी रहते थे, हालांकि ऊपरी ढंग से देखने में यह जगह बिलकुल गैरआबाद मालूम होती थी। सबके सब उसी फिल्म-कम्पनी के नौकर थे, जो महीने की तनख्वाह हर तीन महीने बाद देती थी और वह भी कई किस्तों में। एकएक करके जब वहां के निवासियों से मेरा परिचय हुआ, तो पता चला कि सबके सब असिस्टेंट डायरेक्टर थे, कोई चीफ असिस्टेंट डायरेक्टर, कोई उसका सहायक और कोई उस सहायक का सहायक। हर दूसरा किसी पहले का सहायक था, और अपनी निजी फिल्म-कम्पनी की नींव डालने के लिए पैसा इकट्ठा कर रहा था। अपने पहनावे और हाव-भाव से हर कोई हीरो मालूम होता था। कंट्रोल का ज़माना था, लेकिन किसीके पास राशन कार्ड नहीं था। वे चीजें भी, जो थोड़ी-सी तकलीफ के बाद आसानी से कम कीमत पर मिल सकती थीं, ये लोग ब्लैक मार्केट से खरीदते थे। पिक्चर जरूर देखते थे, रेस का ज़माना होता तो रेस खेलते थे, नहीं तो सट्टा। जीतते कभी-कभार ही थे, लेकिन हारते हर रोज़ थे।

सईदा कॉटेज की आबादी बहुत घनी थी। चूंकि जगह कम थी, इसलिए मोटर गैरेज भी रहने के काम में लाया जाता था। उसमें एक फैमिली रहती थी। शीरीं नाम की एक स्त्री थी, जिसका पति शायद एकरूपता तोड़ने के लिए असिस्टेण्ट डायरेक्टर नहीं था। वह उसी फिल्म-कम्पनी में नौकर था, लेकिन मोटर ड्राइवर था। मालूम नहीं वह कब आता था और कब जाता था, क्योंकि मैंने उस शरीफ आदमी को वहां कभी नहीं देखा। शींरी का एक छोटा-सा लड़का भी था, जिसको सईदा कॉटेज के सभी निवासी फुरसत

के समय प्यार करते। शींरी, जो काफी सुन्दर थी, अपना अधिकतर समय गैरेज में गुज़ारती थी।

कॉटेज का सम्मानित भाग चड्ढा और उसके दो साथियों के पास था। ये दोनों भी एक्टर थे, लेकिन हीरो नहीं थे। एक सईद था, जिसका फिल्मी नाम रंजीतकुमार था। चड्ढा कहा करता था कि सईद कॉटेज उसी गधे के नाम से प्रसिद्ध है, अन्यथा उसका नाम 'रंजीदा कॉटेज' ही था। वह काफी सुन्दर और कमगो था। चड्ढा कभी-कभी उसे कछुआ कहा करता था, क्योंकि वह हर काम बहुत धीरे-धीरे करता था।

दूसरे एक्टर का नाम मालूम नहीं क्या था, लेकिन सब उसे गरीबनवाज़ कहते थे। वह हैदराबाद के एक खाते-पीते घराने से सम्बन्ध रखता था और एक्टिंग के शौक में यहां चला आया था। तनख्वाह ढाई सौ रुपये माहवार मुकर्रर थी, लेकिन उसे नौकर हुए एक बरस हो गया था, और इस बीच उसने केवल एक बार ढाई सौ रुपये एडवांस के रूप में लिए थे- वह भी चड्ढा के लिए, जिसे एक खूख्वार पठान की अदायगी करनी थी। ऊटपटांग किस्म की भाषा में फिल्मी कहानियां लिखना उसका शगल था, और कभी-कभी वह शायरी भी कर लिया करता था। कॉटेज का हर आदमी उसका ऋणी था।

शकील और अकील दो भाई थे। दोनों किसी असिस्टेंट डायरेक्टर के असिस्टेंट थे और सबकी तरह अपनी फिल्म-कम्पनी बनाने के लिए पैसे जुटाने के चक्कर में थे।

तीन बड़े यानी चड्ढा, सईद और गरीबनवाज़ शीरीं का बहुत खयाल रखते थे, लेकिन तीनों कभी इकट्ठे गैरेज में नहीं जाते थे। हालचाल पूछने का उनका कोई समय भी निश्चित न था। तीनों जब कॉटेज के बड़े कमरे में इकट्ठे होते तो उनमें से एक उठकर गैरेज में चला जाता और कुछ देर वहां बैठकर शीरीं से घरेलू मामलों पर बातचीत करता रहता। बाकी दो अपने-अपने काम में लगे रहते।

जो असिस्टेंट किस्म के लोग थे, वे शीरीं का हाथ बंटाया करते थे। कभी उसको बाज़ार से सौदा-सट्टा ला दिया, कभी लांड्री में उसके कपड़े धुलने दे आए और कभी उसके रोते बच्चे को बहला दिया। उनमें से 'रंजीदा' कोई भी

न था, सबके सब प्रसन्न थे। अपनी कठिन परिस्थितियों की चर्चा भी करते तो बड़े उल्लास से। इसमें कोई सन्देह नहीं कि उनकी ज़िन्दगी बड़ी दिलचस्प थी।

हम कॉटेज के गेट में दाखिल होने जा रहे थे कि गरीबनवाज़ साहब बाहर आ रहे थे। चड्ढे ने उनकी ओर ध्यान से देखा और अपनी जेब में हाथ डालकर नोट निकाले। बिना गिने उसने कुछ गरीबनवाज़ को दे दिए और कहा, “चार बोतलें स्कॉच की चाहिए। कमी आप पूरी कर दीजिएगा, बेशी हों तो मुझे वापस मिल जाएं।”

गरीबनवाज़ के हैदराबादी होंठों पर गहरी सांवली मुस्कराहट आ गई। चड्ढा खिलखिलाकर हंसा और मेरी ओर देखकर उसने गरीबनवाज़ से कहा, “यह मिस्टर मंटो हैं...लेकिन इनसे तफसीली मुलाकात की इजाजत इस वक्त नहीं मिल सकती। यह रम पिए हैं। शाम को स्कॉच आ जाए तो... लेकिन आप जाइए।”

गरीबनवाज़ चला गया। हम अन्दर दाखिल हुए। चड्ढे ने एक ज़ोर की जम्हाई ली और रम की बोतल उठाई, जो आधी से ज़्यादा खाली थी। उसने रोशनी में उसकी मात्रा का सरसरी तौर पर अनुमान लगाया और नौकर को आवाज़ दी, “कज़ाकिस्तान के शहजादे!” जब वह न आया तो उसने अपने गिलास में एक बड़ा पैग डालते हुए कहा, “ज़्यादा पी गया है कम्बख्त!”

गिलास खत्म करते हुए वह कुछ चिन्तित हो गया, “यार, भाभी को तुम ख्वाहमख्वाह यहां लाए । खुदा कसम, मुझे अपने सीने पर एक बोझ-सा महसूस हो रहा है।” फिर स्वयं ही उसने अपने को धैर्य बंधाया, “लेकिन मेरा खयाल है कि वे बोर नहीं होंगी वहां।”

मैंने कहा, “हां, वहां रहकर वह मेरे कत्ल का जल्दी इरादा नहीं कर सकती।” यह कहकर मैंने अपने गिलास में रम डाली, जिसका स्वाद बुसे हुए गुड़ जैसा था।

जिस कबाड़खाने में हम बैठे थे, उसमें सलाखों वाली दो खिडकियां थीं, जिनसे बाहर का खाली-खाली-सा भाग नज़र आता था। इधर से किसीने चड्ढे का नाम लेकर ज़ोर से पुकारा । मैं चौंक पड़ा और देखा कि म्यूज़िक डायरेक्टर वनकतरे है। कुछ समझ में नहीं आता था कि वह किस नस्ल का

है । मंगोल है, हब्शी है, आर्य है या क्या बला है! कभी-कभी उसके किसी नख-शिख को देख कर आदमी किसी परिणाम पर पहुंचने ही वाला होता था कि उसके बदले में कोई ऐसा चिह्न नज़र आ जाता कि तुरंत ही नये सिरे से विचार करना पड़ जाता। वैसे वह मराठा था, लेकिन शिवाजी की तीखी नाक के बजाय उसके चेहरे पर बड़े आश्चर्यजनक ढंग से मुड़ी हुई चपटी नाक थी, जो उसके विचारानुसार उन सुरों के लिए बहुत जरूरी थी, जिनका सीधा सम्बन्ध नाक से होता है। उसने मुझे देखा तो चिल्लाया, "मंटो—मंटो सेठ!"

चड्ढे ने उससे ज़्यादा ऊंची आवाज़ में कहा, "सेठ की ऐसी-तैसी—चल, अन्दर आ!"

वह तुरन्त अन्दर आ गया। अपनी जेब से उसने हंसते हुए रम की एक बोतल निकाली और तिपाई पर रख दी, "मैं साला उधर मम्मी के पास गया। वह बोला, 'तुम्हारा फरेण्ड आए ला।' मैं बोला, 'साला यह फरेण्ड कौन होले को सकता...साला मालूम न था, साला मंटो है!"

चड्ढे ने वनकतरे के कद्दू ऐसे सिर पर एक धौल जमाई, "अब चुप कर साले..'तू रम ले आया...बस ठीक है!" बनकतरे ने अपना सिर सहलाया और मेरा खाली गिलास उठाकर अपने लिए पैग बनाया—"मंटो—यह साला आज मिलते ही कहने लगा, 'आज पीने को जी चाहता है' ...मैं एकदम कड़का सोचा, क्या करूं..."

चड्ढे ने एक और धप्पा उसके सिर पर जमाया, 'बैठ बे, जैसे तूने सचमुच ही कुछ सोचा होगा।"

"सोचा नहीं तो साला यह इतनी बड़ी बाटली कहां से आया—तेरे बाप ने दिया?" वनकतरे ने एक ही घूंट में रम खत्म कर दी। चड्ढे ने उसकी बात सुनी-अनसुनी कर दी और उससे पूछा, "तू यह तो बता कि मम्मी क्या बोली?—बोली थी कि मोज़ेल कब आएगी?...अरे हां...वह प्लेटीनम ब्लौंड!"

वनकतरे ने जवाब में कुछ कहना चाहा, लेकिन चड्ढे ने मेरी बांह पकड़कर कहना शुरू कर दिया, "मंटो-खुदा की कसम, क्या चीज़ है! सुना करते थे कि एक चीज़ प्लेटीनम ब्लौंड भी होती है, मगर देखने का मौका

कल मिला—बाल हैं, जैसे चांदी के महीनमहीन तार...ग्रेट...खुदा की कसम मंटो, बहुत ग्रेट...मम्मी जिन्दाबाद!" फिर उसने क्रोधित नज़रों से वनकतरे की ओर देखा और कड़ककर कहा, "कनकुतरे के बच्चे—नारा क्यों नहीं लगाता—मम्मी ज़िन्दाबाद!"

चड्ढे और वनकतरे दोनों ने मिलकर 'मम्मी जिन्दाबाद!' के कई नारे लगाए। इसके बाद वनकतरे ने चड्ढे के सवालों का फिर जवाब देना चाहा, लेकिन उसने उसे चुप करा दिया, "छोड़ो यार...मैं जज़्बाती हो गया हूं-इस वक्त यह सोच रहा हूं कि आम तौर पर माशूकों के बाल काले होते हैं, जिन्हें काली घटा कहा जाता रहा है मगर यहां कुछ और ही मामला हो गया है।" फिर वह मुझसे सम्बोधित हुआ, "मंटो—बड़ी गड़बड़ हो गई है, उसके बाल चांदी के तारों जैसे हैं—चांदी का रंग भी नहीं कहा जा सकता—मालूम नहीं, प्लेटीनम का रंग कैसा होता है, क्योंकि मैंने अभी तक यह धातु देखी नहीं... कुछ अजीब-सा ही रंग है—फौलाद और चांदी दोनों मिला दिए जाएं..."

वनकतरे ने दूसरा पैग खत्म करते हुए कहा, "और उसमें थोड़ी-सी थ्री एक्स रम मिक्स कर दी जाए।"

चड्ढे ने भिन्नाकर उसे एक बहुत ही मोटी गाली दी। "...बकवास न कर!" फिर उसने बड़ी दयनीय नज़रों से मेरी ओर देखा। "यार...मैं सचमुच जज़्बाती हो गया हूं...हां...वह रंग "खुदा की कसम, लाजवाब रंग है. वह तुमने देखा है...वह, जो मछलियों के पेट पर होता है...नहीं-नहीं, हर जगह होता हैपोमफेट मछली...उसके वे क्या होते हैं?...नहीं-नहीं, सांपों के... वे नन्हे-नन्हे खपरे..."हां, खपरे...बस, उनका रंग...खपरे "यह शब्द मुझे एक हिन्दुस्तोड़े ने बताया था.. इतनी खूबसूरत चीज़ और ऐसा भोंड़ा नाम ..."पंजाबी में हम इन्हें चाने कहते हैं। इस शब्द में चिनचिनाहट है...वही, बिलकुल वही, जो उसके बालों में है। लटें नन्ही-नन्ही संपोलियां मालूम होती हैं, जो लोट लगा रही हों..." वह एकदम उठा। "संपोलियों की ऐसी-तैसी! मैं जज़्बाती हो गया हूं।"

वनकतरे ने बड़े भोलेपन से पूछा, "वह क्या होता है?"

"सेण्टीमेण्टल," चड्ढे ने जवाब दिया, "लेकिन तू क्या सम झेगा

बालाजी बाजीराव और नाना फड़नवीस की औलाद... !"

वनकतरे ने अपने लिए एक और पैग बनाया और मुझसे संबोधित होकर कहा, "यह साला चड्ढा समझता है कि मैं इंगलिश नहीं समझता हूं। मैट्रीक्यूलेट हूं... साला मेरा बाप मुझसे बहुत मोहब्बत करता था...उसने...।"

चड्ढे ने चिढ़कर कहा, "उसने तुझे तानसेन बना दिया... और तेरी नाक मरोड़ दी, ताकि निकोड़े सुर आसानी से तेरी नाक से निकल सकें। बचपन में ही उसने तुझे धुरपद गाना सिखा दिया था, और दूध पीने के लिए तू मियां की टोड़ी में रोया करता था और पेशाब करते वक्त अड़ाना में, और तूने पहली बात पटदीप में की थी...और तेरा बाप...जगत् उस्ताद था, बैजू बावरे के भी कान काटता था...और तू आज उसके कान काटता है, इसलिए तेरा नाम कनकूतरे है।" इतना कहकर वह मेरी ओर मुड़ा, "मंटो, यह साला जब भी पीता है, अपने बाप की तारीफ शुरू कर देता है। वह इससे मोहब्बत करता था तो मुझपर उसने क्या एहसान किया और उसने इसे मैट्रीक्यूलेट बना दिया तो इसका यह मतलब नहीं कि मैं अपनी बी० ए० की डिग्री फाड़कर फेंक दे।

वनकतरे ने इस बौछार पर आपत्ति प्रकट करनी चाही, मगर चड्ढे ने उसे वहीं दबा दिया, "चुप रह...मैं कह चुका हूं कि मैं सेण्टीमेण्टल हो गया हूं...हां, वे रंग, पोमफ्रेट मछली के...नहीं-नहीं—सांप के नन्हे-नन्हे खपरे... बस, इन्हींका रंग...मम्मी ने खुदा जाने अपनी बीन पर कौन-सा राग बजाकर उस नागिन को बाहर निकाला है।"

वनकतरे सोचने लगा । "पेटी मंगाओ, मैं बजाता हूं।"

चड्ढा खिलखिलाकर हंसने लगा, "बैठ बे मैट्रीक्यूलेट के चाकुलेट... !" उसने रम की बोतल में से बची हुई रम को अपने गिलास में उड़ेल लिया और मुझसे कहा, "मंटो, अगर वह प्लेटीनम ब्लौंड न पटी तो चड्ढा हिमालय पहाड़ की किसी चोटी पर धूनी रमाकर बैठ जाएगा...।" और उसने गिलास खाली कर दिया।

वनकतरे ने अपनी लाई हुई बोतल खोलनी शुरू की। "मंटो, मुलगी[1] एकदम चांगली[2] है।"

---

1. लड़की 2. अच्छी

मैंने कहा, "देख लेंगे।"

"आज ही, आज रात मैं एक पार्टी दे रहा हूं। यह बहुत ही अच्छा हुआ कि तुम आ गए और श्री एक सौ आठ मेहताजी ने तुम्हारी वजह से एडवांस दे दिया, नहीं तो बड़ी मुश्किल हो जाती...आज रात...आज की रात.... चड्ढे ने बड़े भोंड़े सुरों में गाना शुरू कर दिया, "आज की रात साजे-दर्द न छेड़!"

बेचारा वनकतरे उसकी इस ज्यादती पर एक बार फिर आपत्ति करने ही वाला था कि तभी गरीबनवाज़ और रंजीतकुमार आ गए। दोनों के पास स्कॉच की दो-दो बोतलें थीं। वे उन्होंने मेज पर रख दीं।

रंजीतकुमार से मेरे अच्छे-खासे सम्बन्ध थे; लेकिन बेतकल्लुफी नहीं थी, इसलिए हम दोनों ने थोड़ी-सी 'आप कब आए?', 'आज ही आया' ऐसी रस्मी बातें कीं और गिलास टकराकर पीने लग गए।

चड्ढा वाकई बहुत जज्बाती हो गया था। हर बात में उस प्लेटीनम ब्लौंड का जिक्र ले आता था। रंजीतकुमार दूसरी बोतल का चौथाई हिस्सा चढ़ा गया था। गरीबनवाज़ ने स्कॉच के तीन पैग पिए थे। नशे के मामले में उन सबकी हालत अब तक एक जैसी थी। मैं चूंकि ज़्यादा पीने का आदी हैं, इसलिए मैं ज्यों का त्यों बैठा था। उनकी बातचीत से मैंने अन्दाज़ा लगाया कि वे चारों उस नई लड़की पर बहुत बुरी तरह मर मिटे थे, जो मम्मी ने कहीं से पैदा की थी। इस अमूल्य मोती का नाम फिलिस था। पूने में कोई हेअर ड्रेसिंग सैलून था, जहां वह नौकरी करती थी। उसके साथ आम तौर पर एक हिजड़ा-सा लड़का रहा करता था। लड़की की उम्र चौदह-पन्द्रह वर्ष के करीब थी। गरीबनवाज़ तो यहां तक उसपर गर्म था कि वह हैदराबाद में अपने हिस्से की जायदाद बेचकर भी उसके दांव पर लगाने के लिए तैयार था। चड्ढे के पास तुरुप का केवल एक पत्ता था, अपनी सुन्दरता। वनकतरे का विचार था कि उसकी पेटी सुन वह परी ज़रूर शीशे में उतर आएगी, और रंजीतकुमार ज़ोर-ज़बरदस्ती को ही कारगर समझता था...लेकिन सब अन्त में यही सोचते थे कि देखिए, मम्मी किसपर कृपा करती है। इससे मालूम होता था कि उस प्लेटीनम ब्लौंड फिलिस को वह स्त्री, जिसे मैंने चड्ढे के साथ तांगे में देखा था, किसीके भी हवाले कर सकती थी।

फिलिस की बातें करते-करते चड्ढे ने अचानक अपनी घड़ी देखी और मुझसे कहा, "जहन्नुम में जाए यह छोकरी—चलो यार...भाभी वहां कबाब हो रही होंगी—लेकिन मुसीबत यह है कि मैं वहां भी कहीं सेण्टीमेण्टल न हो जाऊं...खैर, तुम मुझे संभाल लेना।" अपने गिलास की कुछ आखिरी बूंदें अपने कण्ठ में टपकाकर उसने नौकर को आवाज़ दी, "ममियों के मुल्क मिस्र के शहजादे।"

ममियों के मुल्क मिस्र का शहजादा इस तरह आंखें मलता वहां आया, जैसे उसे सदियों के बाद खोदकर बाहर निकाला गया हो। चड्ढे ने उसके मुंह पर रम के छींटे मारे और कहा, "दो अदद तांगे लाओ...जो मिस्र के रथ मालूम हों।"

तांगे आ गए। हम सब उनपर लदकर प्रभातनगर के लिए चल पड़े। मेरा पूराना फिल्मों का साथी हरीश घर पर मौजूद था। इतनी दूर स्थित स्थान पर रहने के बावजूद उसने मेरी बीवी की खातिरदारी में कोई कसर नहीं उठा रखी थी। चड्ढे ने आंख के इशारे से उसे सारा मामला समझा दिया था, अतएव वह बहुत हितकर साबित हुआ। मेरी बीवी ने अपना...व्यक्त नहीं किया। उसका समय वहां कुछ अच्छा ही बीता था। हरीश ने, जो स्त्रियों की प्रकृति का अच्छा जानकार था, बड़ी मज़ेदार बातें की और अन्त में मेरी बीवी से प्रार्थना की कि वह उसकी शूटिंग देखने चले, जो उस दिन होने वाली थी। मेरी बीवी ने पूछा, "कोई गाना फिल्मा रहे हैं आप?"

हरीश ने जवाब दिया, "जी नहीं—वह कल का प्रोग्राम है—मेरा खयाल है, आप कल चलिएगा।"

हरीश की बीवी शूटिंग देख-देखकर और दिखा-दिखाकर तंग आई हुई थी। उसने तुरन्त मेरी बीवी से कहा, "हां, कल ठीक रहेगा।" फिर सबकी ओर देखकर बोली, "आज इन्हें सफर की थकान भी है।"

हम सबने सन्तोष की सांस ली। हरीश ने फिर कुछ देर तक मज़ेदार बातें कीं, अन्त में मुझसे कहा, "चलो यार, तुम चलो मेरे साथ," फिर मेरे तीन साथियों की ओर देखा, "इनको छोड़ो... सेठ साहब तुम्हारी कहानी सुनना चाहते हैं।"

मैंने बीवी की ओर देखा और हरीश से कहा, "इनसे इजाजत ले लो।"

मेरी भोलीभाली बीवी जाल में फंस चुकी थी। उसने हरीश से कहा, 'मैंने बम्बई से चलते वक्त इनसे कहा भी था कि अपना डाकूमेण्ट केस साथ ले चलिए, लेकिन इन्होंने कहा, कोई ज़रूरत नहीं। अब ये कहानी क्या सूनाएंगे?"

हरीश ने कहा, "जबानी सुना देगा।" फिर उसने मेरी ओर यों देखा, जैसे कह रहा हो कि जल्दी हां कहो।

मैंने धीमे से कहा, "हां, ऐसा हो सकता है।"

चड्ढे ने उस ड्रामे में अन्तिम टच दिया, "तो भई हम चलते हैं।" और वे तीनों सलाम-नमस्ते करके चले गए। थोड़ी देर के बाद मैं और हरीश निकले। प्रभातनगर के बाहर तांगे खड़े थे। चड्ढे ने हमें देखा और ज़ोर का नारा लगाया, "राजा हरीशचन्द्र की जय!"

शाम को हमारी महफिल जमी मम्मी के घर।

यह भी एक कॉटेज थी—शक्ल-सूरत और बनावट में सईद कॉटेज जैसी, मगर बहुत साफ-सुथरी, जिससे मम्मी के सलीके का पता चलता था। फर्नीचर मामूली था, लेकिन जो चीज़ जहां थी, सजी हुई थी। मैंने सोचा था कि मम्मी का घर कोई वेश्यालय होगा, लेकिन उस घर की किसी चीज़ से भी नज़रों को ऐसा सन्देह नहीं होता था। वह वैसा ही शरीफाना था, जैसाकि एक मध्यम वर्ग के ईसाई का होता है। लेकिन मम्मी की उम्र के मुकाबले में वह कुछ जवान-जवान-सा दिखाई देता था। उसपर वह मेकअप नहीं था, जो मैंने मम्मी के झुर्रियों वाले चेहरे पर देखा था। जब मम्मी ड्राइंगरूम में आई तो मैंने सोचा कि इर्द-गिर्द की जितनी चीजें हैं, वे आज की नहीं बहुत वर्षों की हैं, केवल मम्मी आगे निकलकर बूढ़ी हो गई है और वे वैसी की वैसी पड़ी रही हैं—उनकी जो उम्र थी, वह वहीं की वहीं रही है...लेकिन जब मैंने उसके गहरे और शोख मेकअप की ओर देखा तो मेरे दिल में न जाने क्यों, यह इच्छा पैदा हुई कि वह भी अपने इर्द-गिर्द के वातावरण की तरह पूरी तरह जवान बन जाए।

चड्ढे ने उससे मेरा परिचय कराया, जो बहुत संक्षिप्त था और फिर संक्षेप में ही उसने मुझसे मम्मी के बारे में यह कहा, “यह मम्मी है...दी ग्रेट मम्मी...।”

मम्मी अपनी प्रशंसा सुनकर मुस्करा दी और मेरी तरफ देखकर उसने चड्ढे से अंग्रेजी में कहा, ‘तुमने जो चाय मंगवाई थी, वह बहुत जल्दी में बनी थी, वह शायद इन्हें पसन्द न आई हो।” फिर उसने मेरी ओर मुड़कर कहा, “मिस्टर मंटो, मैं बहुत शर्मिन्दा हूं। असल में सारा कुसूर तुम्हारे दोस्त चड्ढे का है, जो मेरा बेहद बिगड़ा हुआ लड़का है।”

मैंने उचित शब्दों में चाय की प्रशंसा की और उसको धन्यवाद दिया। मम्मी ने मुझे बेकार की तारीफ न करने के लिए कहा और फिर चड्ढे से बोली, “रात का खाना तैयार है...यह मैंने इसलिए किया कि तुम ऐन वक्त के वक्त मेरे सिर पर सवार हो जाओगे...।”

चड्ढे ने मम्मी को गले से लगा लिया, “यू आर ए ज्यूल मम्मी! यह खाना अब हम खाएंगे।”

मम्मी ने चौंककर पूछा, “क्या?...नहीं, हरगिज़ नहीं।” चड्ढे ने उसे बताया, “मिसेज़ मंटो को हम प्रभातनगर छोड़ आए हैं।”

मम्मी चिल्लाई, “खुदा तुम्हें गारत करे—यह तुमने क्या किया!” चड्ढा खिलखिलाकर हंसा, “आज पार्टी जो होने वाली थी।”

“वह तो मैंने मिस्टर मंटो को देखते ही अपने दिल में कैंसिल कर दी थी।” मम्मी ने अपना सिगरेट सुलगाया।

चड्ढे का दिल डूब गया। “खुदा अब तुम्हें गारत करे...और यह सब प्लान हमने इस पार्टी के लिए बनाया था।” वह कुर्सी पर रंजीदा-सा होकर बैठ गया और कमरे के कण-कण से सम्बोधन कर कहने लगा, “लो, सारे सपने मलियामेट हो गए. प्लेटीनम ब्लौंड...औंधे सांप के नन्हे-नन्हे खपरों जैसे रंग वाली...।” एकदम उठकर उसने मम्मी को बांहों से पकड़ लिया, “कैंसिल की थी—अपने दिल में कैंसिल की थी ना...लो, उसपर साद (सही का चिह्न) बना देता हूं।” और उसने मम्मी के दिल की जगह पर उंगली से बहुत बड़ा साद बना दिया और ऊंची आवाज़ में पुकारा, “हुर्रे!”

मम्मी सम्बन्धित लोगों को सूचना भेज चुकी थी कि पार्टी कैंसिल हो चुकी है। लेकिन मैंने महसूस किया कि वह चड्ढे का दिल तोड़ना नहीं चाहती थी। इसलिए उसने बड़े लाड़ से उसके गाल थपथपाए और कहा, "तुम फिक्र न करो, मैं अभी इन्तज़ाम करती हूं।"

वह इन्तजाम करने बाहर चली गई। चड्ढे ने खुशी का एक और नारा लगाया और वनकतरे से कहा, "जनरल वनकतरे—जाओ, हैडक्वार्टर से सारी तोपें ले आओ।"

वनकतरे ने सैल्यूट किया और आज्ञा-पालन के लिए चला गया। सईद कॉटेज बिलकुल पास थी। दस मिनट के अन्दर-अन्दर वह बोतलें लेकर वापस आ गया। उसके साथ चड्ढे का नौकर था। चड्ढे ने उसको देखा तो उसका स्वागत किया, "आओ, आओ—मेरे कोहकाफ के शहज़ादे... वह...वह सांप के खपरों जैसे रंग के बालों वाली छोकरी आ रही है...तुम भी किस्मत-आज़माई कर लेना।"

रंजीतकुमार और गरीबनवाज़ को चड्ढे का इस प्रकार का निमंत्रण अच्छा न लगा। दोनों ने मुझसे कहा कि यह चड्ढे की बहुत बेहूदगी है। इस बेहूदगी को उन्होंने बहुत महसूस किया था। चड्ढा नियमानुसार अपनी हांकता रहा और वे चुपचाप एक कोने में बैठे धीरे-धीरे रम पीकर एक-दूसरे से अपने सुख-दुःख की बातें करते रहे।

मैं मम्मी के सम्बन्ध में सोचता रहा। ड्राइंगरूम में गरीबनवाज़, रंजीतकुमार और चड्ढा बैठे थे। ऐसा लगता था कि ये छोटे-छोटे बच्चे बैठे हैं और इनकी मां बाहर खिलौने लेने गई है। ये सब इन्तजार में हैं। चड्ढा सन्तुष्ट है कि सबसे अच्छा खिलौना उसे मिलेगा, इसलिए कि वह अपनी मां का चहेता है। बाकी दो का दुःख चूंकि एक जैसा था, इसलिए वे एक-दूसरे के हितैषी बन गए थे.. शराब इस वातावरण में दूध मालूम होती थी और वह प्लेटीनम ब्लौंड.. उसकी कल्पना दिमाग में एक छोटी-सी गुड़िया के रूप में आती थी. "हर वातावरण का अपना एक विशेष संगीत होता है। उस समय जो संगीत मेरे दिल के कानों तक पहुंच रहा था, उसमें कोई सुर उत्तेजक नहीं था। हर चीज़ मां और उसके बच्चों के परस्पर सम्बन्धों की तरह स्पष्ट थी।

मैंने जब उसको तांगे में चड्ढे के साथ देखा था तो मुझे धक्का-सा लगा था। मुझे अफसोस हुआ कि मेरे दिल में उन दोनों के संबंध में बुरे विचार पैदा हुए; लेकिन यह चीज़ मुझे बार-बार सता रही थी कि वह इतना गहरा मेकअप क्यों करती है, जो उसकी झुर्रियों की तौहीन है। उस ममता का अपमान है, जो उसके दिल में चड्ढा, गरीबनवाज़ और वनकतरे के लिए मौजूद है...और खुदा जाने और किस-किसके लिए...

बातों-बातों में मैंने चड्ढे से पूछा, "यार, यह तो बताओ कि तुम्हारी मम्मी इतना शोख मेकअप क्यों करती है?"

"इसलिए कि दुनिया हर शोख चीज़ को पसन्द करती है—तुम्हारे और मेरे जैसे उल्ल इस दुनिया में बहुत कम बसते हैं, जो मद्धिम सुर और मद्धिम रंग पसन्द करते हैं। जो जवानी को बचपन के रूप में नहीं देखना चाहते और और जो बुढ़ापे पर जवानी की टीपटाप पसंद नहीं करते...हम जो खुद को कलाकार कहते हैं, उल्लू के पट्ठे हैं।...मैं तुम्हें एक दिलचस्प घटना सुनाता हूं... बैसाखी का मैला था...तुम्हारे अमृतसर में...राम बाग के उस बाज़ार में, जहां टकैइयां (वेश्याएं) रहती थीं-जाट गुज़र रहे थे...एक तन्दुरुस्त जवान ने... खालिस दूध और मक्खन पर पले जवान ने, जिसकी नई जूती उसकी लाठी पर बाज़ीगरी कर रही थी, ऊपर एक कोठे की ओर देखा, जहां एक टकई की तेल में भीगी हुई जुल्फें उसके माथे पर बड़े बदसूरत ढंग से जमी हुई थीं। उसने अपने साथी की पसलियों में टहोका देकर कहा, 'ओए लहनासियां... वेख, ओए ऊपर वेख, असीं ते पिंड विच मझांई।" अन्तिम शब्द चड्ढा ने न जाने क्यों गोल कर दिया। हालांकि वह किसी प्रकार की शिष्टता का कायल नहीं था। फिर वह खिलखिलाकर हंसने लगा और मेरे गिलास में रम डालकर बोला, 'उस जाट के लिए वह चल ही उस वक्त कोहकाफ की परी थी... और उसके गांव की सुन्दर और स्वस्थ मुटियारें बेडौल भैंसें हम सब चुगद हैं...दर्मियाने दर्जे के...इसलिए कि इस दुनिया में कोई चीज़ अव्वल दर्जे की नहीं...तीसरे दर्जे की है या दर्मियाने दर्जे की...लेकिन...लेकिन फिलिस खासुलखास दर्जे की चीज़ है...वह सांप के खपरों...।"

वनकतरे ने अपना गिलास उठाकर चड्ढे के सिर पर उंडेल दिया।

"खपरे.. खपरे...तुम्हारा भेजा फिर गया है।"

चड्ढे ने माथे पर से रम की टपकती बूंदें चाटनी शुरू कर दीं और वनकतरे से कहा, "ले, अब सुना तेरा बाप साला तुझसे कितनी मोहब्बत करता था...मेरा दिमाग अब काफी ठंडा हो गया है।"

वनकतरे बहुत गम्भीर होकर मुझसे बोला, "बाई गॉड, वह मुझसे बहुत मोहब्बत करता था...मैं फिफ्टीन ईअर का था कि उसने मेरी शादी बना दी।"

चड्ढा ज़ोर से हंसा, "तुम्हें कार्टून बना दिया उस साले ने...भगवान उसे स्वर्ग में भी केसरियल की पेटी दे कि वहां भी उसे बजा-बजाकर वह तुम्हारी शादी के लिए कोई खूबसूरत हूर ढूंढ़ता रहे। और तुम्हारी खूबसूरत बीवी की ऐसी-तैसी...इस वक्त फिलिस की बात करो...उससे ज़्यादा और कोई खूबसूरत नहीं हो सकता।" चड्ढे ने गरीबनवाज़ और रंजीत कुमार की ओर देखा, जो कोने में बैठे फिलिस के सौन्दर्य पर अपनी राय एक-दूसरे पर प्रकट करने वाले थे। "गन पाउडर प्लाट के बानियो सुन लो, तुम्हारी कोई साज़िश कामयाब नहीं हो सकती—मैदान चड्ढे के हाथ में रहेगा...क्यों वेल्ज़ के शहजादे?"

वेल्ज़ का शहज़ादा रम की खाली होती हुई बोतल की तरफ हसरतभरी नज़रों से देख रहा था। चड्ढे ने कहकहा लगाया और उसको आधा गिलास भरकर दे दिया। गरीब नवाज़ और रंजीत कुमार एक-दूसरे से फिलिस के बारे में घुल-मिलकर बातें तो कर रहे थे, लेकिन अपने दिमाग में उसको प्राप्त करने के लिए प्रोग्राम अलग-अलग बना रहे थे। यह उनकी बातचीत के ढंग से प्रकट होता था।

ड्राइंगरूम में अब बिजली के बल्ब जल रहे थे, क्योंकि शाम गहरी हो चली थी। चड्ढा मुझे बम्बई की फिल्म इण्डस्ट्री के ताजे समाचार सुना रहा था कि बाहर बरामदे में मम्मी की तेज़ आवाज़ सुनाई दी। चड्ढे ने नारा लगाया और बाहर चला गया। गरीबनवाज़ ने रंजीतकुमार की ओर अर्थपूर्ण नज़रों से देखा। फिर दोनों दरवाज़े की ओर देखने लगे।

मम्मी चहकती हुई अन्दर दाखिल हुई। उसके साथ चारपांच एंग्लो-इण्डियन लड़कियां थीं। विभिन्न प्रकार के नख-शिख और कद-काठ की।

पोली, डोली, किटी, एलिमा और थैलिमा...और वह हिजड़ा-सा लड़का... उसे चड्ढा सिसी कहकर पुकारता था। फिलिस सबसे पीछे आई और वह भी चड्ढे के साय। उसकी एक बांह प्लेटीनम ब्लौंड की पतली कमर के पीछे लगी थी। मैंने गरीबनवाज़ और रंजीतकुमार की प्रतिक्रिया नोट की। उनको चड्ढे की यह दिखावटी विजयी हरकत पसन्द न आई थी।

लड़कियों के भीतर आते ही शोर मच गया। एकदम इतनी अंग्रेजी बरसी कि वनकतरे मैट्रीक्यूलेशन परीक्षा में कई बार फेल हुआ। लेकिन उसने कोई परवाह न की और बराबर बोलता रहा। जब किसीने उसका नोटिस न लिया तो वह एलिमा की बड़ी बहन थैलिमा के साथ एक सोफे पर अलग बैठ गया और पूछने लगा कि उसने हिन्दुस्तानी डांस के और कितने नये तोड़ सीखे हैं—वह इधर 'घा नी ताकत ता थई थई की वन, टू, थ्री' बना-बनाकर उसको तोड़े बता रहा था, उधर चड्ढा बाकी लड़कियों के झुरमुट में अंग्रेजी के नंगे-नंगे मज़ाक सुना रहा था, जो उसे हजारों की संख्या में ज़बानी याद थे। मम्मी सोडे की बोतलें और खाने-पीने का सामान मंगवा रही थी। रंजीतकुमार सिगरेट के कश लगाकर टकटकी बांधे फिलिस की ओर देख रहा था, और गरीबनवाज़ मम्मी से बार-बार कहता था कि रुपये कम हों तो वह उससे ले ले।

स्कॉच खुली और पहला दौर शुरू हुआ। फिलिस को जब शामिल होने के लिए कहा गया तो उसने अपने प्लेटीनमी बालों को एक हलका-सा झटका देकर मना कर दिया कि वह व्हिस्की नहीं पिया करती।

सबने मिन्नत-खुशामद की, लेकिन वह न मानी। चड्ढे ने इसपर दुःख प्रकट किया तो मम्मी ने एक हलका-सा पैग तैयार करके गिलास को फिलिस के होंठों से लगाते हुए बड़े दुलार से कहा, "बहादुर लड़की बनो और पी जाओ।"

फिलिस इनकार न कर सकी। चड्ढा खुश हो गया और उसने इसी खुशी में बीस-पच्चीस और नंगे मज़ाक सुना दिए। सब मज़े लेते रहे। मैंने सोचा, आदमी ने नग्नता से तंग आकर वस्त्र पहनने शुरू किए होंगे। यही कारण है कि अब वह वस्त्रों से उकताकर कभी-कभी नग्नता की ओर दौड़ने लगता है। शिष्टता की प्रतिक्रिया निःसन्देह अशिष्टता है। इस पलायन का एक दिलचस्प

पहल भी है। आदमी को इससे एक निरंतर एकरसता के कष्ट से कुछ क्षणों के लिए मुक्ति मिल जाती है...।

मैंने मम्मी की ओर देखा, जो उन जवान लड़कियों में घुलमिलकर चड्ढे के नंगे-नंगे मज़ाक सुनकर हंस रही थी और कहकहे लगा रही थी। उसके चेहरे पर वही वाहियात मेकअप था। उसके नीचे उसकी झुर्रियां साफ नज़र आ रही थीं। मगर वह भी उल्लसित थी.. मैंने सोचा, आखिर लोग क्यों पलायन को बुरा समझते हैं...वह पलायन, जो मेरी आंखों के सामने था। उसका बाह्य रूप यद्यपि सुन्दर न था, लेकिन भीतर बहुत सुन्दर था उसपर कोई बनाव-शृंगार न था। कोई गाज़ा, कोई उबटना नहीं था। पोली थी, वह एक कोने में रंजीत कुमार के साथ खड़ी अपने नये फ्रॉक के बारे में बातचीत कर रही थी और उसे बता रही थी कि सिर्फ अपनी होशियारी से उसने बड़े सस्ते दामों पर उम्दा चीज़ तैयार करा ली है। दो टुकड़े थे, जो बिलकुल बेकार मालूम पड़ते थे, मगर अब वे एक सुन्दर पोशाक में बदल गए थे। और रंजीतकुमार बड़ी गम्भीरता के साथ उसको दो नये ड्रेस बनवा देने का वायदा कर रहा था, हालांकि उसे फिल्म-कंपनी से इतने रुपये इकट्ठे मिलने की कोई आशा न थी। डोली थी, वह गरीबनवाज़ से कुछ कर्ज़ मांगने की कोशिश कर रही थी और उसको विश्वास दिला रही थी कि दफ्तर से तनख्वाह मिलने पर वह यह कर्ज़ जरूर अदा कर देगी। गरीबनवाज़ को पूरी तरह मालूम था कि वह यह रुपया नियमानुसार कभी वापस नहीं देगी, लेकिन वह उसके वायदे पर एतबार किए जा रहा था। थैलिमा वनकतरे से तांडव नाच के बड़े मुश्किल तोड़े सीखने की कोशिश कर रही थी। वनकतरे को मालूम था कि सारी उम्र उसके पैर कभी उसके भाव अदा नहीं कर सकेंगे, लेकिन वह उसको बताए जा रहा था। थैलिमा भी अच्छी तरह जानती थी कि वह बेकार अपना और वनकतरे का समय बरबाद कर रही है, मगर वह बड़ी लगन और तन्मयता से पाठ याद कर रही थी। एलिमा और किटी दोनों पिए जा रही थीं और आपस में किसी ऐसे आदमी की बातचीत कर रही थीं, जिसने पिछली रेस में खुदा जाने कब का बदला लेने के लिए गलत टिप दी थी। और चड्ढा फिलिस के खपरे ऐसे रंग के बालों को पिघले हुए सोने की रंग की स्कॉच में

मिला-मिलाकर पी रहा था। फिलिस का हिजड़ा-सा दोस्त बार-बार जेब से कंधी निकालता था और अपने बाल संवारता था। मम्मी कभी इससे बात करती थी, कभी उससे; कभी सोडा खुलवाती, कभी टूटे हुए गिलास के टुकड़े उठवाती...उसकी नज़र सबपर थी, उस बिल्ली की तरह, जो देखने में तो अपनी आंखें बन्द किए सुस्ता रही होती है, लेकिन उसको मालूम होता कि उसके पांचों बच्चे कहां-कहां हैं और क्या-क्या शरारत कर रहे हैं।

इस दिलचस्प चित्र में कौन-सा रंग, कौन-सी रेखा गलत थी?.. मम्मी का वह भड़कीला और शोख मेकअप भी ऐसा मालूम होता था कि उस चित्र का एक आवश्यक अंग है। ग़ालिब कहता है।

"क़ैदे-हयात-ओ-बन्दे ग़म[1], अस्ल में दोनों एक हैं,
मौत से पहले आदमी ग़म से निजात[2] पाए क्यों?'

कैदे-हयात और बन्दे-गम जब वास्तव में एक ही हैं तो यह क्या ज़रूरी है कि आदमी मौत से पहले थोड़ी देर के लिए निजात हासिल करने की कोशिश न करे? इस निजात के लिए कौन यमराज का इन्तज़ार करे क्यों आदमी थोड़े से क्षणों के लिए आत्मप्रवंचना के दिलचस्प खेल में भाग न ले!...

मम्मी हर किसी की प्रशंसा करना जानती थी। उसके सीने में ऐसा दिल था, जिसमें उन सबके लिए ममता थी। मैंने सोचा, शायद इसलिए उसने अपने चेहरे पर रंग मल लिया है कि लोगों को उसकी वास्तविकता का ज्ञान न हो.. उसमें शायद इतनी शारीरिक शक्ति नहीं थी कि वह हर किसीकी मां बन सकती और इसीलिए उसने अपनी ममता और स्नेह के लिए कुछ व्यक्ति चुन लिए थे और शेष सारी दुनिया को छोड़ दिया था।

मम्मी को मालूम नहीं था कि चड्ढा एक तगड़ा पैग फिलिस को पिला चुका था। चोरी-छिपे नहीं, सबके सामने; मगर मम्मी उस समय बावर्चीखाने में पोटेटो चिप्स तल रही थी.. अब फिलिस नशे में थी, और जिस तरह उसके पॉलिश किए हुए फौलाद के रंग के बाल धीरे-धीरे लहराते थे, उसी तरह वह स्वयं भी लहरा रही थी।

1. जीवन-रूपी कैद तथा गम की पकड़ 2. मुक्ति

रात के बारह बज चुके थे। वन कतरे थैलिमा को तोड़े सिखासिखाकर थक जाने के बाद अब बता रहा था कि उसका बाप साला उससे बहुत मोहब्बत करता था। बचपन ही में उसने उसकी शादी बना दी थी। उसकी वाइफ बहुत ब्यूटीफुल है और गरीबनवाज़ डोली को कर्ज देकर भूल भी चुका था। रंजीतकुमार पोली को अपने साथ कहीं बाहर ले गया था। एलिमा और किटी दोनों दुनिया-भर की बातें करके अब थक गई थीं और आराम करना चाहती थीं—तिपाई के इर्द-गिर्द फिलिस, उसका हिजड़ासा दोस्त और मम्मी बैठे थे। चड्ढा अब जज्बाती नहीं था। फिलिस उसकी बगल में बैठी थी, जिसने पहली बार शराब का सुरूर चखा था—उसको प्राप्त करने का संकल्प उसकी आंखों में साफ मौजूद था। मम्मी इससे गाफिल नहीं थी।

थोड़ी देर बाद फिलिस का हिजड़ा-सा दोस्त उठकर सोफे पर जा लेटा और अपने बालों में कंघी करते-करते सो गया। गरीबनवाज़ और डोली उठकर कहीं चले गए। एलिमा और किटी ने आपस में किसी मारग्रेट के बारे में बातें करते हुए मम्मी से विदा ली और चली गई.. वनकतरे ने आखिरी बार अपनी बीवी की खूबसूरती की प्रशंसा की और फिलिस की ओर ललचाई नज़रों से देखा, फिर थैलिमा की ओर, जो उसके पास बैठी थी, और फिर वह उसकी बांह पकड़कर चांद दिखाने के लिए बाहर मैदान में ले गया।

एकदम जाने क्या हुआ कि चड्ढे और मम्मी में गरमागरम बातें शुरू हो गईं। चड्ढे की ज़बान लड़खड़ा रही थी। वह एक कुपुत्र की तरह मम्मी से बदज़बानी करने लगा। फिलिस ने एक हद तक बीच-बचाव करने की कोशिश की, लेकिन चड्ढा हवा के घोड़े पर सवार था। वह फिलिस को अपने साथ सईदा कॉटेज में ले जाना चाहता था और मम्मी इसके खिलाफ थी। वह उसको बहुत देर तक समझाती रही कि वह इस इरादे से बाज़ आए, लेकिन वह इसके लिए तैयार न होता था और बार-बार मम्मी से कह रहा था, तुम पागल हो गई हो 'बूढ़ी दलाला...फिलिस मेरी है...पूछ लो इससे।

मम्मी ने बहुत देर तक उसकी गालियां सुनीं, अन्त में बड़े समझाने वाले ढंग में उससे कहा, "चड्ढा, माई सन...तुम क्यों नहीं समझते...शी इज़

यंग...शी इज़ वेरी यंग...।"

उसकी आवाज़ में कंपकंपाहट थी, एक प्रार्थना थी, एक ताड़ना थी, एक बड़ी भयानक तसवीर थी, लेकिन चड्ढा बिलकुल न समझा। उस समय उसके सम्मुख केवल फिलिस और उसकी प्राप्ति थी। मैंने फिलिस की ओर देखा और पहली बार इस बात को महसूस किया कि वह सचमुच बहुत छोटी उम्र की थी, मुश्किल से पन्द्रह वर्ष की...उसका सफेद चेहरा, चांदी रंग के बादलों में घिरा हुआ वर्षा की पहली बंद की तरह कंपकंपा रहा था।

चड्ढे ने उसे बांह से पकड़कर अपनी ओर खींचा और फिल्मों के हीरो के ढंग से अपनी छाती से लगाकर भींच लिया। मम्मी एकदम लाल होकर चिल्लाई, "चड्ढा छोड़ दो...फोर गॉड सेक ...छोड़ दो इसे!"। जब चड्ढे ने अपने चौड़े सीने से फिलिस को अलग न किया तो मम्मी ने उसके मुंह पर एक ज़ोरदार चांटा मारा और चिल्लाई, "गेट आउट.. गेट आउट...!"

चड्ढा भौचक्का रह गया। फिलिस को अलग करके उसने धक्का दिया और मम्मी की ओर आग बरसाने वाली नज़रों से देखता हुआ बाहर चला गया। मैंने भी उठकर विदा ली और चड्ढे के पीछे-पीछे चल दिया।

सईदा कॉटेज पहुंचकर मैंने देखा कि वह पतलून-कमीज़ और बूटों समेत पलंग पर औंधे मुंह पड़ा था। मैंने उससे कोई बात न की और दूसरे कमरे में जाकर बड़ी मेज़ पर सो गया।

सुबह देर से उठा। घड़ी में दस बज रहे थे। चड्ढा सुबह ही सुबह उठकर बाहर चला गया था। कहां, यह किसीको मालूम नहीं था; लेकिन जब मैं गुसलखाने से बाहर निकल रहा था तो मैंने उसकी आवाज़ सुनी, जो गैरेज से बाहर आ रही थी। मैं रुक गया। वह किसीसे कह रहा था, "वह लाजवाब औरत है—खुदा की कसम, बड़ी लाजवाब औरत है—दुआ करो कि उसकी उम्र को पहुंचकर तुम भी वैसी ही ग्रेट हो जाओ।"

उसके स्वर में एक विचित्र प्रकार की कटुता थी। पता नहीं उसका रुख उसकी अपनी ओर था या उस व्यक्ति की ओर, जिससे वह सम्बोधित था। मैंने अधिक देर तक वहां रुके रहना ठीक न समझा और अन्दर चला गया। आधे घंटे तक मैंने उसका इन्तज़ार किया। जब वह न आया तो मैं

प्रभातनगर चला गया।

मेरी बीवी का मिज़ाज ठीक था—हरीश घर में नहीं था। हरीश की बीवी ने उसके बारे में पूछा तो मैंने कह दिया—वह अभी स्टूडियो में सो रहा है।

पूने में काफी तफरीह हो गई थी, इसलिए मैंने हरीश की बीवी से जाने की इजाजत मांगी। शिष्टाचार के नाते उसने हमें रुकने को कहा, लेकिन मैं सईदा कॉटेज में ही फैसला करके चला था कि रात की घटना मेरी मानसिक जुगाली के लिए बहुत काफी है।

हम चल दिए। रास्ते में मम्मी की बातें हुई। जो कुछ हुआ था, मैंने बीवी को सब कुछ बता दिया। उसका कहना था कि फिलिस उसकी कोई रिश्तेदार होगी या वह उसे किसी अच्छी असामी को पेश करना चाहती होगी, तभी उसने चड्ढे से लड़ाई की मैं चुप रहा। न समर्थन किया, न विरोध।

कई दिन गुज़रने पर चड्ढे का पत्र आया, जिसमें उस रात की घटना का सरसरी-सा ज़िक्र था और उसने अपने बारे में यह कहा था, 'मैं उस दिन जानवर बन गया था—लानत हो मुझपर!'

तीन महीने के बाद मुझे एक जरूरी काम से पूना जाना पड़ा। सीधा सईदा कॉटेज पहुंचा। चड्ढा मौजूद नहीं था। गरीबनवाज़ से उस समय मुलाकात हुई, जब वह गैरेज से निकलकर शीरीं के नन्हे बच्चे को प्यार कर रहा था। वह बड़े तपाक से मिला। थोड़ी देर बाद रंजीत कुमार आ गया, कछुए की चाल चलता, और चुपचाप बैठ गया। मैं अगर उससे कुछ पूछता था तो वह बड़े संक्षेप में उत्तर दे देता था। उससे बातों-बातों में मालूम हुआ कि चड्ढा उस रात के बाद मम्मी के पास नहीं गया और न कभी वह यहां आई है। फिलिस को उसने दूसरे दिन ही अपने मां-बाप के पास भिजवा दिया था। वह उस हिजड़ा जैसे लड़के के साथ घर से भागकर आई हुई थी।""रंजीत कुमार को विश्वास था कि अगर वह कुछ दिन और पूना में रहती तो वह जरूर उसे ले उड़ता। गरीबनवाज़ को ऐसा कोई दावा नहीं था। केवल इतना अफसोस था कि वह चली गई।

चड्ढे के बारे में यह पता चला कि दो-तीन दिन से उसकी तबीयत ठीक

नहीं है, बुखार रहता है, लेकिन वह किसी डॉक्टर से राय नहीं लेता—सारा दिन इधर-उधर घूमता रहता है। गरीबनवाज़ ने जब मुझे ये बातें बताना शुरू की तो रंजीतकुमार उठकर चला गया। मैंने सलाखों वाली कोठरी में से देखा, उसका रुख गैरेज की ओर था।

मैं गरीबनवाज़ से गैरेज वाली शीरीं के सम्बन्ध में कुछ पूछताछ करने के बारे में सोच ही रहा था कि वनकतरे बड़ा घबराया हुआ कमरे में दाखिल हुआ। उससे मालूम हुआ कि चड्ढे को तेज़ बुखार था। वह उसे तांगे में वहां ला रहा था कि वह रास्ते में बेहोश हो गया...मैं और गरीबनवाज़ बाहर दौड़े। तांगे वाला बेहोश चड्ढे को संभाले हुए था। हम सबने मिलकर उसे उठाया और कमरे में पहुंचाकर बिस्तर पर लिटा दिया। मैंने उसके माथे पर हाथ रखकर देखा, सचमुच बहुत तेज़ बुखार था। एक सौ छः डिग्री से कम न होगा।

मैंने गरीबनवाज़ से कहा, "फौरन डॉक्टर को बुलाना चाहिए।" उसने वनकतरे से मशवरा किया और 'अभी आता हूं' कहकर बाहर चला गया। जब वापस आया तो उसके साथ मम्मी थी, जो हांप रही थी। अन्दर घुसते ही उसने चड्ढे की ओर देखा और लगभग चीखकर पूछा, "क्या हुआ मेरे बेटे को?"

वनकतरे ने जब उसे बताया कि चड्ढा कई दिन से बीमार था तो मम्मी ने बड़े दुःख और क्रोध से कहा, "तुम कैसे लोग हो—मुझे खबर क्यों न की?" फिर उसने गरीबनवाज़, मुझे और वनकतरे को विभिन्न हिदायतें दीं—एक को चड्ढे के पांव सहलाने की, दूसरे को बरफ लाने की और तीसरे को पंखा करने की। चड्ढे की हालत देखकर उसकी अपनी हालत बिगड़ गई थी, लेकिन उसने धैर्य से काम लिया और डॉक्टर बुलाने चली गई।

मालूम नहीं, रंजीतकुमार को गैरेज में कैसे पता चला। वह मम्मी के जाने के तुरन्त बाद घबराया हुआ आया। उसके पूछने पर वनकतरे ने उसके बेहोश होने की घटना का वर्णन कर दिया और यह भी बता दिया कि मम्मी डॉक्टर के पास गई है। यह सुनकर रंजीतकुमार की बेचैनी किसी हद तक दूर हो गई।

मैंने देखा कि वे तीनों बहुत संतुष्ट थे, मानो चड्ढे के स्वास्थ्य की सारी जिम्मेदारी मम्मी ने अपने ऊपर ले ली हो।

उसकी हिदायत के अनुसार चड्ढे के पांव सहलाए जा रहे थे, सिर पर बरफ की पट्टियां रखी जा रही थीं। मम्मी जब डॉक्टर लेकर आई तो वह कुछ-कुछ होश में आ चुका था। डॉक्टर ने मुआयने में काफी देर लगाई। उसके चेहरे से मालूम होता था कि चड्ढे की ज़िन्दगी खतरे में है। मुआयने के बाद डॉक्टर ने मम्मी को इशारा किया और वे कमरे से बाहर चले गए—मैंने सलाखों वाली खिड़की में से देखा, गैरेज के टाट का परदा हिल रहा था।

थोड़ी देर बाद मम्मी आई। गरीबनवाज़, वनकतरे और रंजीतकुमार ते उसने एक-एक करके कहा कि घबराने की कोई बात नहीं। चड्ढा अब आंखें खोलकर सुन रहा था। मम्मी को उसने आश्चर्य की दृष्टि से नहीं देखा था, लेकिन वह उलझन-सी ज़ रूर महसूस कर रहा था। कुछ क्षणों के बाद जब वह समझ गया कि मम्मी क्यों और कैसे आई है, तो उसने मम्मी का हाथ अपने हाथ में ले लिया और दबाकर कहा, "मम्मी, यू आर ग्रेट!"

मम्मी उसके पास पलंग पर बैठ गई। वह ममता की साक्षात् मूर्ति थी। उसने चड्ढे के तपते हुए माथे पर हाथ फेरकर मुस्कराते हुए केवल इतना कहा, "मेरे बेटे...मेरे गरीब बेटे!"

चड्ढे की आंखों में आंसू आ गए, लेकिन तुरन्त ही उसने उन्हें सोखने की कोशिश की और कहा, "नहीं, तुम्हारा बेटा अव्वल दर्जे का स्काउण्ड्रल है... जाओ, अपने मृत पति का पिस्तौल लाओ और उसकी छाती पर दाग दो।"

मम्मी ने चड्ढे के गाल पर धीरे से तमाचा मारा, "बेकार की बातें न करो।" फिर वह चुस्त-चालाक नर्स की तरह उठी और हम सबकी ओर मुड़कर कहा, "लड़को, चड्ढा बीमार है और मुझे इसको हॉस्पीटल ले जाना है—समझे?"

सब समझ गए। गरीबनवाज़ ने तुरन्त टैक्सी का बन्दोबस्त कर दिया। चड्ढे को उठाकर उसमें डाला गया। वह बहुत कहता रहा कि ऐसी कौन-सी आफत आ गई है जो मुझे अस्पताल के सुपुर्द किया जा रहा है, लेकिन मम्मी यही कहती रही कि बात कुछ भी नहीं, अस्पताल में जरा आराम रहता है। चड्ढा बहुत जिद्दी था, लेकिन इस समय वह मम्मी की किसी बात से इनकार नहीं कर सकता था।

चड्ढा अस्पताल में दाखिल हो गया। मम्मी ने अकेले में मुझे बताया कि मर्ज़ बहुत खतरनाक है—यानी प्लेग। यह सुनकर मेरे होश उड़ गए। स्वयं मम्मी बहुत परेशान थी, लेकिन उसको आशा थी कि यह बला टल जाएगी और चड्ढा बहुत जल्द स्वस्थ हो जाएगा।

इलाज होता रहा। प्राइवेट अस्पताल था। डॉक्टरों ने चड्ढे का इलाज बहुत ध्यान से किया, लेकिन कई पेचीदगियां पैदा हो गई। उसकी त्वचा जगह-जगह से फटने लगी और बुखार बढ़ता गया। अन्त में डॉक्टरों ने यह राय दी कि उसे बम्बई ले जाया जाए, लेकिन मम्मी न मानी। उसने चड्ढे को उसी हालत में उठवाया और अपने घर ले गई।

मैं ज़्यादा दिन पूना में नहीं रुक सकता था। वापस बम्बई आया तो मैंने टेलीफोन के जरिये कई बार उसका हाल मालूम किया। मेरा खयाल था कि वह किसी प्रकार भी जीवित न बच सकेगा, लेकिन मुझे मालूम हुआ कि धीरे-धीरे उसकी हालत संभल रही है। एक मुकदमे के सिलसिले में मुझे लाहौर जाना पड़ा। वहां से पन्द्रह दिन के बाद लौटा तो मेरी बीवी ने चड्ढे का एक पत्र दिया, जिसमें केवल यह लिखा था—'महामाया मम्मी ने अपने कपूत को मौत के मुंह से बचा लिया है।'

उन थोड़े से शब्दों में बहुत कुछ था...भावनाओं का एक पूरा समुद्र था। मैंने अपनी बीवी से इसका ज़िक्र बड़ी भावुकता से किया तो उसने प्रभावित होकर केवल इतना कहा, "ऐसी औरतें अकसर खिदमतगुज़ार होती हैं।"

मैंने चड्ढे को दो-तीन पत्र लिखे, जिनका जवाब न आया। बाद में मालूम हुआ कि मम्मी ने उसको जलवायु बदलने के लिए अपनी एक सहेली के पास लोनावाला भिजवा दिया था। चड्ढा मुश्किल से वहां एक सप्ताह रहा और उकताकर चला आया। जिस दिन वह पूना पहुंचा, संयोग से मैं वहीं था। प्लेग के ज़बरदस्त हमले के कारण वह बहुत कमज़ोर हो गया था, लेकिन उसका गुलगपाड़ा करने वाला स्वभाव आज भी वैसा ही था। अपनी बीमारी का ज़िक्र उसने इस प्रकार किया, जसे आदमी साइकल की मामूली घटना का करता है। अब जबकि वह बच गया था, अपनी खतरनाक बीमारी

के बारे में विस्तार से बात करना वह बेकार समझता था।

सईदा कॉटेज में चड्ढे की अनुपस्थिति के दिनों में छोटे-छोटे परिवर्तन हुए थे। अकील और शकील कहीं और उठ गए थे, क्योंकि उन्हें अपनी निजी फिल्म-कम्पनी कायम करने के लिए सईदा कॉटेज का वातावरण अनुकूल नहीं लगता था। उनकी जगह एक बंगाली म्यूज़िक डायरेक्टर आ गया था। उसका नाम सेन था। उसके साथ लाहौर से भागा हुआ एक लड़का रामसिंह रहता था। सईदा कॉटेज में रहने वाले सबके सब लोग उससे काम लेते थे। तबीयत का बहुत शरीफ और सबका सेवक था। चड्ढे के पास वह उस समय आया था, जब वह मम्मी के कहने पर लोनावाला जा रहा था। उसने गरीबनवाज़ और रंजीतकुमार से कह दिया था कि उसे सईदा कॉटेज में रख लिया जाए। सेन के कमरे में चूंकि जगह खाली थी, इसलिए उसने वहीं अपना डेरा जमा लिया था।

रंजीतकुमार को कम्पनी की नई फिल्म में बतौर हीरो चुन लिया गया था और उसके साथ वादा किया गया था कि अगर फिल्म सफल हुई तो उसको दूसरी फिल्म डायरेक्ट करने का मौका दिया जाएगा। चड्ढा अपनी दो बरस की पेंडिंग तनख्वाह में से डेढ़ हजार रुपया एकसाथ प्राप्त करने में सफल हो गया था, इसलिए उसने रंजीत कुमार से कहा था, "मेरी जान, अगर कुछ वसूल करना चाहते हो तो मेरी तरह प्लेग में मुब्तला हो जाओ... हीरो और डायरेक्टर बनने से तो, मेरा खयाल है, यह कहीं अच्छा है।"

गरीबनवाज़ कुछ ही दिन पहले हैदराबाद होकर आया था, इसलिए सईदा कॉटेज़ किंचित् सम्पन्न थी। मैंने देखा, गैरेज के बाहर अलगनी पर ऐसी कमीज़ और शलवारें लटक रही थीं, जिनका कपड़ा अच्छा और कीमती था। शीरों के बच्चे के पास नये खिलौने थे।

मुझे पूना में पन्द्रह दिन रहना पड़ा। मेरा पुराना फिल्मों का साथी अब नई फिल्म की हीरोइन की मुहब्बत में मुब्तला होने की कोशिश कर रहा था, लेकिन डरता था, क्योंकि यह हीरोइन पंजाबी थी और उसका पति बड़ी-बड़ी मूंछों वाला हट्टा-कट्टा मुश्टंडा था। चड्ढे ने सलाह दी थी, "कुछ परवाह न करो, उस साले की... जिस पंजाबी एक्ट्रेस का पति बड़ी-बड़ी मूंछों वाला

पहलवान हो, वह इश्क के मैदान में ज़रूर चारों खाने चित गिरा करता है। बस, इतना करो कि सौ रुपये फी गाली के हिसाब से मुझसे दस-बीस हैवी वेट किस्म की गालियां सीख लो। ये तुम्हारी खास मुश्किलों में बहुत काम आया करेंगी।"

हरीश एक बोतल फी गाली के हिसाब से छः गालियां पंजाब के खास लहजे में याद कर चुका था, लेकिन अभी तक उसे अपने इश्क के रास्ते में कोई ऐसी खास मुश्किल पेश नहीं आई थी, जो वह उनके प्रभाव को परख सकता।

मम्मी के घर नियमानुसार महफिलें जमती थीं। पोली, डोली, किटी, एलिमा, थैलिमा आदि सब आती थीं। वनकतरे पूर्ववत् थैलिमा को कथा फली और तांडव नाच की ता थई और धा नी ना कत वन टू थ्री बना-बनाकर बताता था, और वह उसे सीखने की पूरी कोशिश करती थी। गरीबनवाज़ उसी तरह कर्ज दे रहा था, और रंजीतकुमार, जिसको अब कम्पनी की नई फिल्म में हीरो का चांस मिल रहा था, उनमें से किसी भी एक को बाहर खुली हवा में ले जाता था—चड्ढे के नंगे-नंगे मज़ाक सुनकर उसी तरह कहकहे लगते थे—एक सिर्फ वह नहीं थी...वह, जिसके बालों के रंग के लिए सही उपमा ढूंढ़ने में चड्ढे ने काफी समय लगाया था। लेकिन इन महफिलों में चड्ढे की निगाहें उसे ढूढ़ती नहीं थीं। फिर भी कभी-कभी जब चड्ढे की नज़रें मम्मी की नजरों से टकराकर झुक जाती थीं तो मैं अनुभव करता था कि उसको अपनी उस रात की दीवानगी का अफसोस है। ऐसा अफसोस, जिसकी याद से उसको तकलीफ होती है। अतएव चौथे पैग के बाद किसी समय इस तरह का एक वाक्य उसकी ज़ाबन से निकल जाता, "चड्ढा, यू आर ए डेम्ड ब्रूट!"

यह सुनकर मम्मी होंठों ही होंठों में मुस्करा देती, जैसे वह उस मुस्कराहट की मिठास में लपेट-लपेटकर कह रही हो--'डॉण्ट टॉक राट!'

वनकतरे से पहले ही की तरह उसकी चख चलती थी। नशे में आकर जब भी वह अपने बाप की प्रशंसा में या अपनी बीवी की खूबसूरती के सम्बन्ध में कुछ कहने लगता तो वह उसकी बात बहुत बड़े गण्डासे से काट डालता। वह बेचारा चुप हो जाता और अपना मैट्रीक्यूलेशन का सर्टिफिकेट तह करके जेब में डाल लेता।

मम्मी, वही मम्मी थी.. पोली की मम्मी, डोली की मम्मी, चड्ढे की मम्मी, रंजीतकुमार की मम्मी। सोडे की बोतलों, खानेपीने की चीज़ों और महफिल जमाने के दूसरे साजो-सामान के प्रबंध में वह वैसी ही स्नेहपूर्ण दिलचस्पी से हिस्सा लेती थी। उसके चेहरे का मेकअप वैसा ही वाहियात होता था। उसके कपड़े उसी तरह भड़कीले थे। सुर्थी की तहों से उसकी झुर्रियां उसी तरह झांकती थीं, लेकिन अब मुझे ये पवित्र दिखाई देती थीं। इतनी पवित्र कि प्लेग के कीड़े उन तक नहीं पहुंच सकते थे। डरकर, सिमटकर वे भाग गए थे...चड्ढे के शरीर से भी निकल भागे थे, क्योंकि उसपर उन झुरियों की छत्रच्छाया थी—उन पवित्र झुर्रियों की, जो हर समय बहुत ही वाहियात रंगों में लिथड़ी रहती थीं।

वनकतरे की खूबसूरत बीवी का जब गर्भपात हुआ था तो मम्मी की ही तत्कालीन सहायता से उसकी जान बची थी। थैलिमा जब हिन्दुस्तानी नाच सीखने के शौक में एक मारवाड़ी कत्थक के हत्थे चढ़ गई, और उस सौदे में एक दिन जब उसे मालूम हुआ कि उसने एक खतरनाक रोग खरीद लिया है तो मम्मी ने उसको बहुत डांटा था और उससे कोई सम्बन्ध न रखने का दृढ़ संकल्प कर लिया था, लेकिन फिर उसकी आंखों में आंसू देखकर उसका दिल पसीज गया था। उसने उसी दिन शाम को अपने बेटों को सारी बात सुना दी थी और उनसे प्रार्थना की थी कि वे थैलिमा का इलाज कराएं। किटी को एक पज़ल (पहेली) हल करने के सिलसिले में पांच सौ रुपये का इनाम मिला था तो मम्मी ने उसे मजबूर किया था कि कम से कम आधे रुपये गरीबनवाज़ को दे दे, क्योंकि उस गरीब का हाथ तंग है। उसने किटी से कहा था, "तुम इस समय इसे दे दो—बाद में लेती रहना।" और मुझसे उसने मेरे पन्द्रह दिन के वास में कई बार मेरी मिसेज़ के बारे में पूछा था और चिन्ता व्यक्त की थी कि पहले बच्चे की मृत्यु को इतने वर्ष हो गए हैं, दूसरा बच्चा क्यों नहीं हुआ। रंजीतकुमार के साथ वह अधिक घुल-मिलकर बात नहीं करती थी। ऐसा मालूम होता था कि उसकी दिखावटी तबीयत उसको अच्छी नहीं लगती थी। मेरे सामने भी एक-दो बार इसकी चर्चा कर चुकी थी। म्यूज़िक डायरेक्टर सेन से वह घृणा करती थी। चड्ढा उसको अपने साथ

लाता था तो वह उससे कहती थी, “ऐसे ज़लील आदमी को यहां मत लाया करो।” चड्ढा उससे पूछता तो वह बड़ी गम्भीरता से उत्तर देती, “मुझे यह आदमी ऊपरा-ऊपरा-सा मालूम होता है—जंचता नहीं मेरी नज़रों में।” यह सुनकर चड्ढा हंस देता था।

मम्मी की महफिलों की स्नेहपूर्ण गर्मी लिए मैं वापस बम्बई चला गया। इन महफिलों में शराब की मस्ती थी, सेक्स था, लेकिन कोई उलझाव नहीं था। हर चीज गर्भवती स्त्री के पेट की तरह स्पष्ट थी। उसी तरह उभरी हुई, देखने में उसी तरह की कुढब और असमंजस में डालने वाली, लेकिन वास्तव में बड़ी सही, शिष्ट और अपनी जगह पर कायम।

दूसरे दिन सुबह के अखबारों में पढ़ा कि सईदा कॉटेज में बंगाली म्यूजिक डायरेक्टर सेन मारा गया है। उसकी हत्या करने वाला कोई रामसिंह है, जिसकी आयु चौदह-पन्द्रह वर्ष के लगभग बताई जाती है। मैंने तुरन्त पूना टेलीफोन किया, लेकिन फोन पर कोई न मिल सका। - एक हफ्ते के बाद चड्ढा का खत आया, जिसमें उस हत्याकांड का पूरा विवरण था। रात को सब सोए हुए थे कि अचानक चड्ढे के पलंग पर कोई गिरा। वह हड़बड़ाकर उठा। बिजली जलाई तो देखा, सेन है, खून में लथपथ। चड्ढा अभी अच्छी तरह अपने होश-हवाश संभालने भी न पाया था कि दरवाज़े में रामसिंह दिखाई दिया। उसके हाथ में छुरी थी। तुरन्त ही गरीबनवाज और रंजीत कुमार भी आ गए। सारी सईदा कॉटेज जग गई। रंजीत कुमार और गरीबनवाज़ ने रामसिंह को पकड़ लिया और छुरी उसके हाथ से छीन ली। चड्ढा ने सेन को अपने पलंग पर लिटाया और उससे घावों के बारे में कुछ पूछने ही वाला था कि उसने आखिरी हिचकी ली और ठण्डा हो गया।

रामसिंह गरीबनवाज़ और रंजीतकुमार की जकड़ में था, मगर वे दोनों कांप रहे थे। सेन मर गया तो रामसिंह ने चड्ढा से पूछा, “भापाजी...मर गया?”

चड्ढा ने ‘हां’ में उत्तर दिया, तो रामसिंह ने रंजीतकुमार और गरीबनवाज़ से कहा, “मुझे छोड़ दीजिए, मैं भागूंगा नहीं।”

चड्ढा की समझ में नहीं आता था कि वह क्या करे। उसने तुरन्त नौकर भेजकर मम्मी को बुलवाया। मम्मी आई तो सब निश्चिन्त हो गए कि मामला सुलझ जाएगा। उसने रामसिंह को छुड़वा दिया और थोड़ी देर के बाद अपने साथ थाने ले गई और उसका बयान दर्ज करा दिया। इसके बाद चड्ढा और उसके साथी कई दिन तक बड़े परेशान रहे। पुलिस की पूछताछ, बयान, फिर अदालत में मुकदमे की पैरवी। मम्मी इस बीच बहुत दौड़धूप करती रही थी। चड्ढा को विश्वास था कि रामसिंह बरी हो जाएगा, और ऐसा ही हुआ। अदालत ने उसे साफ बरी कर दिया। अदालत में उसका वही बयान था, जो उसने थाने में दिया था। मम्मी ने उससे कहा था, ''बेटा, घबराओ नहीं, जो कुछ हुआ है, सच-सच बता दो।" और उसने सारी बातें ज्यों की त्यों बयान कर दी थीं कि सेन ने उसे प्लेबैक सिंगर बना देने का लालच दिया था। स्वयं उसे भी संगीत से बहुत लगाव था और सेन बड़ा अच्छा गाने वाला था। वह इस चक्कर में आकर उसकी हैवानी इच्छाएं पूरी करता रहा, लेकिन उसको इससे बहुत घृणा थी। उसका दिल बार-बार उसे लानत-मलामत करता था। अन्त में वह इतना तंग आ गया था कि उसने सेन से कह भी दिया था कि उसने फिर उसे मजबूर किया तो वह उसे जान से मार डालेगा। अतएव घटना की रात को यही हुआ।

अदालत में उसने यही बयान दिया। मम्मी मौजूद थी। आंखों ही आंखों में वह रामसिंह को दिलासा दे रही थी कि घबराओ नहीं, जो सच है, कह दो, सच की हमेशा जीत होती है। इसमें कोई शक नहीं कि तुम्हारे हाथों ने खून किया है, लेकिन एक बड़ी मनहूस चीज़ का, एक हैवान का, एक अमानुष का।

रामसिंह ने बड़ी सादगी और बड़े भोलेपन से सारी घटनाओं का वर्णन किया। मजिस्ट्रेट इतना प्रभावित हुआ कि उसने रामसिंह को बरी कर दिया।

चड्ढा ने कहा, "इस झूठे ज़माने में यह सच की एक अनोखी विजय है, और इसका श्रेय मेरी बूढ़ी मम्मी को है।"

चड्ढा ने मुझे उस जलसे में बुलाया था जो रामसिंह की रिहाई की खुशी में सईदा कॉटेज वालों ने किया था, लेकिन मैं व्यस्तता के कारण उसमें शामिल न हो सका।

शकील और अकील दोनों सईदा कॉटेज में वापस आ गए थे। बाहर का वातावरण भी उनकी निजी फिल्म-कम्पनी की नींव डालने के लिए रास नहीं आया था।

अब वे फिर अपनी पुरानी फिल्म कम्पनी में किसी असिस्टेण्ट के असिस्टेण्ट हो गए थे। उन दोनों के पास उस पूंजी में से कुछ सैकड़े बाकी बचे हुए थे, जो उन्होंने निजी फिल्म-कम्पनी की नींव डालने के लिए जुटाई थी। चड्ढे के मशवरे पर उन्होंने यह सब रुपया जलसे को सफल बनाने के लिए दे दिया। चड्ढा ने हमसे कहा था, "अब मैं चार पैग पीकर दुआ करूंगा कि वह तुम्हारी निजी फिल्म-कम्पनी फौरन खड़ी कर दे।"

चड्ढा का कहना था कि इस जलसे में वनकतरे ने शराब पीकर अपनी आदत के खिलाफ अपने बाप की प्रशंसा न की और न ही अपनी खूबसूरत बीवी का जिक्र किया। गरीबनवाज़ ने किटी की तत्कालीन आवश्यकता को पूरा करने के लिए दो सौ रुपये कर्ज़ दिए और रंजीतकुमार से उसने कहा, "तुम इन बेचारी लड़कियों को यों ही झांसे न दिया करो...हो सकता है कि तुम्हारी नीयत साफ हो, लेकिन लेने के मामले में इनकी नीयत इतनी साफ नहीं होती—कुछ न कुछ दे दिया करो।"

मम्मी ने उस जलसे में रामसिंह को बहुत प्यार किया और सबको मशवरा दिया कि उसे घर वापस जाने के लिए कहा जाए। अतएव वहीं फैसला हुआ और दूसरे दिन गरीबनवाज़ ने उसके टिकट का प्रबंध कर दिया। शीरीं ने सफर के लिए उसको खाना पकाकर दिया। स्टेशन पर सब उसे छोड़ने गए। ट्रेन चली तो वे देर तक हाथ हिलाते रहे।

ये छोटी-छोटी बातें मुझे जलसे के दस दिन बाद मालूम हुई, जब मुझे एक जरूरी काम से पूना जाना पड़ा। सईदा कॉटेज में कोई परिवर्तन नहीं हुआ था। ऐसा मालूम होता था कि वह ऐसा पड़ाव है, जिसका रंग-रूप हज़ारों काफिलों के ठहरने से भी नहीं बदलता। वह कुछ ऐसी जगह थी, जो अपनी रिक्तता को स्वयं ही भर लेती थी। मैं जिस दिन वहां पहुंचा, शीरनी बंट रही थी। शीरीं के एक और लड़का हुआ था । वनकतरे के हाथ में ग्लैक्सो का डिब्बा था। उन दिनों यह बड़ी मुश्किल से प्राप्त होता था।

अपने बच्चे के लिए उसने कहीं से दो प्राप्त किए थे । उनमें से एक वह शीरीं के नवजात शिशु के लिए ले आया था। चड्ढा ने आखिरी दो लड्डू उसके मुंह में ठूंसे और कहा, "तू ग्लैक्सो का डिब्बा ले आया...बड़ा कमाल किया है तूने...अपने साले बाप और अपनी साली बीवी की, देखना, हरगिज़ कोई बात न करना।"

वनकतरे ने बड़े भोलेपन के साथ कहा, "साले, मैं अब कोई पियेला हूं?... वह तो दारू बोला करती है। वैसे बाई गॉड, मेरी बीवी बड़ी हैण्डसम है...।"

चड्ढे ने इतनी ज़ोर का कहकहा लगाया कि वनकतरे को और कुछ कहने का अवसर न मिला। उसके बाद चड्ढा, गरीबनवाज़ और रंजीतकुमार मेरी ओर मुड़े और उस कहानी की बातें शुरू हो गई जो मैं अपने पुराने फिल्मों के साथी के ज़रिये से वहां के एक प्रोड्यूसर के लिए लिख रहा था। फिर कुछ देर शीरीं के नवजात लड़के का नाम रखा जाता रहा। सैकड़ों नाम रखे गए, लेकिन चड्ढे को कोई पसन्द न आया। अंत में मैंने कहा कि जन्मस्थान अर्थात् सईदा कॉटेज के नाम पर लड़के का नाम मसऊद होना चाहिए। चड्ढे को पसन्द नहीं था, लेकिन अस्थायी रूप से उसने स्वीकार कर लिया।

इस बीच में मैंने अनुभव किया कि चड्ढा, गरीबनवाज़ और रंजीतकुमार तीनों की तबीयत कुछ बुझी-बुझी-सी थी। मैंने सोचा, शायद इसका कारण पतझड़ का मौसम हो, जब आदमी अकारण ही थकावट-सी महसूस करने लगता है। शीरीं का नया बच्चा भी इस शिथिलता का कारण हो सकता था, लेकिन यह कोई ठोस कारण मालूम नहीं होता था। सेन के कत्ल की ट्रेजडी? मालूम नहीं, क्या कारण था...लेकिन मैंने पूरी तरह महसूस किया कि वे सब उदास थे, ऊपर से हंसते-बोलते थे, लेकिन भीतर ही भीतर घुट रहे थे।

मैं प्रभातनगर में अपने पुराने फिल्मों के साथी के घर में कहानी लिखता रहा। यह व्यस्तता पूरे सात दिन तक जारी रही। मुझे बार-बार खयाल आता था कि इस बीच में चड्ढे ने कोई बाधा क्यों नहीं डाली। वनकतरे भी कहीं गायब था। रंजीतकुमार से मेरे कोई खास सम्बन्ध नहीं थे, जो वह मेरे पास इतनी दूर आता । गरीबनवाज़ के बारे में मैंने सोचा था कि शायद हैदराबाद चला गया हो। और मेरा पुराना फिल्मों का साथी अपनी नई फिल्म

की हीरोइन से, उसके घर में, उसके बड़ी-बड़ी मूंछों वाले पति की मौजूदगी में, इश्क लड़ाने का दृढ़ निश्चय कर रहा था।

मैं अपनी कहानी के एक बड़े दिलचस्प हिस्से की पटकथा तैयार कर रहा था कि चड्ढा आ टपका और कमरे में घुसते ही उसने मुझसे पूछा, "इस बकवास का तुमने कुछ वसूल किया है?"

उसका इशारा मेरी कहानी की ओर था, जिसके पारिश्रमिक की दूसरी किस्त मैंने दो दिन पहले वसूल की थी। "हां.. दो हजार परसों लिया है।"

"कहां है?" यह कहते हुए चड्ढा मेरे कोट की ओर बढ़ा।

"मेरी जेब में।"

चड्ढे ने मेरी जेब में हाथ डाला। सौ-सौ के चार नोट निकाले और मुझसे कहा, "आज शाम को मम्मी के यहां पहुंच जाना—एक पार्टी है।"

मैं उस पार्टी के बारे में उससे कुछ पूछने ही वाला था कि वह चला गया। वह शिथिलता और उदासीनता, जो मैंने कुछ दिन पहले उसमें महसूस की थी, वैसी की वैसी थी। वह कुछ बेचैन भी था। मैंने उसके बारे में सोचना चाहा, लेकिन दिमाग तैयार न हुआ। वह कहानी के दिलचस्प हिस्से की पटकथा में बुरी तरह फंसा हुआ था।

अपने पुराने फिल्मों के साथी की बीवी से अपनी बीवी की बातें करके शाम को साढ़े पांच बजे के करीब मैं वहां से चलकर सात बजे सईदा कॉटेज पहुंचा। गैरेज के बाहर अलगनी पर गीलेगीले पोतड़े लटक रहे थे और नल के पास अकील और शकील शीरीं के बड़े लड़के के साथ खेल रहे थे। गैरेज के टाट का परदा हटा हुआ था और शीरीं उनसे शायद मम्मी की बातें कर रही थी। मुझे देखकर वे चुप हो गए। मैंने चड्ढे के बारे में पूछा तो अकील ने कहा कि वह मम्मी के घर मिल जाएगा।

मैं वहां पहुंचा तो देखा, एक शोर मचा हुआ था। सब नाच रहे थे। गरीबनवाज़ पोली के साथ, रंजीतकुमार किटी और एलिमा के साथ और वनकतरे थैलिमा के साथ । वह उसको कथाकली की मुद्राएं बता रहा था। चड्ढा मम्मी को गोद में उठाए इधर-उधर कूद रहा था । सब नशे में थे। एक तूफान मचा हुआ था। मैं अन्दर पहुंचा तो सबसे पहले चड्ढे ने नारा लगाया।

इसके बाद देशी-विदेशी आवाज़ों का एक गोला-सा फटा, जिसकी गूंज देर तक कानों में सरसराती रही। मम्मी बड़े तपाक से मिली—ऐसे तपाक से, जो बेतकल्लुफी की हद तक बढ़ा हुआ था। मेरा हाथ उसने अपने हाथ में लेकर कहा, "किस मी डीयर!" लेकिन उसने स्वयं ही मेरा एक गाल चूम लिया और घसीटकर नाचने वालों के झुरमुट में ले गई। चड्ढा ने एकदम पुकारा, "बन्द करो—अब शराब का दौर चलेगा!" फिर उसने नौकर को आवाज़ दी, "स्कॉटलैण्ड के शहजादे! व्हिस्की की नई बोतल लाओ!" स्कॉटलैण्ड का शहज़ादा नई बोतल ले आया। नशे में धुत था, खोलने लगा तो हाथ से गिरी और चकनाचूर हो गई। मम्मी ने उसको डांटना चाहा तो चड्ढे ने रोक दिया, "एक तो बोतल टूटी है मम्मी, जाने दो, यहां दिल टूटे हुए हैं।"

महफिल एकदम सूनी हो गई, लेकिन तुरन्त ही चड्ढे ने उस उदासीनता को अपने कहकहों से छिन्न-भिन्न कर दिया । नई बोतल आई। हर गिलास में बड़ा तगड़ा पैग डाला गया। इसके बाद चड्ढे ने उखड़ा-उखड़ा-सा भाषण करना शुरू किया, "लेडीज़ एण्ड जेंटलमैन...आप सब जहन्नुम में जाएं... मंटो हमारे बीच मौजूद है, जो अपने-आपको बहुत बड़ा कहानीकार समझता है । मानव-स्वभाव की, वह क्या कहते हैं, गहरी से ठहरी गहराइयों में उतर जाता है...मगर मैं कहता हूं कि बकवास है...कुएं में उतरने वाले... कुएं में उतरने वाले..." उसने इधर-उधर देखा, "अफसोस है कि यहां कोई हिन्दुस्तुड़ नहीं, एक हैदराबादी है, जो का को गा कहता है, और जिससे दस बरस पीछे मुलाकात हुई तो कहेगा कि परसों आपसे मिला था—लानत हो उसके निजाम हैदराबाद पर, जिसके पास कई लाख टन सोना है, करोड़ों जवाहरात हैं, लेकिन एक मम्मी नहीं...हां...वह कुएं में उतरने वाले...मैंने क्या कहा था कि सब बकवास है? पंजाबी में जिन्हें टोबे कहते हैं वे गोता लगाने वाले, वे इसके मुकाबले में मानवस्वभाव को कई दर्जे अच्छा समझते हैं। इसलिए मैं कहता हूं..."

सबने जिन्दाबाद का नारा लगाया। चड्ढा चिल्लाया, "यह सब साजिश है—इस मंटों की साजिश है, नहीं तो मैंने हर हिटलर की तरह मुर्दाबाद के नारे का इशारा किया था...तुम सब मुर्दाबाद...लेकिन पहले मैं... मैं...।" वह

जज़्बाती हो गया। "मैं...जिसने उस रात उस...सांप के खपरों ऐसे रंग वाले बालों की एक लड़की के लिए अपनी मम्मी को नाराज़ कर दिया था। मैं खुद को—न जाने कहां का डान जुआन समझता था...लेकिन नहीं, उसको पाना कोई मुश्किल काम नहीं था। मुझे अपनी जवानी की कसम, एक ही चुम्बन में उस प्लैटीनम ब्लौंड के क्वांरेपन का सारा रस मैं अपने इन मोटे-मोटे होंठों से चूस सकता था. लेकिन यह एक अनुचित काम था. वह कम उम्र थी। इतनी कमउम्र, इतनी कमज़ोर, इतनी करेक्टरलेस.. इतनी.... उसने मेरी ओर एक प्रश्नवाचक दृष्टि से देखा। "बताओ यार, उसे उर्दू, फारसी या अरबी में क्या कहेंगे...करेक्टरलेस...लेडीज़ एंड जेंटलमैन...वह इतनी छोटी, इतनी कमज़ोर और इतनी मासूम थी कि उस रात पाप में शामिल होकर या तो वह सारी उम्र पछताती रहती या उसे बिलकुल भूल जाती...उन थोड़े क्षणों के आनन्द की याद के सहारे जीने का सलीका उसको बिलकुल न आता...मुझे इसका दुःख होता...अच्छा हुआ कि मम्मी ने उसी समय मेरा हुक्का-पानी बन्द कर दिया...मैं अब अपनी बकवास बन्द करता हूं। मैंने असल में एक बहुत लम्बा-चौड़ा लेक्चर करने का इरादा किया था, लेकिन मुझसे कुछ बोला नहीं जाता "मैं एक पैग और पीता हूं।"

उसने एक पैग और पिया। लेक्चर के बीच में सब चुप थे। उसके बाद भी चुप रहे। मम्मी न मालूम क्या सोच रही थी। गाजे और सुर्खी की तहों के नीचे झुर्रियां भी ऐसी दिखाई देती थीं कि वे भी किसी गहरी चिन्ता में डूबी हुई हैं। बोलने के बाद चड्ढा जैसे खाली-सा हो गया। इधर-उधर घूम रहा था, जैसे कोई चीज़ खोने के लिए ऐसा कोना ढूंढ़ रहा हो, जो उसके मस्तिष्क में अच्छी तरह सुरक्षित रहे। मैंने उससे एक बार पूछा, "क्या बात है चड्ढा?"

उसने कहकहा लगाकर जवाब दिया, "कुछ नहीं.. बात यह है कि आज व्हिस्की मेरे दिमाग के चूतड़ों पर जमाकर लात नहीं मार रही।" उसका कहकहा खोखला था।

वनकतरे ने थैलिमा को उठाकर मुझे अपने पास बिठा लिया और इधर-उधर की बातें करने के बाद अपने बाप की प्रशंसा शुरू कर दी कि वह बड़ा गुनी आदमी था। ऐसा हारमोनियम बजाता था कि लोग अवाक् रह जाते

थे। फिर उसने अपनी बीवी की खूबसूरती का जिक्र किया और बताया कि बचपन में ही उसके बाप ने यह लड़की चुनकर उससे ब्याह दी थी। बंगाली म्यूजिक डायरेक्टर सेन की बात चली तो उसने कहा, "मिस्टर मंटो, वह एकदम हलकट आदमी था. कहता था, मैं खान साहब अब्दुलकरीम का चेला हूं...झूठ, बिलकुल झूठ...वह तो बंगाल के किसी भड़वे का चेला था... ।"

घड़ी ने दो बजाए। चड्ढे ने किटी को धक्का देकर एक ओर गिराया और बढ़कर वनकतरे के कद्दू जैसे सिर पर धप्पा मारकर कहा, "बकवास बन्द कर बे...उठ...और कुछ गा...लेकिन खबरदार, अगर तूने कोई पक्का राग गाया।"

वनकतरे ने तुरन्त गाना शुरू कर दिया। आवाज़ अच्छी नहीं थी। मुर्कियों की बारीकियां उसके गले से निकलती थीं, लेकिन जो कुछ गाता था, पूरी तन्मयता से गाता था। मालकोश में उसने दोतीन फिल्मी गाने सुनाए, जिनसे वातावरण बहुत उदास हो गया। मम्मी और चड्ढा एक-दूसरे की ओर देखते थे और नज़रें किसी और तरफ हटा लेते थे...गरीबनवाज़ इतना प्रभावित हुआ कि उसकी आंखों में आंसू आ गए। चड्ढे ने ज़ोर का कहकहा लगाया और कहा, "हैदराबाद वालों की आंख का मसाना बहुत कमज़ोर होता है—मौके-बेमौके टपकने लगता है।"

गरीबनवाज़ ने अपने आंसू पोंछे और एलिमा के साथ नाचना शुरू कर दिया। वन कतरे ने ग्रामोफोन के तवे पर रिकॉर्ड रखकर सुई लगा दी। घिसी हुई ट्यून बजने लगी। चड्ढे ने मम्मी को फिर गोद में उठा लिया और कद-कूदकर शोर मचाने लगा। उसका गला बैठ गया था, उन मीरासियों की तरह, जो शादी-ब्याह के मौके पर ऊंचे सुरों में गा-गाकर अपनी आवाज़ का नारा मार लेते हैं।

उस उछल-कूद और चीख-दहाड़ में चार बज गए। मम्मी एकदम चुप हो गई। फिर उसने चड्ढे की ओर मुड़कर कहा, "बस, अब खत्म!"

चड्ढे ने बोतल से मुंह लगाया और उसे खाली करके एक ओर फेंक दिया और मुझसे कहा, "चलो मंटो, चलें।"

मैंने उठकर मम्मी से इज़ाजत लेनी चाही कि चड्ढे ने मुझे अपनी ओर खींच लिया, "आज कोई विदाई नहीं लेगा।"

हम दोनों बाहर निकल रहे थे कि मैंने वनकतरे के रोने की आवाज़ सुनी। मैंने चड्ढे से कहा, "ठहरो, देखें क्या बात है।" मगर वह मुझे धकेलकर आगे ले गया। "उस साले की आंखों का मसाना भी कमज़ोर है।"

मम्मी के घर से सईदा कॉटेज बिलकूल निकट थी। रास्ते में चड्ढे ने कोई बात न की। सोने से पहले मैंने उससे इस विचित्र पार्टी के बारे में जानना चाहा तो उसने कहा, "मुझे नीद आ रही है।" और वह बिस्तर पर लेट गया।

सुबह उठकर मैं गुसलखाने में गया। बाहर निकला तो देखा कि गरीबनवाज़ गैरेज के टाट के साथ लगा खड़ा है और रो रहा है। मुझे देखकर वह आंसू पोंछता वहां से हट गया। मैंने पास जाकर उससे रोने का कारण पूछा तो उसने कहा, "मम्मी चली गई।"

"कहां?"

"मालूम नहीं।" यह कहकर गरीबनवाज़ सड़क की ओर चला गया।

चड्ढा बिस्तर पर लेटा था। ऐसा मालूम होता था कि वह एक क्षण के लिए भी नहीं सोया था। मैंने उससे मम्मी के बारे में पूछा तो उसने मुस्कराकर कहा, "चली गई, सुबह की गाड़ी से उसे पूना छोड़ना था।"

मैंने पूछा, "लेकिन क्यों?"

चड्ढे के स्वर में कटुता आ गई, "हुकूमत को उसकी अदाएं पसंद नहीं थीं—उसका रंग-ढंग पसन्द नहीं था। उसके घर की महफिलें उसकी नज़रों में आपत्तिजनक थीं। इसलिए कि पुलिस उसके स्नेह और ममता को भ्रष्टाचार के रूप में लेना चाहती थी वे उसे मां कहकर उससे एक दलाला का काम लेना चाहते थे...एक समय से उसके एक केस की छानबीन हो रही थी। आखिर सरकार पुलिस की छानबीन से सहमत हो गई और उसको 'तड़ी पार' कर दिया। इस शहर से निकाल दिया...वह अगर वेश्या थी, या दलाला थी—उसकी मौजूदगी अगर समाज के लिए हानिकारक थी तो उसका खात्मा कर देना चाहिए था.. पूने की गंदगी से यह क्यों कहा गया कि तुम यहां से चली जाओ और जहां चाहो, ढेर हो सकती हो?" चड्ढे ने बड़े ज़ोर से कहकहा लगाया और थोड़ी देर चुप रहा। फिर उसने बड़े भावुक स्वर में कहा, "मुझे दुःख है मंटो कि उस गन्दगी के साथ एक ऐसी पवित्रता चली

गई है, जिसने उस रात मेरी एक बड़ी गलत और गन्दी तरंग को मेरे दिलो-दिमाग से निकाल दिया था—लेकिन मुझे अफसोस नहीं होना चाहिए—वह पूना से चली गई—मुझ जैसे जवानों में ऐसी गलत और गन्दी तरंगें वहां भी पैदा होंगी, जहां वह अपना घर बनाएगी...मैं अपनी मम्मी उनके सुपुर्द करता हूं...ज़िन्दाबाद मम्मी...जिन्दाबाद...चलो, गरीबनवाज़ को ढुंढें। रो-रोकर उसने अपना बुरा हाल कर लिया होगा... इन हैदराबादियों की आंखों का मसाना बहुत कमज़ोर होता है—मौकेबे-मौके टपकने लगता है।"

मैंने देखा, चड्ढा की आंखों में आंसू इस तरह तैर रहे थे, जिस तरह बधितों की लाशें।

नंगी आवाज़ें

भोलू और गामा दो भाई थे। बेहद मेहनती। भोलू कलईगर था। सुबह धौंकनी सिर पर रखकर निकलता और दिन-भर शहर की गलियों में, 'बर्तन कलई करा लो' की आवाज़ें लगाता रहता था। शाम को घर लौटता तो उसकी तहमद की टेंट में तीन-चार रुपये की रेज़गारी ज़रूर होती।

गामा खोंचा लगाता था। उसको भी दिन-भर छाबड़ी सिर पर उठाए घूमना पड़ता था। तीन-चार रुपये वह भी कमा लेता था; पर उसे शराब की लत थी। शाम को खाना खाने से पहले दीने के भटियारखाने में रौनक हो जाती। सबको मालूम था कि वह पीता है और इसीके सहारे जीता है।

भोलू ने गामा को, जो उससे दो साल बड़ा था, बहुत समझाया कि देखो, यह शराब की लत बहुत बुरी है; शादीशुदा हो; बेकार पैसा बरबाद करते हो; यही जो तुम रोज़ एक पाव शराब पर खर्च करते हो, बचाकर रखो तो भाभी ठाठ से रहा करे; नंगी-बुच्ची अच्छी लगती है तुम्हें अपनी घरवाली?...गामा इस कान सुनता, उस कान उड़ा देता। भोलू जब थक-हार गया, तो उसने कहनासुनना ही छोड़ दिया।

दोनों शरणार्थी थे। एक बड़ी बिल्डिंग के साथ नौकरों के क्वार्टर थे। इनपर, जहां औरों ने कब्जा जमा रखा था, वहां इन दोनों भाइयों ने भी एक क्वार्टर को, जो दूसरी मंजिल पर था, अपने रहने के लिए कब्ज़े में कर रखा था।

सदियां आराम से कट गईं। गर्मियां आईं तो गामा को बहुत तकलीफ हुई। भोलू तो ऊपर कोठे पर खाट बिछाकर सो जाता, पर गामा क्या

करता? बीवी थी और ऊपर पर्दे का कोई बन्दोबस्त ही न था। एक गामा ही को यह तकलीफ न थी, उन क्वार्टरों में जो भी शादीशुदा था, इसी मुसीबत में फंसा था।

कल्लन को एक बात सूझी। उसने कोठे पर कोने में, अपनी और अपनी बीवी की चारपाई के इर्द-गिर्द, टाट तान दिया। इस तरह पर्दे का इन्तज़ाम हो गया। कल्लन की देखादेखी दूसरों ने भी इस तरकीब से काम लिया। भोलू ने भाई की मदद की और कुछ ही दिनों में बांस वगैरा लगाकर, टाट और कम्बल जोड़कर, पर्दे का इन्तजाम कर दिया। यों हवा तो रुक जाती थी, पर नीचे क्वार्टर के नरक से हर हालत में यह जगह अच्छी थी।

ऊपर कोठे पर सोने से भोलू की तबीयत में एक अजीब बदलाव आ गया। वह शादी-ब्याह का बिलकुल कायल नहीं था। उसने मन में ठान रखी थी कि यह जंजाल कभी नहीं पालेगा। जब कभी गामा उसके ब्याह की बात छेड़ता तो वह कहा करता, "ना भाई, मैं यह जंजाल नहीं पालना चाहता। अपने शरीर पर जोंकें नहीं लगवाना चाहता।" लेकिन जब गर्मियां आई और उसने ऊपर खाट बिछाकर सोना शुरू किया तो दस-पन्द्रह दिन ही में उसके विचार बदल गए। एक शाम को दीने के भटियारखाने में उसने अपने भाई से कहा, "मेरी शादी कर दो, नहीं तो मैं पागल हो जाऊंगा।"

गामा ने जब यह सुना तो उसने कहा, "यह क्या मज़ाक सूझा है तुम्हें?"

भोलू बहुत गम्भीर हो गया। बोला, "तुम्हें नहीं मालूम... पन्द्रह रातें हो गई हैं मुझे जागते हुए।"

"क्यों, क्या हुआ?" गामा ने पूछा।

"कुछ नहीं यार...दाय-बायें जिधर नज़र डालो, कुछ न कुछ हो रहा होता है...अजीब-अजीब आवाज़ें आती हैं। नींद क्या आएगी, खाक!"

गामा ज़ोर से अपनी घनी मूंछों में हंसा।

भोलू शरमा गया। फिर बोला, "वह जो कल्लन है, उसने तो हद ही कर दी है...साला रात-भर बकवास करता रहता है... साली उसकी बीवी की भी ज़बान तालू से नहीं लगती...बच्चे पड़े रो रहे हैं, पर वह..."

गामा हमेशा की तरह नशे में था। भोलू चला गया तो उसने दीने के भटियारखाने में अपने सब यार-दोस्तों को चहक-चहककर बताया कि उसके भाई को आजकल नींद नहीं आती। इसकी वजह जब उसने अपने खास अन्दाज़ में बयान की तो सुनने वालों के पेट में हंसते-हंसते बल पड़ गए। जब वे लोग भोलू से मिले तो उन्होंने उसका खूब मज़ाक उड़ाया। कोई उससे पूछता, 'हां भई, कल्लन अपनी जोरू से क्या बातें करता है?' कोई कहता, 'यार, मुफ्त में मज़े लेते हो...सारी रात फिल्में देखते रहते हो...सौ फीसदी बोलती-गाती।'... कुछ ने उससे गन्दे-गन्दे मज़ाक किए। भोलू बेतरह चिढ़ गया।

दूसरे दिन उसने गामा को उस वक्त पकड़ा, जब वह नशे में नहीं था और बोला, "तुमने तो यार, मेरा मज़ाक बना दिया है। ...देखो, जो कुछ मैंने तुमसे कहा है, झूठ नहीं है। मैं भी इन्सान हूं। खुदा की कसम, मुझे नींद नहीं आती। आज भी बीस दिन हो गए हैं मुझे जागते हुए...तुम मेरी शादी का बन्दोबस्त कर दो, नहीं तो, कसम खुदा की, कसम पंजतन पाक की, मेरा खाना-खराब हो जाएगा। भाभी के पास मेरा पांच सौ रुपया जमा है...जल्दी कर दो बन्दोबस्त।"

गामा ने मूंछ मरोड़कर पहले कुछ सोचा, फिर कहा, "अच्छा, हो जाएगा बन्दोबस्त। तुम्हारी भाभी से आज ही बात करता हूं कि वह अपनी मिलने-जुलने वालियों से पूछताछ करे।"

डेढ़ महीने के अन्दर-अन्दर बात पक्की हो गई। समद कलईगर की लड़की आयशा गामा की बीवी को बहुत पसन्द आई। खूबसूरत थी, घर का कामकाज जानती थी। वैसे समद भी भला आदमी था। मुहल्ले वाले उसकी इज्जत करते थे। भोलू मेहनती था, तन्दुरुस्त था। जून के महीने में ही शादी की तारीख पक्की हो गई। समद ने बहुत कहा कि वह इतनी गर्मियों में लड़की नहीं ब्याहेगा, पर गामा ने जब बहुत ज़ोर दिया, तब वह मान गया।

शादी से चार दिन पहले भोलू ने अपनी दुलहन के लिए ऊपर कोठे पर टाट के पर्दे का बन्दोबस्त किया। बांस बड़ी मजबूती से चारपाइयों के पायों से बांधे। टाट खुब कसकर लगाए। चारपाइयों पर नये खेस बिछाए। नई सुराही मुंडेर पर रखी। शीशे का गिलास बाज़ार से खरीद लाया। सब काम

उसने बड़े शौक से किए।

रात को जब वह टाट के पर्दे में घिरकर सोया तो उसको अजीब-सा लगा। वह खुली हवा में सोने का आदी था, पर अब उसको बिलकुल उलटी आदत डालनी थी। यही वजह थी कि शादी से चार दिन पहले ही उसने यों सोना शुरू कर दिया था। पहली रात जब वह लेटा और उसने अपनी बीवी के बारे में सोचा तो वह पसीने में तरबतर हो गया। उसके कानों में वे आवाज़ें गूंजने लगी, जो उसे सोने नहीं देती थी और उसके दिमाग में तरह-तरह के परेशान खयाल दौड़ाती थीं।

'क्या हम भी ऐसी ही आवाज़ें पैदा करेंगे?...क्या आसपास के लोग हमारी आवाज़ें भी सुनेंगे?...क्या वे मेरी तरह, रातें जाग-जागकर काटेंगे? किसीने अगर झांककर देख लिया तो क्या होगा?'

भोलू पहले से भी ज़्यादा परेशान हो गया। हर वक्त उसको यही बात सताती रहती कि टाट का पर्दा भी कोई पर्दा है। फिर चारों तरफ लोग बिखरे पड़े हैं। रात के सन्नाटे में हलकी-सी कानाफूसी भी दूसरे कानों तक पहुंच जाती है। लोग कैसे यह नंगी जिन्दगी जीते हैं? ..एक कोठा है, इस चारपाई पर बीवी लेटी है, उस चारपाई पर शौहर पड़ा है। सैकड़ों आंखें, सैकड़ों कान आसपास खुले हैं। नज़र न आने पर भी आदमी सब कुछ देख लेता है। हलकी-सी आहट पूरी तसवीर बनकर सामने आ जाती है...यह टाट का पर्दा क्या है? सूरज निकलता है तो उसकी रोशनी सारी चीजों पर से पर्दा हटा देती है। वह सामने कल्लन अपनी बीवी की छातियां दबा रहा है। वह कोने में उसका भाई गामा लेटा है। तहमद खुलकर एक ओर जा पड़ा है। इधर ईदू हलवाई की कुंआरी बेटी शादां का पेट छिदरे टाट से झांक-झांककर देख रहा है।

शादी का दिन आया तो भोलू का जी चाहा, वह कहीं भाग जाए। पर कहां जाता? अब तो वह जकड़ा जा चुका था। गायब हो जाता तो समद ज़रूर खुदकुशी कर लेता। उसकी लड़की पर जाने क्या बीतती! जो तूफान मचता, वह अलग।

'अच्छा! जो होता है, होने दो—मेरे और साथी भी तो हैं। धीरे-धीरे आदत हो जाएगी मुझे भी'—भोलू ने अपने-आपको ढाढ़स दिया और

नई-नवेली दुलहन की डोली घर ले आया।

क्वार्टरों में चहल-पहल पैदा हो गई। लोगों ने भोलू और गामा को खूब बधाइयां दीं। भोलू के जो खास दोस्त थे, उन्होंने उसको छेड़ा और पहली रात के लिए कई सफल गुर बताए। भोलू चुपचाप सुनता रहा। उसकी भाभी ने ऊपर कोठे पर टाट के पर्दे के नीचे बिस्तर का बन्दोबस्त कर दिया। गामा ने मोतिए के चार बड़े-बड़े हार तकिये के पास रख दिए। एक दोस्त उसके लिए जलेबियों वाला दूध ले आया।

देर तक वह नीचे क्वार्टर में अपनी दुलहन के पास बैठा रहा। वह बेचारी शर्म के मारे, सिर झुकाए, घूंघट काढ़े, सिमटी हुई थी। सख्त गर्मी थी। भोलू का नया कुर्ता उसके जिस्म के साथ पसीने से चिपका हुआ था। वह पंखा झल रहा था, पर हवा जैसे बिलकुल गायब हो गई थी। भोलू ने पहले सोचा था कि वह ऊपर कोठे पर नहीं जाएगा, नीचे क्वार्टर ही में रात काटेगा; पर जब गर्मी असह्य हो गई, तब वह उठा और उसने दुलहन से चलने के लिए कहा।

रात आधी से ज़्यादा बीत चुकी थी। सारे क्वार्टर खामोशी में लिपटे हुए थे। भोलू को इस बात का सन्तोष था कि सब लोग सो रहे होंगे। कोई उसको नहीं देखेगा। चुपचाप, दबे पांब, वह अपने टाट के पर्दे के पीछे, अपनी दुलहन समेत घुस जाएगा और सुबह मुंह-अंधेरे ही नीचे उतर आएगा।

जब वह कोठे पर पहुंचा तो बिलकुल सन्नाटा था। दुलहन ने शरमाए हुए कदम उठाए तो पायल के रुपहले घुंघरू बजने लगे। एकदम भोलू ने महसूस किया कि चारों तरफ जो नींद बिखरी हुई थी, वह जैसे चौंककर जाग पड़ी है। चारपाइयों पर लोग करवटें बदलने लगे। खांसने-खंखारने की आवाज़ें इधर-उधर उभरने लगीं। दबी-दबी कानाफूसियां उस तपी हुई फिज़ा में तैरने लगीं। भोलू ने घबराकर अपनी बीवी का हाथ पकड़ा और तेजी से टाट की ओट में चला गया। दबी-दबी एक हंसी की आवाज़ उसके कानों के साथ टकराई। उसकी घबराहट बढ़ गई। बीवी से बात की, तो पास ही खुसुर-फुसुर शुरू हो गई। दूर कोने में, जहां कल्लन की जगह थी, चारपाई की 'चर्र-चूं, चर्र-चूं' होने लगी। वह धीमी पड़ी, तो गामा की लोहे

की चारपाई बोलने लगी।

ईद हलवाई की कुंआरी लड़की शादां ने दो-तीन बार उठकर पानी पिया। घड़े के साथ उसका गिलास टकराता तो एक छनाकासा पैदा होता। खैरे कसाई के लड़के की चारपाई से बार-बार माचिस जलाने की आवाज़ आती थी।

भोलू अपनी दुलहन से कोई बात न कर सका। उसे डर था कि आसपास के खुले हुए कान फौरन उसकी बात निगल जाएंगे और सारी चारपाइयां 'चर्र-चूं, चर्र-चूं' करने लगेंगी। दम साधे वह चुपचाप लेटा रहा। कभी-कभी सहमी हुई निगाह से अपनी जोरू की तरफ देख लेता, जो गठरी-सी बनी दूसरी चारपाई पर पड़ी थी। कुछ देर वह जागती रही, फिर सो गई।

भोलू ने चाहा कि वह भी सो जाए, पर उसे नींद न आई। थोड़ी-थोड़ी देर के बाद उसके कानों में आवाज़ें आती थीं... आवाज़ें, जो फौरन तसवीरें बनकर उसकी आंखों के सामने से गुज़र जाती थीं।

उसके मन में बड़ी उमंगें थीं, बड़ा जोश था। जब उसने शादी का इरादा किया था तो वे सारे मज़े, जिनसे वह अपरिचित था, उसके दिल-दिमाग में चक्कर लगाते रहते थे। उसे एक गर्मी महसूस होती थी—बड़ी सुखद गर्मी। मगर अब जैसे 'पहली रात' से उसे कोई दिलचस्पी ही न थी। उसने रात में कई बार यह दिलचस्पी पैदा करने की कोशिश की, लेकिन आवाज़ें—वे तसवीरें खींचने वाली आवाज़ें—सब कुछ अस्तव्यस्त कर देतीं। वह अपने-आपको नंगा महसूस करता, बिलकुल नंगा, जिसको चारों ओर से लोग, आंखें फाड़-फाड़कर देख रहे हों और हंस रहे हों।

सुबह चार बजे के करीब वह उठा। बाहर निकलकर उसने ठण्डे पानी का एक गिलास पिया। कुछ सोचा। वह झिझक, जो उसके मन में बैठ गई थी, उसको किसी हद तक दूर किया। अब ठण्डी हवा चल रही थी, जो काफी तेज़ थी...भोलू की निगाहें कोने की तरफ घूमी। कल्लन का घिसा हुआ टाट हिल रहा था। वह अपनी बीवी के पास बिलकुल नंग-धडंग लेटा था। भोलू को बड़ी घिन लगी। साथ ही गुस्सा भी आया कि हवा ऐसे कोठों पर क्यों चलती है? चलती है तो टाटों को क्यों छेड़ती है? उसके जी में आया

कि कोठे पर जितने टाट हैं, सब नोच डाले और नंगा होकर नाचने लगे।

भोलू नीचे उतर आया। जब काम पर निकला तो कई दोस्त मिले। सबने उससे सुहागरात का हाल पूछा। फूजे दर्जी ने उसको दूर ही से आवाज़ दी, "क्यों उस्ताद भोल, कैसे रहे? कहीं हमारे नाम पर बट्टा तो नहीं लगा दिया?"

छागे टीनसाज़ ने उससे बड़े भेद-भरे स्वर में कहा, "देखो, अगर कुछ गड़बड़ है तो बता दो, एक बड़ा अच्छा नुस्खा मेरे पास है।"

बाले ने उसके कन्धे पर ज़ोर का हाथ मारा और पूछा, "कहो पहलवान, कैसा रहा दंगल?"

भोलू चुप रहा।

सुबह उसकी बीवी मायके चली गई। पांच-छ: दिन के बाद लौटी तो भोलू को फिर उसी मुसीबत का सामना करना पड़ा। कोठे पर सोने वाले जैसे उसकी बीवी के आने का इन्तजार कर रहे थे। कुछ रातें खामोश रही थीं, लेकिन जब वे ऊपर सोए तो फिर वही खुसुर-फुसुर, वही 'चर्र-चूं, चर्र-चूं', वही खांसना-खंखारना, वही घड़े के साथ गिलास के टकराने के छनाके, करवटों पर करवटें, दबी-दबी हंसी। भोलू सारी रात अपनी चारपाई पर लेटा आसमान की ओर देखता रहा। कभी-कभी एक ठण्डी आह भरकर अपनी दुलहन को देख लेता और मन में कुढ़ता....मुझे क्या हो गया है?'... 'मुझे क्या हो गया है?'...'यह मुझे क्या हो गया है?'

सात रातों तक यही होता रहा। आखिर तंग आकर भोलू ने अपनी दुलहन को मायके भेज दिया। बीस-पचीस दिन बीत गए तो गामा ने भोलू से कहा, "तुम अजीब आदमी हो! नई-नई शादी, और बीवी को मायके भेज दिया! इतने दिन हो गए उसे गए हुए, तुम अकेले सोते कैसे हो?"

भोलू ने सिर्फ इतना कहा, "ठीक है।"

गामा ने पूछा, "ठीक क्या है? जो बात है, बताओ! क्या तुम्हें पसंद नहीं आई आयशा?"

"यह बात नहीं है।"

"यह बात नहीं है तो और क्या बात है?"

भोलू बात गोल कर गया। पर थोड़े ही दिनों बाद उसके भाई ने फिर बात छेड़ी। भोलू उठकर क्वार्टर के बाहर चला गया। बाहर एक चारपाई पड़ी थी, उसपर बैठ गया। भीतर से उसकी भाभी की आवाज़ सुनाई दी। वह गामा से कह रही थी, "तुम जो कहते हो ना कि भोलू को आयशा पसन्द नहीं आई, यह गलत है।"

गामा की आवाज़ आई, "तो और क्या बात है? भोलू को उससे कोई दिलचस्पी ही नहीं।"

"दिलचस्पी क्या हो?"

"क्यों?"

गामा की बीवी ने इसका जो जवाब दिया, भोलू न सुन सका; लेकिन इसके बावजूद उसको ऐसा लगा, मानो उसकी सारी हस्ती किसीने ओखली में डालकर कूट दी हो।

गामा एकदम ज़ोर से बोला, "नहीं, नहीं! यह तुमसे किसने कहा?"

गामा की बीवी बोली, "आयशा ने अपनी किसी सहेली से कहा.. बात उड़ते-उड़ते मुझ तक पहुंच गई।"

बड़े दुःखभरे स्वर में गामा ने कहा, 'यह तो बहुत बुरा हुआ!"

भोलू के दिल में छुरी-सी उतर गई। उसका दिमागी संतुलन बिगड़ गया। वह उठा और कोठे पर चढ़कर, जितने टाट लगे थे, उन्हें उसने उखाड़ना शुरू कर दिया। 'खट-खट, फट-फट' सुनकर लोग ऊपर जमा हो गए। उन्होंने उसको रोकने की कोशिश की तो वह लड़ने लगा। बात बढ़ गई। कल्लन ने बांस उठाकर उसके सिर पर दे मारा। भोलू चकराकर गिरा और बेहोश हो गया। जब उसे होश आया, तो उसका दिमाग चल चुका था।

अब वह बिलकुल नंग-धडंग बाजारों में घूमता-फिरता है। कहीं टाट देखता है तो उसको उतारकर टुकड़े-टुकड़े कर देता है।

हतक

दिनभर की थकी-मांदी वह अभी-अभी अपने बिस्तर पर लेटी थी और लेटते ही सो गई थी। म्युनिसिपल कमेटी का सफाईदारोगा, जिसे वह 'सेठ' के नाम से पुकारा करती थी, अभी-अभी उसकी हड्डियां-पसलियां झंझोड़कर, शराब के नशे में चूर, घर को वापस आ गया था। वह रात को यहीं ठहर जाता, पर उसे अपनी 'धर्मपत्नी' का बहुत खयाल था, जो उससे बेहद 'प्रेम' करती थी।

वे रुपये, जो उसने अपनी जिस्मानी मशक्कत के बदले में, उस दारोगा से वसूल किए थे, उसकी चुस्त और थूक-भरी चोली के नीचे से, ऊपर को उभरे हुए थे। कभी-कभी सांस के उतारचढ़ाव से चांदी के ये सिक्के खनखनाने लगते और उनकी खनखनाहट उसके दिल की बेसूरी धड़कनों में घुल-मिल जाती। ऐसा मालूम होता था कि उन सिक्कों की चांदी पिघलकर उसके दिल के खून में टपक रही है।

उसका सीना अन्दर से तप रहा था। यह गर्मी, कुछ तो उस ब्रांडी की वजह से थी, जिसका अद्धा दारोगा अपने साथ लाया था और कुछ उस 'ब्योड़े' का नतीजा थी, जिसको, सोड़ा खत्म होने पर, दोनों ने पानी मिलाकर पिया था।

वह सागौन के लम्बे-चौड़े पलंग पर औंधे मुंह लेटी हुई थी। उसकी बांहें, जो कन्धों तक नंगी थीं, पतंग की उस कांप की तरह फैली हुई थीं, जो ओस में भीग जाने के कारण पतले कागज़ से अलग हो जाए। दायें बाज़ू की बगल में झुरियों-भरा मांस उभरा हुआ था, जो बार-बार मुंडने की वजह से

नीली-काली रंगत का हो गया था। लगता था, जैसे नुची हुई मुर्गी की खाल का एक टुकड़ा वहां पर रख दिया गया है।

कमरा बहुत छोटा था, जिसमें अनगिनत चीजें बेतरतीबी के साथ बिखरी हुई थीं। तीन-चार सूखी-सड़ी चप्पलें पलंग के नीचे पड़ी थीं, जिनके ऊपर मुंह रखकर, एक खाज-मारा कुत्ता सो रहा था और नींद में किसी अनजान चीज़ को मुंह चिढ़ा रहा था। उस कुत्ते के बाल, खुजली के कारण, जगह-जगह से उड़े हुए थे। दूर से अगर कोई उस कुत्ते को देखता तो समझता कि पैर पोंछने वाला पुराना टाट, दोहरा कर, ज़मीन पर रखा हुआ है।

उस तरफ, छोटी-सी दीवारगीर पर, सिंगार का सामान रखा था—गालों पर लगाने की सुर्खी, लाल रंग की लिपस्टिक, पाउडर, कंघी और लोहे के पिन, जिन्हें शायद वह अपने जूड़े में लगाया करती थी। पास ही एक लम्बी खूटी के साथ तोते का पिंजरा लटक रहा था, जिसमें तोता गर्दन को अपनी पीठ के बालों में छिपाए सो रहा था। पिंजरा कच्चे अमरूद के टुकड़ों और गले हुए सन्तरे के छिलकों से भरा हुआ था। उन बदबूदार टुकड़ों पर छोटे-छोटे, काले रंग के मच्छर या पतंगे उड़ रहे थे।

पलंग के पास ही एक बेंत की कुर्सी पड़ी थी, जिसकी पीठ लगातार सिर टेकने की वजह से बेहद मैली हो रही थी। कुर्सी के दायें हाथ को एक सुन्दर तिपाई थी, जिसपर 'हिज मास्टर्स वायस' का पोर्टेबल ग्रामोफोन पड़ा था। उस ग्रामोफोन पर मढ़े हुए काले कपड़े की बहुत बुरी हालत थी। सुइयां तिपाई के अलावा कमरे के हर कोने में बिखरी पड़ी थीं। उस ग्रामोफोन के ठीक ऊपर, दीवार पर चार फ्रेम लटक रहे थे, जिनमें अलग-अलग व्यक्तियों की तसवीरें जड़ी थीं।

इन तस्वीरों से ज़रा इधर हटकर, यानी दरवाज़े में दाखिल होते ही, बाईं तरफ की दीवार के कोने में, चौखटे में जड़ा, गणेश जी का, बड़े ही भड़कीले रंग का चित्र था, जो ताज़ा और सूखे फूलों से लदा हुआ था। लगता था, यह चित्र कपड़े के किसी थान से उतारकर फ्रेम कराया गया था। उस चित्र के साथ, छोटे-से ताक पर, जोकि बेहद चिकना हो रहा था, तेल की एक प्याली

धरी थी, जो दीये को जलाने के लिए वहां रखी गई थी। पास ही दीया पड़ा था, जिसकी लौ, हवा बन्द होने की वजह से, माथे के तिलक की तरह सीधी खड़ी थी। उस दीवारगीर पर धूप-बत्ती की छोटी-बड़ी मरोड़ियां भी पड़ी थीं।

जब वह बोहनी करती थी तो दूर से गणेशजी की उस मूर्ति से रुपये छुआकर और फिर अपने माथे के साथ लगाकर, उन्हें अपनी चोली में रख लिया करती थी। उसकी छातियां चंकि काफी उभरी हुई थी, इसलिए वह जितने रुपये भी अपनी चोली में रखती, सुरक्षित पड़े रहते। अलबत्ता कभी-कभी जब माधो पूने से छुट्टी लेकर आता तो उसे अपने कुछ रुपये पलंग के पाए के नीचे उस छोटे-से गड्ढे में छिपाने पड़ते थे, जो उसने खास तौर पर इसी काम के लिए खोद रखा था। माधो से रुपये बचाए रखने का यह तरीका सुगन्धी को रामलाल दलाल ने बताया था।

उसने जब यह सुना था कि माधो पूने से आकर सुगन्धी पर धावे बोलता है तो कहा था, 'उस साले को तूने कब से यार बनाया है?. यह बड़ी अनोखी आशिकी-माशू की है।...साला एक पैसा अपनी जेब से निकालता नहीं और तेरे साथ मज़े उड़ाता है। मज़े अलग रहे, तुझसे कुछ ले भी मरता है 'सुगन्धी, मुझे कुछ दाल में काला नज़र आता है। उस साले में कोई बात ज़रूर है, जो वह तुझे पा गया है "सात साल से यह धन्धा कर रहा हूं। मैं तुम छोकरियों की सारी कमज़ोरियां जानता हूं।'

यह कहकर रामलाल दलाल ने, जो बम्बई शहर के विभिन्न भागों में दस रुपये से लेकर सौ रुपये लेने वाली, एक सौ बीस छोकरियों का धन्धा करता था, सुगन्धी को बताया, 'साली, अपना धन यों बरबाद न कर तेरे तन पर से ये कपड़े भी उतारकर ले जाएगा वह तेरी मां का यार!... इस पलंग के पाए के नीचे छोटा-सा गड्ढा खोदकर, उसमें सारे पैसे दबा दिया कर और जब वह यहां आया करे तो उससे कहा कर—तेरी जान की कसम माधो, आज सुबह से एक धेले का मुंह नहीं देखा। बाहर वाले से कहकर एक 'कोप' चाय और एक अफलातून बिस्कुट तो मंगा। भूख से मेरे पेट में चूहे दौड़ रहे हैं। —समझी? समय बहुत खराब आ गया है मेरी जान...इस साली कांग्रेस ने शराब बन्द करके बाजार बिलकुल मन्दा कर दिया है, पर तुझे तो कहीं न

कहीं से पीने को मिल ही जाती है। भगवान कसम, जब तेरे यहां कभी रात की खाली की हुई बोतल देखता हूं और दारू की बास सूंघता हूं तो जी चाहता है, तेरी जून में चला जाऊं।'

सुगन्धी को अपने जिस्म में सबसे ज़्यादा अपना सीना पसन्द था। एक बार जमुना ने उससे कहा था, 'नीचे से इन बम के गोलों को बांधकर रखा कर। अंगिया पहना करेगी तो इनकी सख्ताई ठीक रहेगी।'

सुगन्धी यह सुनकर हंस दी थी, 'जमुना, तू सबको अपनेसरीखा समझती है। दम रुपये में लोग तेरी बोटियां तोड़कर चले जाते हैं तो तू समझती है कि सबके साथ ऐसा ही होता होगा...कोई मुआ लगाए तो ऐसी-वैसी जगह हाथ—अरे हां, कल की बात तुझे सुनाऊं। रामलाल रात के दो बजे एक पंजाबी को लाया। रात का तीस रुपया तय हुआ। जब सोने लगे तो मैंने बत्ती बुझा दी। अरे, वह तो डरने लगा। सुनती हो जमुना! तेरी कसम, अंधेरा होते ही उसका सारा ठाठ हवा हो गया। वह डर गया। मैंने कहा, चलो, चलो! देर क्यों करते हो। तीन बजने वाले हैं, अभी दिन चढ़ आएगा। बोला, रोशनी करो!... रोशनी करो! मैंने कहा, यह रोशनी क्या हुआ? बोला, लाइट...लाइट।... उसकी भिंची हुई आवाज़ सुनकर मुझसे हंसी न रुकी। मैंने कहा, भई, मैं तो लाइट न करूंगी।...और यह कहकर मैंने उसकी मांस-भरी रान में चुटकी ली।...वह तड़पकर उठ बैठा और लाइट ऑन कर दी। मैंने झट से चादर ओढ़ ली और कहा, तुझे शर्म नहीं आती मर्दुए!.. वह पलंग पर आया तो मैं उठी और लपककर लाइट बुझा दी। वह फिर घबराने लगा...तेरी कसम, बड़े मज़े में रात कटी। कभी अंधेरा, कभी उजाला; कभी उजाला, कभी अंधेरा। ट्राम की खड़खड़ाहट हुई तो पतलून-वतलून पहनकर वह उठ भागा...साले ने तीस रुपये सट्टे में जीते होंगे, जो यूं मुफ्त दे गया...जमुना, तू बिलकुल अल्हड़ है। बड़े-बड़े गुर याद हैं मुझे इन लोगों को ठीक करने के लिए।'

सुगन्धी को सचमुच बहत-से गूर याद थे, जो उसने अपनी एक-दो सहेलियों को बताए भी थे। आम तौर पर वह यह गुर सबको बताया करती थी—'अगर आदमी भला हो, ज़्यादा बातें न करने वाला हो, तो उससे खूब शरारतें करो, अनगिनत बातें करो, उसे छेड़ो, सताओ, उसके गुदगुदी करो,

उससे खेलो अगर दाढ़ी रखता हो तो उसमें उंगलियों से कंघी करते-करते दो-चार बाल भी नोच लो; पेट बड़ा हो तो थपथपाओ...उसको इतनी मोहलत ही न दो कि अपनी मर्जी के मुताबिक कुछ करने पाए...वह खुश-खुश चला जाएगा और तुम भी बची रहोगी...ऐसे मर्द, जो गुपचुप रहते हैं, बड़े खतरनाक होते हैं बहन—हड्डी-पसली तोड़ देते हैं, अगर उनका दांव चल जाए।'

सुगन्धी उतनी चालाक नहीं थी, जितनी वह खुद को ज़ाहिर करती थी। उसके गाहक बहुत कम थे। वह एक बहुत ही भावुक लड़की थी। यही वजह है कि वे सारे गुर, जो उसे याद थे, उसके दिमाग से फिसलकर उसके पेट में आ जाते थे, जिसपर एक बच्चा हो जाने के कारण कई लकीरें पड़ गई थीं।... इन लकीरों को पहली बार देखकर उसे ऐसा लगा था कि उसके खाज-मारे कुत्ते ने अपने पंजे से ये निशान बना दिए हैं। ...जब कोई कुतिया बड़ी उपेक्षा से उसके पालतू कुत्ते के पास से गुज़र जाती थी तो वह शर्मिन्दगी दूर करने के लिए जमीन पर अपने पंजों से इसी तरह के निशान बनाया करता था।

सुगन्धी दिमाग में ज़्यादा रहती थी, लेकिन जैसे ही कोई नर्मनाज़ुक बात, कोई कोमल बोल उससे कहता, वह झट पिघलकर अपने शरीर के दूसरे हिस्सों में फैल जाती। हालांकि उसका दिमाग मर्द-औरत के शारीरिक सम्बन्ध को एकदम बेकार की चीज़ समझता था, पर उसके शरीर के बाकी अंग सब के सब इसके बुरी तरह कायल थे। वे थकन चाहते थे—ऐसी थकन, जो उन्हें झकझोरकर, उन्हें मारकर, सोने पर मजबूर कर दे। ऐसी नींद, जो थककर चूर-चूर होने के बाद आए, कितनी मज़ेदार होती है! ...वह बेहोशी, जो मार खाकर, जोड़-जोड़ ढीले हो जाने पर छा जाती है, कितना आनन्द देती है! कभी ऐसा लगता है कि तुम हो, कभी ऐसा लगता है कि तुम नहीं हो और इस होने और न होने के बीच कभी-कभी ऐसा महसूस होता है कि तुम हवा में बहुत ऊंची जगह लटके हुए हो। ऊपर हवा, नीचे हवा, दायें हवा, बायें हवा—बस, हवा ही हवा! और फिर उस हवा में दम घुटना भी एक खास मज़ा देता है।

बचपन में, जब वह आंख-मिचौली खेला करती थी और अपनी मां का बड़ा सन्दूक खोलकर उसमें छिप जाया करती थी तो नाकाफी हवा में दम

घुटने के साथ-साथ पकड़े जाने के डर से वह तेज़ धड़कन, जो उसके दिल में पैदा हो जाया करती थी, कितना मज़ा दिया करती थी!

सुगन्धी चाहती थी कि अपनी सारी ज़िन्दगी ऐसे ही किसी सन्दूक में छिपकर गुज़ार दे, जिसके बाहर ढूंढ़ने वाले फिरते रहे। कभी-कभी उसको ढूंढ़ निकालें, ताकि वह भी उनको ढूंढ़ने की कोशिश करे। यह ज़िन्दगी, जो वह पांच बरस से बिता रही थी, आंख-मिचौली ही तो थी।...कभी वह किसीको ढूंढ लेती थी और कभी कोई उसे ढूंढ लेता था...बस, यों ही उसका जीवन बीत रहा था। वह खुश थी, इसलिए कि उसको खुश रहना पड़ता था। हर रोज रात को कोई न कोई मर्द उसके चौड़े सागौनी पलंग पर होता था और सुगन्धी, जिसको मर्दो को ठीक करने के अनगिनत गुर याद थे, इस बात का बार-बार निश्चय करने पर भी कि वह उन मर्दों की कोई ऐसी-वैसी बात नहीं मानेगी और उनके साथ बड़े रूखेपन से पेश आएगी, हमेशा अपनी भावनाओं की धारा में बह जाया करती थी और सिर्फ एक प्यासी औरत रह जाया करती थी।

हर रोज़ रात को उसका पुराना या नया मुलाकाती उससे कहा करता था, 'सुगन्धी! मैं तुझसे प्यार करता हूं।' और सुगन्धी, यह जानते हुए भी कि वह झूठ बोलता है, मोम हो जाती थी और ऐसा महसूस करती थी, जैसे सचमुच उससे प्यार किया जा रहा है! प्यार, कितना सुन्दर शब्द है! वह चाहती थी, उसको पिघलाकर अपने सारे अंगों पर मल ले, उसकी मालिश करे, ताकि यह सारे का सारा उसके जिस्म में रच जाए.. या फिर वह खुद उसके अन्दर चली जाए—सिमट-सिमटाकर उसके अन्दर दाखिल हो जाए और ऊपर से ढकना बन्द कर दे। कभीकभी जब प्यार करने और प्यार किए जाने की इच्छा उसके अन्दर शिद्दत से उठती तो कई बार उसके मन में आता कि अपने पास पड़े हुए आदमी को गोद में लेकर थपथपाना शुरू कर दे और लोरियां देकर उसे अपनी गोद में ही सुला दे।

प्यार कर सकने की शक्ति उसके अन्दर इतनी ज़्यादा थी कि हर उस मर्द से, जो उसके पास आता था, वह प्यार कर सकती थी और फिर उसको निभा सकती थी। अब तक चार मर्दो से (जिनकी तस्वीरें उसके

सामने दीवार पर लटक रही थीं) वह प्यार निभा ही तो रही थी। हर समय यह एहसास उसके दिल में बना रहता था कि वह बहुत अच्छी है। लेकिन यह अच्छापन मर्दों में क्यों नहीं होता, यह बात उसकी समझ में न आती थी। एक बार आईना देखते हुए अनायास उसके मुंह से निकल गया था—'सुगन्धी! तुझसे ज़माने ने अच्छा सुलूक नहीं किया।'

यह ज़माना, यानी पांच बरसों के दिन और उनकी रातें, उसके जीवन के हर तार के साथ जुड़ा हुआ था। हालांकि उस जमाने से उसको वह खुशी नसीब नहीं हुई थी, जिसकी इच्छा उसके मन में मौजूद थी, फिर भी वह चाहती थी कि यों ही उसके दिन बीतते चले जाएं। उसे कौन से महल खड़े करने थे, जो रुपये-पैसे का लालच करती। दस रुपये उसका आम रेट था, जिसमें से अढ़ाई रुपये रामलाल अपनी दलाली के काट लेता था। साढ़े सात रुपये उसे रोज़ मिल ही जाया करते थे, जो उसकी अकेली जान के लिए काफी थे, और माधो जब पूने से, बकौल रामलाल दलाल, सुगन्धी पर धावे बोलने के लिए आता था, तो वह दस-पन्द्रह रुपये टैक्स-स्वरूप भी अदा करती थी। यह टैक्स सिर्फ इस बात का था कि सुगन्धी को उससे कुछ 'वह' हो गया था। रामलाल दलाल ठीक कहता था, उसमें कुछ ऐसी बात ज़रूर थी, जो सुगन्धी को बहुत भा गई थी। अब उसको छिपाना क्या? बता ही क्यों न दे।

सुगन्धी से जब माधो की पहली मुलाकात हुई तो उसने कहा था, 'तुझे लाज नहीं आती अपना भाव करते? जानती है, तू मेरे साथ किस चीज़ का सौदा कर रही है?...और मैं तेरे पास क्यों आया हूं?...छिः-छिः-छिः! दस रुपये, और जैसाकि तू कहती है, ढाई रुपये दलाल के, बाकी रहे साढ़े सात—रहे न साढ़े सात? ... अब इन साढ़े सात रुपल्लियों पर तू मुझे ऐसी चीज़ देने का वचन देती है, जो तू दे ही नहीं सकती और मैं ऐसी चीज़ लेने आया हूं, जो मैं ले ही नहीं सकता "मुझे औरत चाहिए, पर तुझे क्या इसी वक्त, इसी घड़ी मर्द चाहिए...मुझे तो कोई भी औरत भा जाएगी, पर क्या मैं तुझे जंचता हूं? 'तेरा-मेरा नाता ही क्या है, कुछ भी नहीं...बस, ये दस रुपये, जिनमें से ढाई दलाली में चले जाएंगे और बाकी इधर-उधर बिखर जाएंगे, तेरे और मेरे बीच बज रहे हैं... तू भी इनका बजना सुन रही है और

मैं भी। तेरा मन कुछ और सोचता है, मेरा मन कुछ और क्यों न कोई ऐसी बात करें कि तुझे मेरी ज़रूरत हो और मुझे तेरी! पूने में हवलदार हूं। महीने में एक बार आया करूंगा, तीन-चार दिन के लिए...यह धन्धा छोड़...मैं तुझे खर्च दे दिया करूंगा क्या भाड़ा है इस खोली का?'

माधो ने और भी बहुत कुछ कहा था, जिसका असर सुगन्धी पर इतना ज़्यादा हुआ था कि वह कुछ क्षणों के लिए अपनेआपको हवलदारनी समझने लगी थी। बातें करने के बाद माधो ने उसके कमरे की बिखरी हुई चीजें करीने से रखी थीं और नंगी तस्वीरें; जो सुगन्धी ने अपने सिरहाने लगा रखी थीं, बिना पूछे फाड़ दी थीं और कहा था, 'सुगन्धी, भई मैं ऐसी तस्वीरें यहां नहीं रखने दूंगा और पानी का यह घड़ा देख तो, कितना मला है और ये 'ये चिथड़े. 'ये चिन्दियां उफ, कितनी बुरी बास आती है! उठा के बाहर फेंक इनको "और तूने अपने बालों का क्या सत्यानाश कर रखा है...और और...।'

तीन घण्टे की बातचीत के बाद सुगन्धी और माधो, दोनों आपस में घुलमिल गए थे और सुगन्धी को तो ऐसा महसूस हुआ था, जैसे वह बरसों से हवलदार को जानती है। उस वक्त तक किसीने भी कमरे में बदबूदार चिथड़ों, मैले घड़े और नंगी तस्वीरों की मौजूदगी का खयाल नहीं किया था और न कभी किसीने उसको यह महसूस करने का मौका दिया था कि उसका एक घर है, जिसमें घरेलूपन आ सकता है। लोग आते थे और बिस्तर तक की गन्दगी को महसूस किए बिना चले जाते थे। कोई सुगन्धी से यह न कहता था, 'देख तो, आज तेरी नाक कितनी लाल हो रही है! कहीं जुकाम न हो जाए तुझे...ठहर, मैं तेरे लिए दवा लाता हूं।' माधो कितना अच्छा था! उसकी हर बात बावन तोला और पाव रत्ती की थी। क्या खरी-खरी सुनाई थी उसने सुगन्धी को! उसे महसूस होने लगा कि उसे माधो की ज़रूरत है, और इसलिए उन दोनों का सम्बन्ध हो गया।

महीने में एक बार माधो पूने से आता था और वापस जाते हुए हमेशा सुगन्धी से कहा करता था, 'देख सुगन्धी! अगर तूने फिर से अपना धन्धा शुरू किया तो बस, तेरी-मेरी टूट जाएगी।... अगर तूने एक बार भी किसी मर्द को अपने यहां ठहराया तो चुटिया से पकड़कर बाहर निकाल दूंगा...

देख, इस महीने का खर्च मैं तुझे पूना पहुंचते ही मनीऑर्डर कर दूंगा. "हां, क्या भाड़ा है इस खोली का?'

न माधो ने कभी पूने से खर्च भेजा था और न सुगन्धी ने अपना धन्धा बन्द किया था। दोनों अच्छी तरह जानते थे, क्या हो रहा है। न सुगन्धी ने कभी माधो से यह कहा था, 'तू यह टरटर क्या करता है! एक फूटी कौड़ी भी दी है कभी तूने?' और न माधो ने कभी सुगन्धी से पूछा था, 'यह माल तेरे पास कहां से आता है, जबकि मैं तुझे कुछ देता ही नहीं!'.. दोनों झूठे थे, दोनों एक गिलट की हुई जिन्दगी बिता रहे थे। लेकिन सुगन्धी खुश थी। जिसको असल सोना पहनने को न मिले, वह गिलट किए हुए गहनों पर ही सन्तोष कर लिया करता है।

उस समय सुगन्धी थकी-मांदी सो रही थी। बिजली का हण्डा, जिसे वह ऑफ करना भूल गई थी, उसके सिर के ऊपर लटक रहा था। उसकी तेज़ रोशनी उसकी मुंदी हुई आंखों के साथ टकरा रही थी, पर वह गहरी नींद सो रही थी।

दरवाज़े पर दस्तक हुई। रात के दो बजे यह कौन आया था? सपनों में डूबे हुए सुगन्धी के कानों में दस्तक की आवाज़ भनभनाहट बनकर पहुंची। दरवाज़ा जब ज़ोर से खटखटाया गया तो वह चौंककर उठ बैठी। दो मिली जुली शराबों और दांतों की रीखों में फंसे हुए मछली के रेशों ने उसके मुंह के अन्दर ऐसा लुआब पैदा कर दिया था, जो बेहद कसैला और लेसदार था। धोती के पल्लू से उसने यह बदबूदार लुआब साफ किया और आंखें मलने लगी। पलंग पर वह अकेली थी। झुककर उसने पलंग के नीचे देखा तो उसका कुत्ता, सूखी हुई चप्पलों पर मुंह रखे, सो रहा था और नींद में किसी अनजान चीज़ को मुंह चिढ़ा रहा था। तोता पीठ के बालों में सिर दिए सो रहा था।

दरवाज़े पर फिर दस्तक हुई। सुगन्धी बिस्तर से उठी। उसका सिर दर्द के मारे फटा जा रहा था। घड़े से पानी का एक डोंगा निकालकर उसने कुल्ली की और दूसरा डोंगा गटागट पीकर उसने दरवाज़े का पट थोड़ा-सा खोला और कहा, "रामलाल!"

रामलाल, जो बाहर दस्तक देते-देते थक गया था, भन्नाकर बोला,

"तुझे सांप सूंघ गया था या क्या हो गया था? एक घण्टे से बाहर खड़ा दरवाज़ा खटखटा रहा हूं। कहां मर गई थी?" फिर आवाज़ दबाकर उसने हौले से पूछा, "अन्दर कोई है तो नहीं?"

जब सुगन्धी ने कहा 'नहीं' तो रामलाल की आवाज़ फिर ऊंची हो गई, "तू दरवाज़ा क्यों नहीं खोलती?...भई, हद हो गई ! क्या नींद पाई है ! ऐसे एक-एक छोकरी को उठाने में दो-दो घण्टे सिर खपाना पड़े तो मैं अपना धन्धा कर चुका। अब तू मेरा मुंह क्या देखती है! झटपट यह धोती उतारकर वह फूलों वाली साड़ी पहन, पाउडर-वाउडर लगा और चल मेरे साथ "बाहर मोटर में एक सेठ बैठे तेरा इन्तज़ार कर रहे हैं.. चल-चल, एकदम जल्दी कर!"

सुगन्धी आरामकुर्सी पर बैठ गई और रामलाल आईने के सामने अपने बालों में कंघी करने लगा।

सुगन्धी ने तिपाई की तरफ हाथ बढ़ाया और बाम की शीशी उठाकर उसका ढकना खोलते हुए कहा, "रामलाल, आज मेरा जी अच्छा नहीं।"

रामलाल ने कंघी दीवारगीर पर रख दी और मुड़कर कहा, "तो पहले ही कह दिया होता।"

सुगन्धी ने माथे और कनपटियों पर बाम मलते हुए रामलाल का भ्रम दूर कर दिया, "वह बात नहीं रामलाल...ऐसे ही मेरा जी अच्छा नहीं...बहुत पी गई।"

रामलाल के मुंह में पानी भर आया, "थोड़ी बची हो तो ला, जरा हम भी मुंह का मज़ा ठीक कर लें।"

सुगन्धी ने बाम की शीशी तिपाई पर रख दी और कहा, "बचाई होती तो यह मुआ सिर में दर्द ही क्यों होता ! देख रामलाल, वह जो बाहर मोटर में बैठा है, उसे अन्दर ही ले आ।"

रामलाल ने जवाब दिया, "नहीं भई, वे अन्दर नहीं आ सकते। जेण्टलमैन आदमी हैं। वे तो मोटर को गली के बाहर खड़ी करते हुए भी घबराते थे...तू कपड़े वपड़े पहन ले और ज़रा गली के नुक्कड़ तक चल...सब ठीक हो जाएगा।"

साढ़े सात रुपये का सौदा था। सुगन्धी उस हालत में, जबकि उसके सिर में बेहिसाब दर्द हो रहा था, कभी स्वीकार न करती, लेकिन उसे रुपयों

की सख्त ज़रूरत थी। उसके साथ वाली खोली में एक मद्रासी औरत रहती थी, जिसका पति मोटर के नीचे आकर मर गया था। उस औरत को अपनी जवान लड़की के साथ अपने घर जाना था, लेकिन उसके पास चूंकि किराया ही नहीं था, इसलिए वह असहाय अवस्था में पड़ी थी। सुगन्धी ने कल ही उसको ढाढ़स दिया था और उससे कहा था, 'बहन, तू चिन्ता न कर । मेरा आदमी पूने से आने वाला है। मैं उससे कुछ रुपये लेकर तेरे जाने का बन्दोबस्त कर दूंगी।'

...माधो पूना से आने वाला था, पर रुपयों का प्रबन्ध तो सुगन्धी को ही करना था। इसलिए वह उठी और जल्दी-जल्दी कपड़े बदलने लगी। पांच मिनट में उसने धोती उतारकर, फूलों वाली साड़ी पहनी और गालों पर लाल पाउडर लगाकर तैयार हो गई। घड़े से ठण्डे पानी का एक और डोंगा उसने पिया और रामलाल के साथ हो ली।

गली, जोकि छोटे शहरों के बाजारों से भी कुछ बड़ी थी, बिलकुल खामोश थी। गैस के वे लैम्प, जो खम्भों पर जड़े थे, पहले की बनिस्बत बहुत धुंधली रोशनी दे रहे थे। लड़ाई[1] के कारण उनके शीशों को गंदला कर दिया गया था। उस अन्धी रोशनी में, गली के आखिरी सिरे पर, एक मोटर नज़र आ रही थी।

कमज़ोर रोशनी में उसे काले रंग की मोटर का साया नज़र आया और रात के पिछले पहर का भेदभरा सन्नाटा...सुगन्धी को ऐसा लगा कि उसके सिर का दर्द सारे माहौल पर छा गया है। एक कसैलापन उसे हवा के अन्दर भी महसूस होता था, जैसे ब्राण्डी और ब्योड़े की बास से वह भी बोझिल हो रही हो।

आगे बढ़कर रामलाल ने मोटर के अन्दर बैठे हुए आदमियों से कुछ कहा। इतने में जब सुगन्धी मोटर के पास पहुंच गई तो रामलाल एक तरफ हटकर बोला, "लीजिए, वह आ गई.. बड़ी अच्छी छोकरी है । थोड़े ही दिन हुए हैं इसे धन्धा शुरू किए।" फिर सुगन्धी की ओर मुड़कर कहा, "सुगन्धी, इधर आ, सेठजी बुलाते हैं।"

1. द्वितीय महायुद्ध

सुगन्धी साड़ी का एक किनारा अपनी उंगली पर लपेटती हुई आगे बढ़ी और मोटर के दरवाज़े के पास खड़ी हो गई। सेठ साहब ने टॉर्च से उसके चेहरे के पास रोशनी की। एक क्षण के लिए उस रोशनी ने सुगन्धी की खुमारभरी आंखों में चकाचौंध पैदा की । बटन दबाने की आवाज़ पैदा हुई और रोशनी बुझ गई। साथ ही सेठ के मुंह से एक 'ऊंह' निकली। फिर एकदम मोटर का इंजन फड़फड़ाया और कार यह जा, वह जा...

सुगन्धी कुछ सोच भी न पाई कि मोटर चल दी। उसकी आंखों में अभी तक टॉर्च की तेज रोशनी घुसी हुई थी। वह सेठ का चेहरा भी तो ठीक तरह न देख सकी थी। यह आखिर हुआ क्या था? इस 'ऊंह' का क्या मतलब था, जो अभी तक उसके कानों में भनभना रही थी? क्या? ... क्या?

रामलाल दलाल की आवाज़ सुनाई दी, "पसन्द नहीं किया तुझे ।... अच्छा भई, मैं चलता हूं। दो घण्टे मुफ्त में ही बरबाद किए।"

यह सुनकर सुगन्धी की टांगों में, उसकी बांहों में, उसके हाथों में एक ज़बरदस्त हरकत का इरादा पैदा हुआ। कहां थी वह मोटर...कहां था वह सेठ...तो 'ऊंह' का मतलब यह था कि उसने मुझे पसन्द नहीं किया... उसकी...

गाली उसके पेट के अन्दर से उठी और ज़बान की नोक पर आकर रुक गई। वह आखिर गाली किसे देती ! मोटर तो जा चुकी थी। उसकी दुम की लाल बत्ती उसके सामने, बाजार के अंधियारे में, डूब रही थी। और सुगन्धी को ऐसा महसूस हो रहा था कि यह लाल-लाल अंगारा 'ऊंह' है, जो उसके सीने में बर्मे की तरह उतरा चला जा रहा है। उसके जी में आया कि ज़ोर से पुकारे, 'ओ सेठ...ओ सेठ...ज़रा मोटर रोकना अपनी...बस, एक मिनट के लिए।' पर वह सेठ, थू है उसकी ज़ात पर, बहुत दूर निकल चुका था।

वह सुनसान बाजार में खड़ी थी। फूलों वाली साड़ी, जिसे वह खास-खास मौकों पर पहना करती थी, रात के पिछले पहर की हलकी-फुलकी हवा में लहरा रही थी। यह साड़ी और उसकी रेशमी सरसराहट सुगन्धी को कितनी बुरी मालूम हो रही थी ! वह चाहती थी कि उस साड़ी के चिथड़े उड़ा दे, क्योंकि साड़ी हवा में लहरा-लहराकर 'ऊंह-ऊंह' कर रही थी।

गालों पर उसने पाउडर लगाया था और होंठों पर सुर्खी। जब उसे खयाल आया कि यह सिंगार उसने अपने-आपको पसन्द कराने के लिए किया था तो शर्म के मारे उसे पसीना आ गया। यह शर्मिन्दगी दूर करने के लिए उसने क्या कुछ न सोचा, 'मैंने उस मुए को दिखाने के लिए थोड़े ही अपने-आपको सजाया था! यह तो मेरी आदत है—मेरी क्या, सबकी यही आदत है पर...पर...यह रात के दो बजे और रामलाल दलाल और...यह बाज़ार...और वह मोटर और टॉर्च की चमक।'...यह सोचते ही रोशनी के धब्बे उसकी नज़र की हद तक फ़िज़ा में इधर-उधर तैरने लगे और मोटर के इंजन की फड़फड़ाहट उसे हवा के हर झोंके में सुनाई देने लगी।

उसके माथे पर बाम का लेप, जो सिंगार करते समय बिलकुल हलका हो गया था, पसीना आने की वजह से उसके लोम-रन्ध्रों में दाखिल होने लगा और सुगन्धी को अपना माथा किसी और का माथा मालूम हुआ। जब हवा का एक झोंका उसके पसीने से भीगे माथे के पास से गुज़रा तो उसे ऐसा लगा कि ठण्डा-ठण्डा टीन का टुकड़ा काटकर उसके माथे के साथ चिपका दिया गया है। सिर में दर्द वैसे का वैसा मौजूद था, पर विचारों की भीड़भाड़ और उनके शोर ने उस दर्द को अपने नीचे दबा रखा था। सुगन्धी ने कई बार उस दर्द को अपने खयालों के नीचे से निकालकर ऊपर लाना चाहा, पर नाकाम रही। वह चाहती थी कि किसी न किसी तरह उसका अंग-अंग दुखने लगे। उसके सिर में दर्द हो, उसकी टांगों में दर्द हो, उसके पेट में दर्द हो, उसकी बांहों में दर्द हो-ऐसा दर्द कि वह सिर्फ दर्द ही का खयाल करे, बाकी सब कुछ भूल जाए। यह सोचते-सोचते उसके दिल में कुछ हुआ—क्या यह दर्द था?—पलभर के लिए उसका दिल सिकुड़ा और फिर फैल गया—यह क्या था?...लानत है ! यह तो वही 'ऊंह' थी, जो उसके दिल के अन्दर कभी सिकुड़ती थी और कभी फैलती थी।

घर की तरफ सुगन्धी के कदम उठे ही थे कि रुक गए और वह ठहरकर सोचने लगी, 'रामलाल दलाल का खयाल है कि उसे मेरी शक्ल पसन्द नहीं आई—शक्ल का तो उसने ज़िक्र नहीं किया। उसने तो यह कहा था—सुगन्धी, पसन्द नहीं किया तुझे। उसे...उसे सिर्फ मेरी शक्ल ही

पसन्द नहीं आई...नहीं आई तो क्या हुआ?...मुझे भी तो कई आदमियों की शक्ल पसन्द नहीं आती। वह, जो अमावस की रात को आया था, कितनी बुरी सूरत थी उसकी! क्या मैंने नाक-भौं नहीं चढ़ाई थी? जब वह मेरे साथ सोने लगा था तो मुझे घिन नहीं आई थी?...क्या मुझे उबकाई आते-आते नहीं रुक गई थी?...ठीक है, पर सुगन्धी...तूने उसे दुत्कारा नहीं था, तूने उसे ठुकराया नहीं था. उस मोटर वाले सेठ ने तो तेरे मुंह पर थूका है...ऊंह इस 'ऊंह' का और मतलब ही क्या है?...यही कि इस छछूंदर के सिर में चमेली का तेल....ऊंह...यह मुंह और मसूर की दाल...अरे रामलाल, तू यह छिपकली कहां से पकड़कर ले आया है. इसी लौंडिया की इतनी तारीफ कर रहा था तू दस रुपये और यह औरत...! खच्चर क्या बुरी है...'

सुगन्धी सोच रही थी और उसके पैर के अंगूठे से लेकर सिर की चोटी तक गर्म लहरें दौड़ रही थीं। उसको कभी अपने-आपपर गुस्सा आता था और कभी रामलाल दलाल पर, जिसने रात के दो बजे उसे बेआराम किया। लेकिन फौरन ही दोनों को बेकसूर पाकर वह सेठ का खयाल करती थी। उस खयाल के आते ही उसकी आंखें, उसके कान, उसकी बांहें, उसकी टांगें, उसका सब कुछ मुड़ता था कि उस सेठ को कहीं देख पाए...उसके अन्दर यह इच्छा बड़ी शिद्दत से पैदा हो रही थी कि जो कुछ हो चुका है, एक बार फिर हो...सिर्फ एक बार वह हौले-हौले मोटर की तरफ बढ़े, मोटर के अन्दर से एक हाथ टॉर्च निकाले और उसके चेहरे पर रोशनी फेंके, 'ऊंह' की आवाज़ आए और सुगन्धी अन्धाधुन्ध अपने दोनों पंजों से उसका मुंह नोचना शुरू कर दे। जंगली बिल्ली की तरह झपटे और अपनी उंगलियों के सारे नाखून, जो उसने नये फैशन के मुताबिक बढ़ा रखे थे, उस सेठ के गालों में गड़ा दे.. बालों से पकड़कर उसे बाहर घसीट ले और धड़ाधड़ पीटना शुरू कर दे, और जब थक जाए...जब थक जाए तो रोना शुरू कर दे।

रोने का खयाल सुगन्धी को सिर्फ इसलिए आया कि उसकी आंखों में गुस्से और बेबसी की शिद्दत के कारण तीन-चार बड़ेबड़े आंसू बन रहे थे। एकाएक सुगन्धी ने अपनी आंखों से सवाल किया, 'तुम रोती क्यों हो? तुम्हें क्या हुआ है कि टपकने लगी हो?'... आंखों से किया गया सवाल कुछ क्षणों

तक उन आंसुओं में तैरता रहा, जो अब पलकों पर कांप रहे थे। सुगन्धी उन आंसुओं में से देर तक उस शून्य को घूरती रही, जिधर सेठ की मोटर गई थी।

फड़-फड़-फड़ यह आवाज़ कहां से आई?...सुगन्धी ने चौंककर इधर-उधर देखा, लेकिन किसीको न पाया...अरे! यह तो उसका दिल फड़फड़ाया था-वह समझी थी, मोटर का इंजन बोला है। उसका दिल.. यह क्या हो गया था उसके दिल को!.. आज ही यह रोग लग गया था उसे अच्छा-भला चलता-चलता, एक जगह रुककर, धड़-धड़ क्यों करता था. बिलकुल उस घिसे हुए रिकॉर्ड की तरह, जो सुई के नीचे एक जगह आकर रुक जाता था और 'रात कटी गिन-गिन तारे' कहता-कहता 'तारे-तारे' की रट लगा देता था।

आसमान तारों से अटा हुआ था। सुगन्धी ने उनकी ओर देखा और कहा, 'कितने सुन्दर हैं!'...वह चाहती थी कि अपना ध्यान किसी और तरफ पलट दे; पर जब उसने 'सुन्दर' कहा तो झट से यह खयाल उसके दिमाग में कूदा, 'ये तारे सुन्दर हैं, पर तू कितनी भोंडी है...क्या भूल गई कि अभी-अभी तेरी सूरत को फटकारा गया है?'

सुगन्धी कुरूप तो नहीं थी। यह खयाल आते ही वे सारी परछाइयां एक-एक करके उसकी आंखों के सामने आने लगीं, जो इन पांच बरसों के दौरान वह आईने में देख चुकी थी। इसमें कोई सन्देह नहीं कि उसका रंग-रूप अब वह नहीं रहा था, जो आज से पांच साल पहले था, जबकि वह सारी चिन्ताओं से मुक्त, अपने मांबाप के साथ रहा करती थी। लेकिन वह कुरूप तो नहीं हो गई थी। उसकी शक्ल-सूरत उन आम औरतों की सी थी, जिनकी ओर मर्द गुज़रते-गुजरते घूरकर देख लिया करते हैं। उसमें वे सारी खूबियां मो जूद थीं, जो सुगन्धी के खयाल में हर मर्द उस औरत में ज़रूरी समझता है, जिसके साथ उसे एक-दो रातें बितानी होती हैं। वह जवान थी, उसके अंग सुडौल थे। कभी-कभी, नहाते समय जब उसकी निगाहें अपनी रानों पर पड़ती थीं तो वह खुद उनकी गोलाई और गदराहट को पसन्द किया करती थी। वह हंसमुख थी। इन पांच बरसों के दौरान शायद ही कोई आदमी उससे नाखुश होकर गया हो...बड़ी मिलनसार थी, बड़ी सहृदय थी। पिछले दिनों, क्रिसमस में, जब वह 'गोल पीठा' में रहा करती थी, एक नौजवान लड़का

उसके पास आया था। सुबह उठकर, जब उसने कमरे में जाकर, खुटी से अपना कोट उतारा तो बटुआ गायब पाया। सुगन्धी का नौकर यह बटुआ ले उड़ा था। बेचारा बहुत परेशान हुआ। छुट्टियां बिताने के लिए हैदराबाद से बम्बई आया था। अब उसके पास वापस जाने के लिए भी किराया न था। सुगन्धी ने तरस खाकर उसे उसके दस रुपये वापस दे दिए थे।

'मुझमें क्या बुराई है?' सुगन्धी ने यह सवाल हर उस चीज़ से किया, जो उसकी आंखों के सामने थी। गैस के अन्धे लैम्प, लोहे के खम्भे, फुटपाथ के चौकोर पत्थर और सड़क की उखड़ी हुई बजरी—इन सब चीज़ों की तरफ उसने बारी-बारी से देखा, फिर आकाश की ओर निगाहें उठाईं, जो उसके ऊपर झुका हुआ था, पर सुगन्धी को कोई जवाब न मिला।

जवाब उसके अन्दर मौजूद था। वह जानती थी कि वह बुरी नहीं, अच्छी है; पर वह चाहती थी कि कोई उसका समर्थन करे ... कोई...कोई... उस वक्त कोई उसके कन्धों पर हाथ रखकर सिर्फ इतना कह दे, 'सुगन्धी! कौन कहता है, तू बुरी है? जो तुझे बुरा कहे, वह आप बुरा है।'... नहीं, यह कहने की कोई खास जरूरत नहीं थी। किसीका इतना-भर कह देना काफी था, 'सुगन्धी, तू बहुत अच्छी है।'

वह सोचने लगी कि वह क्यों चाहती है, कोई उसकी तारीफ करे? इससे पहले उसे इतनी शिद्दत से इस बात की ज़रूरत महसूस न हुई थी। आज क्यों वह बेजान चीजों को भी ऐसी नज़रों से देखती है, जैसे उनपर अपने अच्छे होने का एहसास तारी करना चाहती हो! उसके जिस्म का ज़र्रा-ज़र्रा क्यों 'मां' बन रहा था? वह मां बनकर धरती की हर चीज़ को अपनी गोद में लेने के लिए क्यों तैयार हो रही थी? उसका जी क्यों चाहता था कि वह सामने वाले गैस के खम्भे के साथ चिमट जाए और उसके ठण्डे लोहे पर अपने गाल रख दे—अपने गर्म-गर्म गाल—और उसकी सारी सर्दी चूस ले?

थोड़ी देर के लिए उसे ऐसा लगा कि गैस के अन्धे लैम्प, लोहे के खम्भे, फूटपाथ के चौकोर पत्थर और हर वह चीज़, जो रात के सन्नाटे में उसके आसपास थी, हमदर्दी की नज़रों से उसे देख रही है और उसके ऊपर झुका हुआ आकाश भी, जो मटियाले रंग की ऐसी मोटी चादर मालूम होता था,

जिसमें अनगिनत छेद हो रहे हों, उसकी बातें समझता था और सुगन्धी को भी ऐसा लगता था कि वह तारों का टिमटिमाना समझती है—लेकिन उसके अन्दर यह क्या गड़बड़ थी?... वह क्यों अपने अन्दर उस मौसम की फिजा महसूस कर रही थी, जो बारिश से पहले देखने में आया करती है?—उसका जी चाहता था कि उसके जिस्म का एक-एक लोम-रन्ध्र खुल जाए और जो कुछ उसके अन्दर उबल रहा है, उनके रास्ते बाहर निकल जाए। पर यह कैसे हो...कैसे हो?

सुगन्धी गली के नुक्कड़ पर खत डालने वाले लाल बम्बे के पास खड़ी थी। हवा के तेज़ झोंके से बम्बे की लोहे की जीभ जो उसके खुले हुए मुंह में लटकी रहती थी, खड़खड़ाई तो सुगन्धी की निगाहें एकदम उस ओर उठीं, जिधर मोटर गई थी; पर उसे कुछ दिखाई न दिया। उसके अन्दर कितनी ज़बरदस्त इच्छा थी कि वह सेठ मोटर पर एक बार फिर आए और...और...

'न आए...बला से...मैं अपनी जान क्यों बेकार हलकान करूं! घर चलते हैं और आराम से लम्बी तानकर सोते हैं। इन झगड़ों में रखा ही क्या है? मुफ्त की सिरदर्दी ही तो है...चल सुगन्धी, घर चल...ठण्डे पानी का एक डोंगा पी और थोड़ा-सा बाम मलकर सो जा' फर्स्ट क्लास नींद आएगी और सब ठीक हो जाएगा...सेठ और उस मोटर की ऐसी की तैसी...'

यह सोचते हुए सुगन्धी का बोझ हलका हो गया, जैसे वह किसी ठण्डे तालाब से नहा-धोकर बाहर निकली हो। जिस तरह पूजा करने के बाद उसका शरीर हलका हो जाता था, उसी तरह अब भी हलका हो गया था। घर की तरफ चलने लगी तो विचारों का बोझ न होने के कारण उसके कदम कई बार लड़खड़ाए।

अपने मकान के पास पहुंची तो एक टीस के साथ फिर सारी घटना उसके मन में उठी और दर्द की तरह उसके रोएं-रोएं पर छा गई। कदम फिर बोझिल हो गए और वह इस बात को शिद्दत के साथ महसूस करने लगी कि घर से बुलाकर, बाहर बाजार में मुंह पर रोशनी का चांटा मारकर, एक आदमी ने अभी-अभी उसकी हतक की है। यह खयाल आया तो उसने अपनी पसलियों पर किसीके सख्त अंगूठे महसूस किए, जैसे कोई उसे भेड़-बकरी की तरह दबा-दबाकर देख रहा हो कि गोश्त भी है या बाल ही बाल हैं। 'उस सेठ ने, परमात्मा करे...'

सुगन्धी ने चाहा कि उसे शाप दे, पर सोचा, शाप देने से क्या बनेगा ! मज़ा तो तब था कि वह सामने होता और वह उसके वजूद के हर ज़र्रे पर अपनी धिक्कारें लिख देती...उसके मुंह पर कुछ ऐसी बात कहती कि वह ज़िन्दगीभर बेचैन रहता... कपड़े फाड़कर उसके सामने नंगी हो जाती और कहती, 'यही लेने आया था न तू?...ले, दाम दिए बिना ले जा इसे... पर जो कुछ मैं हूं, जो कुछ मेरे अन्दर छिपा है, वह तू क्या, तेरा बाप भी नहीं खरीद सकता...'

बदला लेने के नये-नये तरीके सुगन्धी के दिमाग में आ रहे थे। अगर उस सेठ से एक बार, सिर्फ एक बार उसकी मुठभेड़ हो जाए तो वह यह करे—यूं उससे बदला ले—नहीं, यूं नहीं, यूं—लेकिन जब सुगन्धी सोचती कि सेठ से उसका दोबारा मिलना असम्भव है तो वह उसे एक छोटी-सी गाली देने पर ही खुद को राजी कर लेती—बस, सिर्फ एक छोटी-सी गाली, जो उसकी नाक पर चिपक मक्खी की तरह बैठ जाए और हमेशा वहीं जमी रहे।

इसी उधेड़बुन में वह दूसरी मंजिल पर अपनी खोली के पास पहुंच गई। चोली में से चाबी निकालकर ताला खोलने के लिए हाथ बढ़ाया तो चाबी हवा ही में घूमकर रह गई। कुण्डे में ताला नहीं था। सुगन्धी ने किवाड़ अन्दर की ओर दबाए तो हलकी-सी चरचराहट पैदा हुई। अन्दर से किसीने कुण्डी खोली और दरवाज़े ने जम्भाई ली। सुगन्धी अन्दर दाखिल हो गई।

माधो मूंछों में हंसा और दरवाज़ा बन्द करके सुगन्धी से कहने लगा, "आज तूने मेरा कहना मान ही लिया—सुबह की सैर तन्दुरुस्ती के लिए बड़ी अच्छी होती है। हर रोज़ इसी तरह सुबह उठकर घूमने जाया करेगी तो तेरी सारी सुस्ती दूर हो जाएगी और तेरी कमर का वह दर्द भी गायब हो जाएगा, जिसकी शिकायत तू आए दिन किया करती है। विक्टोरिया गार्डन तक तो हो आई होगी तू? क्यों?"

सुगन्धी ने कोई जवाब नहीं दिया और न माधो ने जवाब चाहा। दरअसल जब माधो बात किया करता था तो उसका मतलब यह नहीं होता था कि सुगन्धी उसमें ज़रूर हिस्सा ले और सुगन्धी जब कोई बात किया करती थी तो यह जरूरी नहीं होता था कि माधो उसमें भाग ले—चूंकि कोई बात करनी होती थी, इसलिए वे कुछ कह दिया करते थे।

माधो बेंत की कुर्सी पर बैठ गया, जिसकी पीठ पर उसके तेलचुपड़े सिर ने मैल का बहुत बड़ा धब्बा बना रखा था, और टांग पर टांग रखकर अपनी मूंछों पर उंगलियां फेरने लगा।

सुगन्धी पलंग पर बैठ गई और माधो से कहने लगी, "मैं आज तेरी बाट ही देख रही थी।"

माधो बड़ा सिटपिटाया, "मेरी बाट! पर तुझे कैसे मालूम हुआ कि मैं आज आने वाला हूं?"

सुगन्धी के भिचे हुए होंठ खुले, उनपर एक पीली-सी मुस्कराहट नमूदार हुई, "मैंने रात तुझे सपने में देखा था—उठी तो कोई भी न था। सो, मन ने कहा, चलो, कहीं बाहर घूम आएं...और....

माधो खुश होकर बोला, "और मैं आ गया...भई, बड़े लोगों की बातें बड़ी पक्की होती हैं। किसीने ठीक कहा है, दिल को दिल से राह है।...तूने यह सपना कब देखा था?"

सुगन्धी ने उत्तर दिया, "चार बजे के करीब।"

माधो कुर्सी पर से उठकर सुगन्धी के पास बैठ गया, "और मैंने तुझे ठीक दो बजे सपने में देखा जैसे तू फूलों वाली साड़ी... अरे, बिलकुल यही साड़ी पहने मेरे पास खड़ी है। तेरे हाथों में... क्या था तेरे हाथों में?...हां, तेरे हाथों में रुपयों से भरी हुई थैली थी। तूने वह थैली मेरी झोली में रख दी और कहा, 'माधो, तू चिन्ता क्यों करता है?...ले यह थैली...अरे, तेरे-मेरे रुपये क्या दो हैं?'...सुगन्धी, तेरी जान की कसम, फौरन उठा और टिकट कटाकर इधर का रुख किया.. क्या बताऊं, बड़ी परेशानी है। बैठेबैठाए एक केस हो गया है। अब बीस-तीस रुपये हो तो इंस्पेक्टर की मुट्ठी गर्म करके छुटकारा मिले...थक तो नहीं गई तू? लेट जा, मैं तेरे पांव दबा दं। घूमने की आदत न हो तो थकन हो ही जाया करती है।...इधर मेरी तरफ पैर करके लेट जा।"

सुगन्धी लेट गई। दोनों बांहों का तकिया बनाकर, वह उनपर सिर रखकर लेट गई और उस लहजे में, जो उसका अपना नहीं था, माधो से कहने लगी, "माधो, यह किस मुए ने तुझपर केस किया है? जेल-वेल का डर हो तो मुझसे कह दे। बीस-तीस क्या, सौ-पचास भी ऐसे मौकों पर पुलिस

के हाथ में थमा दिए जाएं तो फायदा अपना ही है—जान बची लाखों पाए 'बस-बस, अब जाने दे, थकन कुछ ज़्यादा नहीं है—मुट्ठी-चापी छोड़ और मुझे सारी बात सुना। केस का नाम सुनते ही मेरा दिल धक-धक करने लगा है...वापस कब जाएगा तू?"

माधो को सुगन्धी के मुंह से शराब की बास आई। उसने यह मौका अच्छा समझा और झट से कहा, "दोपहर की गाड़ी से वापस जाना पड़ेगा। अगर शाम तक सब-इंस्पेक्टर को सौ-पचास न थमाए तो...ज़्यादा देने की ज़रूरत नहीं, मैं समझता हूं, पचास में काम चल जाएगा।"

"पचास!" यह कहकर सुगन्धी बड़े आराम से उठी और उन चार तस्वीरों के पास धीरे-धीरे गई, जो दीवार पर लटक रही थीं। बाईं तरफ से तीसरे फ्रेम में माधो की तस्वीर थी। बड़े-बड़े फूलों वाले पर्दे के आगे, कुर्सी पर, वह दोनों रानों पर अपने हाथ रखे बैठा था। एक हाथ में गुलाब का फूल था। पास ही तिपाई पर दो मोटी-मोटी किताबें धरी थीं। तस्वीर खिचवाते समय, तस्वीर खिचवाने का खयाल माधो पर इतना छा गया था कि उसकी हर चीज़ तस्वीर से बाहर निकल-निकलकर जैसे पुकार रही थी—हमारा फोटो उतरेगा, 'हमारा फोटो उतरेगा।'

कमरे की तरफ माधो आंखें फाड़-फाड़कर देख रहा था और ऐसा मालूम होता था कि फोटो उतरवाते समय उसे बड़ी तकलीफ हो रही है।

सुगन्धी खिलखिलाकर हंस पड़ी—उसकी हंसी कुछ ऐसी तीखी और नुकीली थी कि माधो को सुइयां-सी चुभी। पलंग पर से उठकर वह सुगन्धी के पास आ गया, "किसकी तस्वीर देखकर तू इतने ज़ोर से हंसी है?"

सुगन्धी ने बायें हाथ की पहली तस्वीर की तरफ इशारा किया, जो म्युनिसिपैलिटी के सफाई-दारोगा की थी, "इसकी...मुनशीपालटी के इस दारोगा की...ज़रा देख तो इसका थोबड़ा, कहता था, एक रानी मुझपर आशिक हो गई थी...ऊंह! यह मुंह और मसूर की दाल!' यह कहकर सुगन्धी ने फ्रेम को इस ज़ोर से खींचा कि दीवार में से कील भी पलस्तरसहित उखड़ आई।

माधो का अचरज अभी दूर न हुआ था कि सुगन्धी ने फ्रेम को खिड़की से बाहर फेंक दिया। दो मंज़िलों से वह फेम नीचे ज़मीन पर गिरा और कांच

टूटने की झनकार सुनाई दी। सुगन्धी ने उस झनकार के साथ कहा, "रानी भंगिन कचरा उठाने आएगी तो मेरे इस राजा को भी साथ ले जाएगी।"

एक बार फिर उसी नुकीली और तीखी हंसी की फुहार सूगन्धी के होंठों से गिरनी शुरू हुई, जैसे वह उनपर चाकू या छुरी की धार तेज़ कर रही हो।

माधो बड़ी मुश्किल से मुस्कराया। फिर हंसा, "ही-ही-ही... !"

सुगन्धी ने दुसरा फेम भी नोच लिया और खिड़की से बाहर फेंक दिया, "इस साले का यहां क्या मतलब है? भोंडी शक्ल का कोई आदमी यहां नहीं रहेगा.. क्यों माधो?"

माधो फिर बड़ी मुश्किल से मुस्कराया और फिर हंसा, 'ही-ही-ही... !"

एक हाथ से सुगन्धी ने पगड़ी वाले की तस्वीर उतारी और दूसरा हाथ उस फ्रेम की तरफ बढ़ाया, जिसमें माधो का फोटो जड़ा था। माधो अपनी जगह पर सिमट गया, जैसे हाथ उसीकी तरफ बढ़ रहा हो। पलभर में फ्रेप, कीलसहित, सुगन्धी के हाथ में था।

ज़ोर का ठहाका लगाकर उसने 'ऊंह' की और दोनों फ्रेम एकसाथ खिड़की में से बाहर फेंक दिए। दो मंजिलों से जब फ्रेम ज़मीन पर गिरे और कांच टूटने की आवाज़ आई तो माधो को ऐसा मालूम हुआ कि उसके अन्दर कोई चीज़ टूट गई है। बड़ी मुश्किल से उसने हंसकर इतना कहा, "अच्छा किया... मुझे भी यह फोटो पसन्द नहीं था।"

धीरे-धीरे सुगन्धी माधो के पास आई और कहने लगी, "तुझे यह फोटो पसन्द नहीं था.. पर मैं पूछती हूं, तुझमें है ऐसी कौनसी चीज़, जो किसीको पसन्द आ सकती है—यह तेरी पकौड़ासी नाक, यह तेरा बालों-भरा माथा, ये तेरे सूजे हुए नथुने, ये तेरे मुड़े हुए कान, यह तेरे मुंह की बास, यह तेरे बदन का मैल।...तुझे अपना फोटो पसंद नहीं था। ऊंह! पसन्द क्यों होता, तेरे ऐब जो छिपा रखे थे उसने.. आजकल ज़माना ही ऐसा है, जो ऐब छिपाए, वही बुरा....

माधो पीछे हटता गया। आखिर जब वह दीवार के साथ लग गया तो उसने अपनी आवाज़ में ज़ोर पैदा करके कहा, "देख सुगन्धी, मुझे ऐसा दिखाई देता है कि तूने फिर से अपना धन्धा शुरू कर दिया है...अब तुझसे

आखिरी बार कहता हूं....

सुगन्धी ने इससे आगे माधो की नकल उतारते हुए कहना शुरू किया, "अगर तूने फिर से अपना धन्धा शुरू किया तो बस, तेरी-मेरी टूट जाएगी। अगर तूने फिर किसी को अपने यहां ठहराया तो चुटिया से पकड़कर तुझे बाहर निकाल दूंगा.. इस महीने का खर्च मैं पूना पहुंचते ही मनीऑर्डर कर दूगा.. हां, क्या भाड़ा है इस खोली का?"

माधो चकरा गया।

सुगन्धी ने कहना शुरू किया, "मैं बताती हूं, पन्द्रह रुपया भाड़ा है इस खोली का.. और दस रुपया भाड़ा है मेरा.. और जैसा तुझे मालूम है, अढ़ाई रुपये दलाल के। बाकी रहे साढ़े सात, रहे न साढ़े सात? उन साढ़े सात रुपल्लियों में मैंने ऐसी चीज़ देने का वचन दिया था, जो मैं दे ही नहीं सकती थी और तू ऐसी चीज़ लेने आया था, जो तू ले ही नहीं सकता था.. तेरा-मेरा नाता ही क्या था? कुछ भी नहीं! बस, ये दस रुपये तेरे और मेरे बीच में बज रहे थे, सो हम दोनों ने मिलकर ऐसी बात की कि तुझे मेरी ज़रूरत हुई और मुझे तेरी.. पहले तेरे और मेरे बीच में दस रुपये बजते थे, आज पचास बच रहे हैं। तू भी उनका बजना सुन रहा है और मैं भी उनका बजना सुन रही हूं. यह तूने अपने बालों का क्या सत्यानाश कर रखा है?"

यह कहकर सुगन्धी ने माधो की टोपी उंगली से एक तरफ उड़ा दी। यह हरकत माधो को बहुत बुरी लगी। उसने बड़े कड़े स्वर में कहा, "सुगन्धी!"

सुगन्धी ने माधो की जेब से रूमाल निकालकर सूंघा और ज़मीन पर फेंक दिया, "ये चिथड़े, ये चिन्दियां...उफ! कितनी बुरी बास आती है, उठाके बाहर फेंक इनको..."

माधो चिल्लाया, "सुगन्धी!"

सुगन्धी ने तेज़ लहजे में कहा, "सुगन्धी के बच्चे, तू आया किसलिए है यहां?...तेरी मां रहती है इस जगह, जो तुझे पचास रुपये देगी? या तू कोई ऐसा बड़ा गबरू जवान है, जो मैं तुझपर आशिक हो गई हैं? कुत्ते, कमीने! मुझपर रोब गांठता है! मैं तेरी तबैल हूं क्या?...भिखमंगे, तू अपने-आपको समझ क्या बैठा है? .. मैं पूछती हूं, तू है कौन? ...चोर या गठकतरा?... इस

समय तू मेरे मकान में क्या करने आया है?...बुलाऊं पुलिस को?...पूने में तुझपर केस हो या न हो, यहां तो तुझपर एक केस खड़ा कर दूं....

माधो सहम गया। दबे लहजे में सिर्फ इतना कह सका, "सुगन्धी, तुझे क्या हो गया है?"

"तेरी मां का सिर..तू होता कौन है मुझसे ऐसे सवाल करने वाला? भाग यहां से, नहीं तो.... सुगन्धी की ऊंची आवाज़ सुनकर उसका खाज-मारा कुत्ता, जो सूखी हुई चप्पलों पर मुंह रखे सो रहा था, हड़बड़ाकर उठा और माधो की तरफ मुंह उठाकर भूंकने लगा। कुत्ते के भूंकने के साथ ही सुगन्धी ज़ोर-ज़ोर से हंसने लगी।

माधो डर गया। गिरी हुई टोपी उठाने के लिए वह झुका तो सुगन्धी की गरज सुनाई दी, "खबरदार.. पड़ी रहने दे वहीं...तू जा, तेरे पूना पहुंचते ही मैं इसका मनीऑर्डर कर दूंगी।" यह कहकर वह और ज़ोर से हंसी और हंसती-हंसती बेंत की कुर्सी पर बैठ गई। उसके खाज-मारे कुत्ते ने भूंक-भूंककर माधो को कमरे से बाहर निकाल दिया। उसे सीढ़ियां उतार जब कुत्ता अपनी रुण्डमुण्ड दुम हिलाता सुगन्धी के पास आया और उसके कदमों के पास बैठकर कान फड़फड़ाने लगा तो सुगन्धी चौंकी। उसने अपने चारों ओर एक भयानक सन्नाटा देखा—ऐसा सन्नाटा, जो उसने पहले कभी न देखा था। उसे ऐसा लगा कि हर चीज़ खाली है...जैसे मुसाफिरों से लदी हुई रेलगाड़ी सब स्टेशनों पर मुसाफिर उतारकर अब लोहे के शेड में बिलकुल अकेली खड़ी है।...यह खालीपन, जो अचानक सुगन्धी के अन्दर पैदा हो गया था, उसे बहुत तकलीफ दे रहा था। उसने काफी देर तक उस शून्य को भरने की कोशिश की, लेकिन व्यर्थ। वह एक ही समय में अनगिनत विचार अपने दिमाग में ठूंसती थी, पर एकदम छलनी का सा हिसाब था। इधर दिमाग को भरती थी, उधर वह खाली हो जाता था।

बड़ी देर तक वह बेंत की कुर्सी पर बैठी रही। सोच-विचार के बाद जब उसको अपना मन बहलाने का कोई तरीका न सूझा तो उसने अपने खाज-मारे कुत्ते को गोद में उठाया और सागौन के चौड़े पलंग पर उसे बगल में लिटाकर सो गई।

काली शलवार

दिल्ली आने से पहले वह अम्बाला छावनी में थी, जहां कई गोरे उसके ग्राहक थे। उन गोरों से मिलने-जुलने की वजह से वह अंग्रेजी के दस-पन्द्रह जुमले सीख गई थी। उनको वह आम बातचीत में इस्तेमाल नहीं करती थी। लेकिन जब वह दिल्ली आई और उसका कारोबार न चला तो एक दिन उसने अपनी पड़ोसिन तमंचा जान से कहा, "दिस लैफ वेरी बैड।" यानी यह ज़िन्दगी बहुत बुरी है, जबकि खाने ही को नहीं मिलता।

अम्बाला छावनी में उसका धन्धा बहुत अच्छी तरह चलता था। छावनी के गोरे शराब पीकर उसके पास आ जाते थे और वह तीन-चार घण्टों ही में आठ-दस गोरों को निपटाकर बीसतीस रुपये पैदा कर लिया करती थी। ये गोरे उसके देश के लोगों के मुकाबले में बहुत अच्छे थे। इसमें कोई शक नहीं कि वे ऐसी ज़बान बोलते थे, जिसका मतलब सुलताना की समझ में नहीं आता था, पर उनकी भाषा को न जानना उसके लिए बहुत अच्छा साबित होता था। अगर वे उससे कुछ रियायत चाहते तो वह सिर हिला कर कह दिया करती थी, "साहब, हमारी समझ में तुम्हारी बात नहीं आती।" और अगर वे उससे जरूरत से ज़्यादा छेड़छाड़ करते तो वह उनको अपनी ज़बान में गालियां देना शुरू कर देती थी। वे हैरत से उसके मह की तरफ देखते तो वह उनसे कहती, "साहब, तुम एकदम उल्लू का पट्ठा है। हरामजादा है—समझा?" यह कहते वक्त वह अपने स्वर में सख्ती पैदा न करती, बल्कि बड़े प्यार के साथ उनसे बातें करती। गोरे हंस देते, और हंसते वक्त वे सुलताना को बिलकुल उल्लू के पट्ठे दिखाई देते।

पर यहां, दिल्ली में, जब से वह आई थी, एक गोरा भी उसके यहां नहीं आया था। तीन महीने उसको हिन्दुस्तान के इस शहर में रहते हो गए थे, जहां उसने सुना था कि बड़े लाट साहब रहते हैं, जो गर्मियों में शिमले चले जाते हैं। इस दौरान सिर्फ छः आदमी उसके पास आए थे। सिर्फ छः, यानी महीने में दो। और उन छः ग्राहकों से उसने, खुदा झूठ न बुलवाए तो, साढ़े अट्ठारह रुपये वसूल किए थे। तीन रुपये से ज़्यादा पर कोई मानता ही नहीं था। सुलताना ने उनमें से पांच आदमियों को अपना रेट दस रुपये बताया था, पर ताज़्जुब की बात है कि उनमें से हर एक ने यही कहा कि भई, हम तीन रुपये से ज़्यादा एक कौड़ी नहीं देंगे। जाने क्या बात थी कि उनमें से हर एक ने उसे सिर्फ तीन रुपये के काबिल समझा। इसलिए जब छठा आया तो उसने खुद उससे कहा, "देखो, मैं तीन रुपये एक टैम के लूंगी। उससे एक अधेला तुम कम कहो तो न होगा। अब तुम्हारी मर्जी हो तो रहो, नहीं जाओ।" छठे आदमी ने यह बात सुनकर तकरार नहीं की और उसके यहां ठहर गया। जब दूसरे कमरे में दरवाज़े बन्द करके वह अपना कोट उतारने लगा तो सुलताना ने कहा, "लाइए, एक रुपया दूध का।"

उसने एक रुपया तो न दिया, लेकिन नये बादशाह की चमकती हुई अठन्नी जेब से निकालकर उस को दे दी और सुलताना ने भी चुपके से ले ली कि चलो, जो आया है, गनीमत है।

साढ़े अट्ठारह रुपये तीन महीने में।—बीस रुपया महीना तो उस कोठे का किराया था, जिसको मकान-मालिक अंग्रेजी में 'फ्लैट' कहता था। उस फ्लैट में ऐसी सण्डास थी, जिसमें जंजीर खींचने से सारी गन्दगी, पानी के ज़ोर से, एकदम नीचे नाली में गायब हो जाती थी और बड़ा शोर होता था। शुरू-शुरू में तो उस शोर ने उसे बहुत डराया था। पहले दिन जब वह उस सण्डास में गई तो उसकी कमर में तेज दर्द हो रहा था। निबटकर जब उठने लगी तो उसने लटकी हुई जंजीर का सहारा ले लिया। उस जंजीर को देखकर उसने सोचा—चूंकि ये मकान खास तौर पर हम लोगों के रहने के लिए बनाए गए हैं, इसीलिए यह जंजीर लगाई गई है कि उठते समय तकलीफ न

हो और सहारा मिल जाया करे; पर जैसे ही उसने जंजीर को पकड़कर उठना चाहा, ऊपर खट-खट-सी हुई और फिर एकदम पानी इस शोर के साथ बाहर निकला कि डर के मारे उसके मुंह से चीख निकल गई।

खुदाबख्श दूसरे कमरे में अपना फोटोग्राफी का सामान दुरुस्त कर रहा था और एक साफ बोतल में हाइड्रो-कोनेन डाल रहा था कि उसने सुलताना की चीख सुनी। दौड़कर वह बाहर निकला और उसने सुलताना से पूछा, "क्या हुआ? वह चीख तुम्हारी थी?"

सुलताना का दिल धड़क रहा था। उसने कहा, "यह मुआ पाखाना है या क्या है! बीच में यह रेलगाड़ियों की तरह जंजीर क्या लटका रखी है! मेरी कमर में दर्द था। मैंने कहा, चलो, इसका सहारा ले लूंगी; पर इस मुई जंजीर को छेड़ना था कि वह धमाका हुआ कि मैं तुमसे क्या कहूं।"

इसपर खुदाबख्श बहुत हंसा था और उसने सुलतान को उस सण्डास के बारे में सब कुछ बता दिया था कि यह नये फैशन की है, जिसमें जंजीर हिलाने से सब गंदगी जमीन में धंस जाती है।

खुदाबख्श और सुलताना का आपस में कैसे सम्बन्ध हुआ, यह एक लम्बी कहानी है। खुदाबख्श रावलपिण्डी का रहने वाला था। इण्ट्रेन्स पास करने के बाद उसने लारी चलाना सीखा और चार बरस तक, रावलपिण्डी और कश्मीर के बीच, लारी चलाने का काम करता रहा। इसके बाद कश्मीर में उसकी दोस्ती एक औरत से हो गई। उसको भगाकर वह साथ ले आया। लाहौर में चूंकि उसको कोई काम न मिला, इसलिए उसने औरत को पेशे पर बैठा दिया। दो-तीन बरस तक यह सिलसिला चलता रहा, फिर वह औरत किसी और के साथ भाग गई। खुदाबख्श को मालूम हुआ कि वह अम्बाला में है। वह उसकी तलाश में आया तो यहां उसको सुलताना मिल गई। सुलताना ने भी उसको पसन्द किया, चुनांचे दोनों का सम्बन्ध हो गया।

खुदाबख्श के आने से सुलताना का कारोबार एकदम चमक उठा। औरत चूंकि अंधविश्वासी थी, इसलिए उसने समझा कि खुदाबख्श बड़ा भाग्यवान है, जिसके आने से इतनी तरक्की हो गई है। इस विश्वास ने उसकी

नज़रों में खुदाबख्श का मान और भी बढ़ा दिया।

खुदाबख्श मेहनती आदमी था। सारा दिन हाथ पर हाथ धरकर बैठना पसन्द नहीं करता था, चुनांचे उसने एक फोटोग्राफर से दोस्ती पैदा की, जो रेलवे स्टेशन के बाहर बॉक्स कैमरे से फोटो खींचा करता था। उससे उसने फोटो खींचना सीखा, फिर सुलताना से साठ रुपये लेकर एक कैमरा भी खरीद लिया। धीरेधीरे एक पर्दा बनवाया, दो कुर्सियां खरीदी और फोटो धोने का सब सामान लेकर उसने अलग अपना काम शुरू कर दिया।

काम चल निकला, चुनांचे उसने थोड़े ही दिनों के बाद अपना अड्डा अम्बाला छावनी में जमा लिया। यहां वह गोरों के फोटो खींचता। एक महीने के अन्दर-अन्दर छावनी के अनेक गोरों से उसकी जान-पहचान हो गई, चुनांचे वह सुलताना को वहीं ले गया। छावनी में खुदाबख्श के ज़रिये कई गोरे सुलताना के नियमित ग्राहक बन गए।

सुलताना ने कानों के लिए बुन्दे खरीदे। साढ़े पांच तोले की आठ कंगनियां भी बनवाई। दस-पन्द्रह अच्छी-अच्छी साड़ियां भी जमा कर ली। घर में फर्नीचर वगैरह भी आ गया। किस्सा मुख्तसर यह कि अम्बाला छावनी में वह बड़ी खुशहाल थी, पर एकाएक जाने खुदाबख्श के दिल में क्या समाई कि उसने दिल्ली जाने की ठान ली। सुलताना इनकार कैसे करती, जबकि वह खुदाबख्श को अपने लिए बहुत शुभ मानती थी। उसने खुशी-खुशी दिल्ली जाना स्वीकार कर लिया; बल्कि उसने यह भी सोचा कि इतने बड़े शहर में, जहां लाट साहब रहते हैं, उसका धन्धा और भी अच्छा चलेगा। अपनी सहेलियों से वह दिल्ली की तारीफ सुन चुकी थी। फिर वहां हज़रत निजामुद्दीन औलिया की खानकाह थी, जिसके लिए उसके मन में अगाध श्रद्धा थी। चुनांचे जल्दी-जल्दी घर का भारी सामान बेच-बाचकर वह खुदाबख्श के साथ दिल्ली आ गई। यहां पहुंचकर खुदाबख्श ने बीस रुपये माहवार पर यह फ्लैट ले लिया, जिसमें दोनों रहने लगे।

एक ही किस्म के नये मकानों की लम्बी-सी कतार सड़क के साथ-साथ चली गई थी। म्युनिसिपल कमेटी ने शहर का यह हिस्सा खास तौर पर वेश्याओं के लिए बना दिया था, ताकि वे शहर में जगह-जगह अपने अड्डे न

बनाएं। नीचे दुकानें थीं और ऊपर रिहायशी फ्लैट। चूंकि सब इमारतें एक ही डिज़ाइन की थीं, इसलिए शुरू-शुरू में अपना फ्लैट तलाश करने में उसे बड़ी मुश्किल होती थी, पर जब नीचे लॉण्ड्री वाले ने अपना बोर्ड घर के माथे पर लगा दिया तो उसे एक पक्की निशानी मिल गई।

'यहां मैले कपड़ों की धुलाई की जाती है।'—यह बोर्ड पढ़ते ही वह अपना फ्लैट पहचान लिया करती थी। इसी तरह उसने और बहुत-सी निशानियां कायम कर ली थीं। मसलन, जहां बड़े-बड़े अक्षरों में 'कोयले की दुकान' लिखा था, वहां उसकी सहेली हीराबाई रहती थी, जो कभी-कभी रेडियो में गाने गाया करती थी। जहां 'शरफा (शरीफों) के लिए खाने का बेहतरीन इन्तज़ाम है' लिखा था, वहां उसकी दूसरी सहेली मुख्तार रहती थी। निवाड़ के कारखाने के ऊपर अनवरी रहती थी, जो उसी कारखाने के सेठ के पास नौकर थी। चूंकि सेठ साहब को रात के समय अपने कारखाने की देखभाल करनी पड़ती थी, इसलिए वे अनवरी के पास ही रहते थे।

दुकान खोलते ही ग्राहक थोड़े ही आते हैं। चुनांचे जब एक महीने तक सुलताना बेकार रही तो उसने यही सोचकर अपने दिल को तसल्ली दी, पर जब दो महीने बीत गए और कोई आदमी उसके कोठे पर न आया तो उसे बड़ी चिन्ता हुई। उसने खुदाबख्श से कहा, "क्या बात है खुदाबख्श, पूरे दो महीने हो गए हैं हमें यहां आए हुए, किसीने भी इधर का रुख नहीं किया? मानती हूं, आजकल बाज़ार बहुत मन्दा है, पर इतना मन्दा भी तो नहीं कि महीने-भर में कोई शक्ल देखने ही में न आए!"

खुदाबख्श को भी यह बात बहुत अर्से से खटक रही थी, पर वह चुप था; लेकिन जब सुलताना ने खुद बात छेड़ी तो उसने कहा, "मैं भी कई दिनों से इस बारे में सोच रहा हूं। एक बात समझ आती है, वह यह कि जंग की वजह से लोग-बाग दूसरे धन्धों में पड़कर इधर का रास्ता भूल गए हैं या फिर यह हो सकता है कि.... वह इसके आगे कुछ कहने ही वाला था कि सीढ़ियों पर किसीके चढ़ने की आवाज़ आई। खुदाबख्श और सुलताना दोनों का ध्यान उस आवाज़ की तरफ गया।

थोड़ी देर के बाद दस्तक हुई। खुदाबख्श ने लपककर दरवाज़ा खोला।

एक आदमी अन्दर आया। यह पहला ग्राहक था, जिससे तीन रुपये में सौदा पटा था। इसके बाद पांच और आए, यानी तीन महीने में छः, जिनसे सुलताना ने सिर्फ साढ़े अट्ठारह रुपये वसूल किए।

बीस रुपये माहवार तो फ्लैट के किराये में चले जाते थे। पानी का टैक्स और बिजली का बिल अलग। इसके अलावा घर के दूसरे खर्च —खाना-पीना, कपड़े-लत्ते, दवा-दारू! और आमदनी कुछ भी नहीं थी। साढ़े अट्ठारह रुपये तीन महीने में आएं तो उसे आमदनी तो नहीं कह सकते। सुलताना परेशान हो गई। साढ़े पांच तोले की आठ कंगनियां, जो उसने अम्बाले में बनवाई थीं, आहिस्ता-आहिस्ता बिक गईं। आखिरी कंगनी की जब बारी आई तो उसने खुदाबख्श से कहा, "तुम मेरी सुनो और चलो वापस अम्बाले। यहां क्या धरा है! ... भई होगा, पर हमें तो यह शहर रास नहीं आया। तुम्हारा काम भी वहां खूब चलता था। चलो, वहीं चलते हैं। जो नुकसान हुआ, उसको अपने सर का सदका समझो। इस कंगनी को बेच आओ। मैं असबाब वगैरह बांधकर तैयार रखती हूं। आज रात की गाड़ी से यहां से चल देंगे।"

खुदाबख्श ने कंगनी सुलताना के हाथ से ले ली और कहा, "नहीं जानेमन! अम्बाले नहीं जाएंगे। यहीं दिल्ली में रहकर कमाएंगे। ये तुम्हारी चूड़ियां सबकी सब यहीं वापस आएंगी। अल्लाह पर भरोसा रखो। वह बड़ा कारसाज़ है। यहां भी वह कोई न कोई असबाब बना ही देगा।"

सुलताना चुप हो रही। चुनांचे आखिरी कंगनी भी हाथ से उतर गई। बुच्चे हाथ देखकर उसको बहुत दुःख होता था, पर क्या करती! पेट भी तो आखिर किसी बहाने से भरना ही था।

जब पांच महीने बीत गए और खर्चे के मुकाबले में आमदनी चौथाई से भी कुछ कम रही तो सुलताना की परेशानी और भी ज़्यादा बढ़ गई। खुदाबख्श भी अब सारा-सारा दिन घर से गायब रहने लगा था। सुलताना को इसका भी दुःख था। इसमें कोई शक नहीं कि पड़ोस में उसकी दो-तीन मिलनेवालियां मौजूद थीं, जिनके साथ वह अपना वक्त काट सकती थी, पर हर रोज़ उनके यहां जाना और घंटों बैठे रहना उसको बहुत बुरा लगता था। चनांचे धीरे-धीरे उसने उन सहेलियों से मिलना-जुलना बिलकूल छोड़ दिया।

सारा दिन वह अपने सुनसान मकान मे बैठी रहती। कभी छालियां काटती रहती, कभी अपने पुराने और फटे हुए कपड़ों को सीती रहती और कभी बाहर बालकनी में आकर जंगले के साथ लगकर खड़ी हो जाती और सामने रेलवे शेड में खड़े और चलते इंजनों की तरफ घण्टों बेमतलब देखती रहती।

सड़क की दूसरी तरफ माल-गोदाम था, जो इस कोने से उस कोने तक फैला हुआ था। दाहिने हाथ को, लोहे की छत के नीचे, बड़ी-बड़ी गांठे पड़ी रहती और हर तरह के सामान के ढेर-से लगे रहते थे। बायें हाथ को खुला मैदान था, जिसमें अनगिनत रेल की पटरियां बिछी हुई थीं। धूप में लोहे की ये पटरियां चमकतीं तो सुलताना अपने हाथों को देखती, जिनपर नीली-नीली नसें, उन पटरियों की तरह, उभरी रहती थीं। उस लम्बे और खुले मैदान में हर वक्त इंजन और गाड़ियां चलती रहतीं। कभी इधर, कभी उधर। उन इंजनों और गाड़ियों की छक-छक, फकफक हमेशा गूंजती रहती थी। सुबह-सवेरे जब वह उठकर बालकनी में आती तो अजीब-सा नजारा दिखता। धुंधलके में इंजनों के मुंह से गाढ़ा-गाढ़ा धुआं निकलता और गंदले आकाश की ओर, मोटे और भारी आदमियों की तरह, उठता दिखाई देता था। भाप के बड़े-बड़े बादल भी एक शोर के साथ पटरियों से उठते और आंख झपकते में हवा के अन्दर घुल-मिल जाते। फिर कभीकभी जब वह गाड़ी के डिब्बे को, जिसे इंजन ने धक्का देकर छोड़ दिया होता, अकेले पटरियों पर चलता देखती तो उसे अपना खयाल आता। वह सोचती कि उसे भी किसीने ज़िन्दगी की पटरी पर धक्का देकर छोड़ दिया है और वह अपने-आप चलती चली जा रही है। दूसरे लोग कांटे बदल रहे हैं और वह चली जा रही है—न जाने कहां। फिर एक दिन ऐसा आएगा, जब इस धक्के का ज़ोर धीरे-धीरे खत्म होगा और वह कहीं रुक जाएगी। किसी ऐसी जगह, जो उसकी देखी-भाली न होगी।

यूं तो वह बेमतलब घण्टों रेल की उन टेढ़ी-बांकी पटरियों और ठहरे तथा चलते हुए इंजनों की ओर देखती रहती, पर तरह-तरह के खयाल उसके दिमाग में आते रहते थे। अम्बाला छावनी में जब वह रहती थी तो स्टेशन के पास ही उसका घर था, पर वहां उसने कभी इन चीज़ों को ऐसी नज़रों से

नहीं देखा था। अब तो कभी-कभी उसके दिमाग में यह भी खयाल आता कि यह जो सामने रेल की पटरियों का जाल-सा बिछा है और जगहजगह से भाप और धुआं उठ रहा है, एक बहुत बड़ा चकला है। बहुत-सी गाड़ियां हैं, जिनको चन्द मोटे-मोटे इंजन इधर-उधर धकेलते रहते हैं। सुलताना को तो कभी-कभी ये इंजन सेठों जैसे लगते, जो अम्बाला में कभी-कभार उसके यहां आया करते थे। फिर कभी जब वह किसी इंजन को धीरे-धीरे गाड़ियों की कतार के पास से गुज़रता देखती तो उसे ऐसा महसूस होता कि कोई आदमी चकले के किसी बाज़ार में से ऊपर कोठों की ओर देखता जा रहा है।

सुलताना समझती थी कि ऐसी बातें सोचना दिमाग की खराबी की वजह से है। जब उसको अकसर इस किस्म के खयाल आने लगे तो उसने बालकनी में जाना छोड़ दिया। खुदाबख्श से उसने बार-बार कहा, "देखो, मेरे हाल पर रहम करो। यहां घर में रहा करो। मैं सारा दिन यहां बीमारों की तरह पड़ी रहती हूं," पर उसने हर बार सुलताना से यह कहकर उसको तसल्ली दे दी, "जानेमन! मैं बाहर कुछ कमाने की फिक्र कर रहा हूं। अल्लाह ने चाहा तो चन्द दिनों में ही बेड़ा पार हो जाएगा।"

पूरे पांच महीने हो गए थे, पर अभी तक न सुलताना का बेड़ा पार हुआ था, न खुदाबख्श का।

मुहर्रम का महीना सिर पर आ रहा था, पर सुलताना के पास काले कपड़े बनवाने के लिए कुछ भी न था। मुख्तार ने लेडी हैमिल्टन की एक नई काट की कमीज़ बनवाई थी, जिसकी आस्तीने काली जार्जेट की थीं। उसके साथ मैच करने के लिए उसके पास काली साटन की शलवार थी, जो काजल की तरह चमकती थी। अनवरी ने रेशमी जार्जेट की एक बहुत नफीस साड़ी खरीदी थी। उसने सुलताना से कहा था कि वह उस साड़ी के नीचे सफेद बोस्की का पेटीकोट पहनेगी, क्योंकि यह नया फैशन है। उस साड़ी के साथ पहनने के लिए अनवरी एक काली मखमल का जूता लाई थी, जो बड़ा नाज़ुक था। सुलताना ने जब ये तमाम चीजें देखी तो उसको इस एहसास ने बहुत दुःख दिया कि वह मुहर्रम मनाने के लिए ऐसा लिबास खरीदने में असमर्थ है।

अनवरी और मुख्तार के पास यह लिबास देखकर जब वह घर आई तो उसका मन बहुत उदास था। ऐसा लगता था कि एक फोड़ा-सा उसके अन्दर पैदा हो गया है। घर बिलकुल खाली था। खुदाबख्श रोज़ की तरह बाहर था। देर तक वह दरी पर गावतकिया सिर के नीचे रखकर लेटी रही। पर जब उसकी गर्दन, ऊंचाई की वजह से, अकड़-सी गई, तो वह बाहर बालकनी में चली गई, ताकि इन दुःखदायी खयालों को अपने दिमाग में से निकाल दे।

सामने पटरियों पर गाड़ियों के डिब्बे खड़े थे, पर इंजन कोई भी न था। शाम का वक्त था। छिड़काव हो चुका था, इसलिए गर्द-गुबार दब गया था। बाजार में ऐसे आदमी चलने शुरू हो गए थे, जो ताक-झांक करने के बाद चुपचाप घरों का रुख करते हैं। ऐसे ही एक आदमी ने गर्दन ऊंची करके सुलताना की तरफ देखा। सुलताना मुस्करा दी और उसको भूल गई, क्योंकि अब सामने पटरियों पर एक इंजन नमूदार हो गया था। सुलताना ने गौर से उसकी ओर देखना शुरू किया और धीरे-धीरे यह खयाल उसके दिमाग में आया कि इंजन ने भी काला लिबास पहन रखा है। यह अजीबोगरीब खयाल दिमाग में से निकालने के लिए जब उसने सड़क की ओर देखा तो उसे वही आदमी बैलगाड़ी के पास खड़ा नज़र आया, जिसने उसकी तरफ ललचाई नजरों से देखा था। सुलताना ने हाथ से इशारा किया। उस आदमी ने इधरउधर देखकर हलके-से इशारे से पूछा—किधर से आऊं? सुलताना ने उसे रास्ता बता दिया। वह आदमी थोड़ी देर खड़ा रहा, लेकिन फिर बड़ी फुर्ती से ऊपर चला आया।

सुलताना ने उसे दरी पर बैठाया। जब वह बैठ गया तो उसने बात शुरू करने के लिए कहा, "आप ऊपर आते हुए डर क्यों रहे थे?"

वह आदमी यह सुनकर मुस्कराया, "तुम्हें कैसे मालूम हुआ? ....डरने की बात ही क्या थी?"

इसपर सुलताना ने कहा, "यह मैंने इसलिए कहा कि आप देर तक वहीं खड़े रहे और फिर कुछ सोचकर इधर आए।"

यह सुनकर वह फिर मुस्कराया, "तुम्हें गलतफहमी हुई है। मैं तुम्हारे ऊपर वाले फ्लैट की तरफ देख रहा था। वहां खड़ी कोई औरत एक मर्द को ठेंगा दिखा रही थी। मुझे यह मंज़र (दृश्य) पसन्द आया। फिर बालकनी में

हरा बल्ब जला तो मैं कुछ देर के लिए ठहर गया। हरी रोशनी मुझे पसन्द है। आंखों को बहुत अच्छी लगती है।" यह कहकर उसने कमरे का जायजा लेना शुरू कर दिया। फिर वह उठ खड़ा हुआ।

सुलतान ने पूछा, "आप जा रहे हैं?"

उस आदमी ने जवाब दिया, "नहीं, तुम्हारे इस मकान को देखना चाहता हूं। चलो, मुझे तमाम कमरे दिखाओ।"

सुलताना ने उसको तीनों कमरे, एक-एक करके, दिखा दिए। उस आदमी ने बिलकुल खामोशी से उन कमरों का मुआयना किया। जब वे दोनों फिर उसी कमरे में आ गए, जहां पहले बैठे थे, तो उस आदमी ने कहा, "मेरा नाम शंकर है।"

सुलताना ने पहली बार गौर से शंकर की तरफ देखा। वह मझोले कद का, मामूली शक्ल-सूरत का आदमी था, पर उसकी आंखें असाधारण रूप से साफ और स्वच्छ थीं। कभी-कभी उनमें एक अजीब किस्म की चमक पैदा होती थी। गठीला और कसरती बदन था। कनपटियों पर उसके बाल सफेद हो रहे थे। सलेटी -रंग की गर्म पतलून पहने था। सफेद कमीज़ थी, जिसका कॉलर गर्दन पर से ऊपर को उठा हुआ था।

शंकर कुछ इस तरह दरी पर बैठा था कि लगता था, शंकर की बजाय ग्राहक सुलताना है। इस एहसास ने सुलताना को कद्रे परेशान कर दिया, चुनांचे उसने शंकर से कहा, "फरमाइए..."

शंकर बैठा था। यह सुनकर लेट गया, "मैं क्या फरमाऊं, कुछ तुम ही फरमाओ। बुलाया तुमने ही है मुझे।"

जब सुलताना कुछ न बोली तो वह उठ बैठा, "मैं समझा! लो, अब मुझसे सुनो। जो कुछ तुमने समझा, गलत है। मैं उन लोगों में से नहीं हूं, जो कुछ देकर जाते हैं। डॉक्टरों की तरह मेरी भी फीस है। मुझे जब बुलाया जाए तो फीस देनी ही पड़ती है।"

सुलताना यह सुनकर चकरा गई, लेकिन इसके बावजूद उसे अनायास हंसी आ गई, "आप काम क्या करते हैं?"

शंकर ने जवाब दिया, "यही, जो तुम लोग करते हो।"

“क्या?”

“तुम क्या करती हो?”

“मैं ... मैं ... मैं कुछ भी नहीं करती।”

“मैं भी कुछ नहीं करता।”

सुलताना ने भन्नाकर कहा, “यह तो कोई बात न हुई ... आप कुछ न कुछ तो ज़रूर करते होंगे।”

शंकर ने बड़े इत्मीनान से जवाब दिया, “तुम भी कुछ न कुछ ज़रूर करती होगी।”

“झख मारती हूं।”

“मैं भी झख मारता हूं।”

“तो आओ, दोनों झख मारें।”

“हाज़िर हूं, पर झख मारने के दाम मैं कभी नहीं दिया करता।”

“होश की दवा करो.. यह लंगरखाना नहीं है।”

“और मैं भी वालण्टियर नहीं।”

सुलताना यहां रुक गई। उसने पूछा, “ये वालण्टियर कौन होते हैं?

शंकर ने ज़वाब दिया, “उल्लू के पट्ठे।”

“मैं उल्लू की पट्ठी नहीं।”

“मगर वह आदमी खुदाबख्श, जो तुम्हारे साथ रहता है, ज़रूर उल्लू का पट्ठा है।”

“क्यों?”

“इसलिए कि वह कई दिनों से एक ऐसे पहुंचे हुए फकीर के पास अपनी किस्मत खुलवाने के लिए जाता है, जिसकी अपनी किस्मत जंग लगे ताले की तरह बन्द है।” यह कहकर शंकर हंसा।

इसपर सुलताना ने कहा, “तुम हिन्दू हो, इसीलिए हमारे इन बुजुर्गों का मज़ाक उड़ाते हो।”

शंकर मुस्कराया, “ऐसी जगहों पर हिन्दू-मुस्लिम का सवाल पैदा नहीं हुआ करता। बड़े-बड़े पण्डित और मौलवी भी यहां आएं तो शरीफ आदमी बन जाएं।”

"जाने क्या ऊटपटांग बातें करते हो.. बोलो, रहोगे?"

"उसी शर्त पर, जो पहले बता चुका हूं।"

सुलताना उठ खड़ी हुई, "तो जाओ, रास्ता पकड़ो।"

शंकर आराम से उठा। पतलून की जेबों में अपने दोनों हाथ ठुसे और जाते हुए बोला, "मैं कभी-कभी इस बाज़ार से गुज़रा करता हूं। जब भी तुम्हें मेरी ज़रूरत हो, बुला लेना—बहुत काम का आदमी हूं।"

शंकर चला गया और सुलताना काले लिबास को भूलकर देर तक उसके बारे में सोचती रही। उस आदमी की बातों ने उसके दुःख को बहुत हलका कर दिया था। अगर वह अम्बाले में आया होता, जहां वह खुशहाल थी, तो उसने किसी और ही रंग में उस आदमी को देखा होता और बहुत मुमकिन है, उसे धक्के देकर बाहर निकाल दिया होता। पर यहां चूंकि वह बहुत उदास रहती थी, इसलिए शंकर की बातें उसे पसन्द आईं।

शाम को जब खुदाबख्श आया तो सुलताना ने उससे पूछा, "तुम आज सारा दिन किधर गायब रहे?"

खुदाबख्श थककर चूर-चूर हो रहा था। कहने लगा, "पुराने किले के पास से आ रहा हूं। वहां एक बुज़ुर्ग कुछ दिनों से ठहरे हैं। उन्हीं के पास रोज़ाना जाता हूं कि हमारे दिन फिर जाएं।"

"उन्होंने कुछ कहा तुमसे?"

"नहीं। अभी वे मेहरबान नहीं हुए...पर सुलताना, मैं जो उनकी खिदमत कर रहा हूं, वह अकारथ कभी नहीं जाएगी। अल्लाह का फ़ज़ल रहा तो जरूर वारे-न्यारे हो जाएंगे।"

सुलताना के दिमाग में मुहर्रम मनाने का खयाल समाया हुआ था। खुदाबख्श से रोनी आवाज़ में कहने लगी, "सारा-सारा दिन बाहर गायब रहते हो। मैं यहां पिंजरे में कैद रहती हूं । न कहीं जा सकती हूं, न आ सकती हूं। मुहर्रम सर पर आ गया है। कुछ तुमने इसकी भी फिक्र की? मुझे काले कपड़े चाहिए। घर में फूटी कौड़ी तक नहीं। कंगनियां थीं, सो वो एक-एक करके बिक गईं। अब तुम ही बताओ, क्या होगा?...फकीरों के पीछे कब

तक मारेमारे फिरा करोगे? मुझे तो ऐसा दिखाई देता है कि यहां दिल्ली में, खुदा ने भी हमसे मुंह मोड़ लिया है। मेरी सुनो तो अपना काम शुरू कर दो। कुछ तो सहारा हो ही जाएगा।"

खुदाबख्श दरी पर लेट गया और कहने लगा, "पर यह काम शुरू करने के लिए भी तो थोड़ी-बहुत पूंजी चाहिए...खुदा के लिए अब ऐसी दुःख-भरी बातें न करो। मुझसे अब सही नहीं जा सकतीं। मैंने सचमुच अम्बाला छोड़ने में सख्त गलती की; पर जो करता है, अल्लाह ही करता है और हमारी भलाई के लिए ही करता है। क्या पता, कुछ देर और तकलीफें सहने के बाद हम..."

सुलताना ने बात काटकर कहा, "तुम खुदा के लिए कुछ करो। चोरी करो या डाका डालो, पर मुझे एक शलवार का कपड़ा ज़रूर ला दो। मेरे पास सफेद बोस्की की कमीज़ पड़ी है, उसको मैं रंगवा लूंगी। सफेद शफन का एक नया दुपट्टा भी मेरे पास मौजूद है। वही, जो तुमने मुझे दीवाली पर लाकर दिया था, वह भी कमीज़ के साथ ही रंगवा लिया जाएगा। एक सिर्फ शलवार की कसर है, सो वह तुम किसी न किसी तरह पैदा कर दो 'देखो, तुम्हें मेरी जान की कसम, किसी न किसी तरह ज़रूर ला दो। मेरी भाती खाओ[1], अगर न लाओ।"

खुदाबख्श उठ बैठा, "अब तुम खाहमखाह ज़ोर दिए चली जा रही हो। मैं कहां से लाऊंगा.. अफीम खाने के लिए तो मेरे पास पैसा नहीं।"

"कुछ भी करो, मगर मुझे साढ़े चार गज़ काली साटन ला दो।"

"दुआ करो कि आज रात ही अल्लाह दो-तीन आदमी भेज दे।"

"लेकिन तुम कुछ नहीं करोगे तुम अगर चाहो तो ज़रूर इतने पैसे पैदा कर सकते हो । जंग से पहले यह साटन बारहचौदह आने गज़ मिल जाती थी। अब सवा रुपये गज के हिसाब से मिलती है। साढ़े चार गज़ पर कितने रुपये खर्च हो जाएंगे?"

"अब तुम कहती हो तो मैं कोई हीला करूंगा।" यह कहकर खुदाबख्श उठा, "लो, अब उन बातों को भूल जाओ। मैं होटल से खाना ले आऊं।"

1. मृत्यु-भोज

होटल से खाना आया। दोनों ने मिलकर निगला और सो गए।

सुबह हुई। खुदाबख्श पुराने किले वाले फकीर के पास चला गया और सुलताना अकेली रह गई। कुछ देर लेटी रही; कुछ देर सोई रही; इधर-उधर कमरों में टहलती रही। दोपहर का खाना खाने के बाद उसने अपना सफेद शफून का दुपट्टा और सफेद बोस्की की कमीज़ निकाली और नीचे लॉण्ड्री वाले को रंगने के लिए दे आई। कपड़े धोने के अलावा वहां रंगने का काम भी होता था। यह काम करने के बाद उसने वापस आकर फिल्मों की किताबें पढ़ीं, जिनमें उसकी देखी हुई फिल्मों की कहानी और गीत छपे हुए थे। ये किताबें पढ़ते-पढ़ते वह सो गई। जब उठी तो चार बज चुके थे, क्योंकि धूप आंगन में से मोरी के पास पहुंच चुकी थी। नहा-धोकर छुट्टी पाई तो गर्म चादर ओढ़कर बालकनी में आ खड़ी हुई। सुलताना लगभग एक घण्टे तक बालकनी में खड़ी रही। अब शाम हो गई थी। बत्तियां जल रही थीं। नीचे सड़क पर रौनक के आसार नज़र आने लगे। सर्दी में थोड़ी-सी तेजी आ गई, पर सुलताना को यह नागवार न लगी। वह सड़क पर आते-जाते तांगों और मोटरों की तरफ देर से देख रही थी। सहसा उसे शंकर नज़र आया। मकान के नीचे पहुंचकर उसने गर्दन ऊंची की और सुलताना की तरफ देखकर मुस्करा दिया। सुलताना ने अनायास हाथ का इशारा किया और उसे ऊपर बुला लिया।

जब शंकर ऊपर आ गया तो सुलताना बहुत परेशान हुई कि उससे क्या कहे। दरअसल उसने ऐसे ही, बिना सोचे-समझे, उसे इशारा कर दिया था। शंकर बहुत निश्चिन्त था, मानो उसका अपना घर है। चुनांचे बड़ी बेतकल्लुफी से पहले दिन की तरह वह गावतकिया सिर के नीचे रखकर लेट गया। जब सुलताना ने देर तक उससे कोई बात न की तो उसने कहा, "तुम मुझे सौ दफा बुला सकती हो और सौ दफा ही कह सकती हो कि चले जाओ।... मैं ऐसी बातों पर कभी नाराज़ नहीं हुआ करता।"

सुलताना असमंजस में पड़ गई। कहने लगी, "नहीं, बैठो, तुम्हें जाने को कौन कहता है!"

शंकर इसपर मुस्करा दिया, "तो मेरी शर्तें तुम्हें मंजूर हैं?"

"कैसी शर्तें?" सुलताना ने हंसकर कहा, "क्या निकाह कर रहे हो

मुझसे?"

"निकाह और शादी कैसी?...न तुम उम्र-भर किसीसे निकाह करोगी, न मैं । ये रस्में हम लोगों के लिए नहीं छोड़ो इन फिज़ल बातों को, कोई काम की बात करो।"

"बोलो, क्या बात करूं?"

"तुम औरत हो, कोई ऐसी बात शुरू करो, जिससे दो घड़ी दिल बहल जाए। इस दुनिया में सिर्फ दुकानदारी ही दुकानदारी नहीं, कुछ और भी है।"

सुलताना मन ही मन अब शंकर को स्वीकार कर चुकी थी। कहने लगी, "साफ-साफ कहो, तुम मुझसे क्या चाहते हो?"

"जो दूसरे चाहते हैं।" शकर उठकर बैठ गया। "तुममें और दूसरों में फिर फर्क ही क्या रहा?"

"तुममें और मुझमें कोई फर्क नहीं। उनमें और मुझमें ज़मीनआसमान का फर्क है। ऐसी बहुत-सी बातें होती हैं, जो पूछनी नहीं चाहिए, खुद समझनी चाहिए।"

न सुलतान ने थोड़ी देर तक शंकर की इस बात को समझने की कोशिश की, फिर कहा, "मैं समझ गई।"

"तो कहो, क्या इरादा है?"

"तुम जीते, मैं हारी। पर मैं कहती हूं, आज तक किसीने ऐसी बात मंजूर न की होगी।"

"तुम गलत कहती हो। इसी मुहल्ले में तुम्हें ऐसी सीधीसादी और भोली औरतें भी मिल जाएंगी, जो कभी यकीन नहीं करेंगी कि औरत ऐसी जिल्लत कुबूल कर सकती है, जो तुम बिना किसी एहसास के कबूल करती रही हो। लेकिन उनके यकीन न करने के बावजूद तुम हज़ारों की तादाद में मौजूद हो। तुम्हारा नाम सुलताना है न?"

"सुलताना ही है।"

शंकर उठ खड़ा हुआ और हंसने लगा, "मेरा नाम शंकर है... ये नाम भी अजीब ऊटपटांग होते हैं । चलो, आओ, अन्दर चलें।"

शंकर और सुलताना दरी वाले कमरे में वापस आए तो दोनों हंस रहे थे। न जाने किस बात पर! जब शंकर जाने लगा तो सुलताना ने कहा, "शंकर, मेरी एक बात मानोगे?"

शंकर ने जवाब में कहा, "पहले बात बताओ।"

सुलताना कुछ झेंप-सी गई, "तुम कहोगे कि मैं दाम वसूल करना चाहती हूं, मगर ..."

"कहो-कहो...रुक क्यों गई हो?"

सुलताना ने साहस से काम लेकर कहा, "बात यह है कि मुहर्रम आ रहा है। मेरे पास इतने पैसे नहीं कि मैं काली शलवार बनवा सकें। यहां के सारे दुखड़े तो तुम मुझसे सुन ही चुके हो। कमीज़ और दुपट्टा मेरे पास मौजूद था, जो आज मैंने रंगवाने के लिए दे दिया है।"

शंकर ने यह बात सुनकर कहा, "तुम चाहती हो कि मैं तुम्हें कुछ रुपये दे दूं, जिनसे तुम काली शलवार बनवा सको।"

सुलताना ने झट कहा, "नहीं, मेरा मतलब यह है कि अगर हो सके तो तुम मुझे एक काली शलवार ला दो।"

शंकर मुस्कराया, "मेरी जेब में तो संजोग ही से कभी कुछ होता है। फिर भी मैं कोशिश करूंगा। मुहर्रम की पहली तारीख को तुम्हें यह शलवार मिल जाएगी। लो, बस अब खुश हो गई?" फिर उसने सुलताना के बुन्दों की ओर देखकर पूछा, "क्या ये बुन्दे तुम मुझे दे सकती हो?"

सुलताना ने हंसकर कहा, "तुम इन्हें क्या करोगे? चांदी के मामूली बुन्दे हैं । ज़्यादा से ज़्यादा पांच रुपये के होंगे।"

शंकर बोला, "मैंने तुमसे बुन्दे मांगे हैं, इनकी कीमत नहीं पूछी। बोलो, देती हो?"

"ले लो।" यह कहकर सूलताना ने बून्दे उतारकर शंकर को दे दिए। उसके बाद उसे अफसोस हुआ, पर शंकर जा चुका था।

सुलताना को बिलकूल विश्वास नहीं था कि श कर अपना वायदा पूरा करेगा, पर आठ दिन के बाद, मुहर्रम की पहली तारीख को, सुबह नौ बजे

दरवाज़े पर दस्तक हुई। सुलताना ने दरवाज़ा खोला तो शंकर खड़ा था। अखबार में लिपटी हुई चीज़ उसने सुलताना को दी और कहा, "साटन की काली शलवार है.. देख लेना, शायद लम्बी हो...अब मैं चलता हूं।"

शंकर शलवार देकर चला गया। उसने सुलताना से और कोई बात न की। उसकी पतलून मेंसलवटें पड़ी हुई थीं। बाल बिखरे हुए थे । ऐसा लगता था कि अभी-अभी सोकर उठा है और सीधा इधर ही चला आया है।

सुलताना ने कागज़ खोला । साटन की काली शलवार थी। वैसी ही, जैसीकि वह मुख्तार के पास देखकर आई थी। सुलताना बहुत खुश हुई। बुन्दों और उस सौदे का जो अफसोस उसे हुआ था, इस शलवार ने और शंकर की वादावफाई ने दूर कर दिया।

दोपहर को वह नीचे लॉण्ड्री वाले से अपनी रंगी हुई कमीज़ और दुपट्टा ले आई। तीनों काले कपड़े जब उसने पहन लिए तो दरवाज़े पर दस्तक हुई। सुलताना ने दरवाज़ा खोला तो मुख्तार अन्दर आई। उसने सुलताना के तीनों कपड़ों की ओर देखा और कहा, "कमीज़ और दुपट्टा तो रंगा हुआ मालूम होता है, पर यह शलवार नई है।...कब बनवाई?"

सुलताना ने जवाब दिया, "आज ही दर्जी लाया है।" यह कहते हुए उसकी नज़रें मुख्तार के कानों पर पड़ी, "ये बुन्दे तुमने कहां से लिए?"

मुख्तार ने जवाब दिया, "आज ही मंगवाए हैं।"

उसके बाद दोनों को थोड़ी देर खामोश रह जाना पड़ा।

ooo